安徽省教育厅弘扬社会主义核心价值观名师工作室项目（项目号：SZZGJH1-1-2017-13），
皖南医学院马克思主义学院，皖南医学院德育与医学人文教育协同研究中心资助

山妮细语话意浓

黄 英◎著

安徽师范大学出版社
·芜湖·

图书在版编目(CIP)数据

山妮细语话意浓 / 黄英著 . —芜湖:安徽师范大学出版社,2018.12
ISBN 978-7-5676-3710-8

Ⅰ.①山… Ⅱ.①黄… Ⅲ.①散文集-中国-当代Ⅳ.①I267

中国版本图书馆CIP数据核字(2018)第174416号

山妮细语话意浓　　　　黄　英◎著

SHAN NI XI YU HUA YI NONG

责任编辑:李　玲
装帧设计:任　彤
出版发行:安徽师范大学出版社
　　　　　芜湖市九华南路189号安徽师范大学花津校区　邮政编码:241002
网　　址:http://www.ahnupress.com/
发 行 部:0553-3883578　5910327　5910310(传真)　E-mail:asdcbsfxb@126.com
印　　刷:虎彩印艺股份有限公司
版　　次:2018年12月第1版
印　　次:2018年12月第1次印刷
规　　格:700 mm × 1000 mm　1/16
印　　张:19.5
字　　数:305千字
书　　号:ISBN 978-7-5676-3710-8
定　　价:79.50元

序

接到黄英老师邀请为她的文集《山妮细语话意浓》作序，我有些惶惑不安，毕竟我们是于不同年代成长起来的。如何走进作者文字的内心，其实需要阅历相似才有共鸣。本着对文字的虔诚之心，我花了几个晚上阅读了黄英老师的文集，感觉到她是一个饶有情怀的人。关于童趣、遐想、哀乐、酸甜，她娓娓道来，居而无倦，行之以忠，琐碎中有升华，杂叙中见真情。

作为一个从农村出来的女孩，黄英应算是同乡人中的佼佼者。是什么让她走出闭塞的大山？20世纪农村的孩子最有效的出路是读书。黄英在《我为什么读书?》一文中自我总结缘由时分析有五个方面：即识字，逃离繁重的体力劳动，谋一份出路，在岗位上尽职尽力，寻找一份宁静和自律。我则认为，她向父母、奶奶表示坚决读书的志向，她搜集的那些花花绿绿的糖纸，她听过的评书人讲的荡气回肠的故事，她看过的林林总总的电影和电视，在她潜意识中都起了决定性的作用。一个无法抗拒的声音在呼唤她：外面有一个精彩的世界，一定要走出去看看。

一张糖纸，一个影视的画面，一部《平凡的世界》等，里面蕴含着一种人文精神、一种人生价值观。这种精神和观念与捉鳖摸虾、挖菜采药及夏日晒场上数星星等融合在一起，构成了不忘初心、蓬勃向上的正能量，它是促进黄英一路成长的核心要素。这种正能量的传递看似渺小，却是一种源于家国情怀、中华传统文化的最深沉的力量，小见之于个人，大可延扩至国家，是我们民族五千年来生生不息的精神命脉。当今，这就是社会主义核心价值观在不同社会视角、生活层面的生动展现。黄英借山乡、城市等真实生活的一角，凭几笔素描式的简单勾勒，将一个个看似颇不经意的小故事串在一起，却淋漓尽致地道出了一个大道理，揭示了我们伟大民族从古至今赖以维系的一种信仰与根本！它不可被抹杀，更不能被抛弃，如同习近平所说：“牢固的核心价值观，都有其固有的根本。抛弃传统、丢掉根本，就等于割断了自己的精神命脉。”

从这一意义上来说，黄英这样的“70后”恐怕也是绝唱。因为很多“80后”“90后”“00后”已不再在田野上撒欢，他们大多在舒适的空调屋内死记硬背，或沉迷于网络游戏中，从而没能享受到大自然的恩赐。他们不大容易产生“世界这么大，我想去看看”的强烈愿望。

黄英大学毕业后，成为高校思想政治理论课（思政课）教师，她的课堂深受学生欢迎，她也乐意与学生交朋友，不辞辛劳地尽力帮助学生，做一些看似不起眼，于学生则关系重大的事情。这些事对评先进、升职称等个人利益并无帮助，还十分耗时费力。为什么黄英自愿默默地去做，我想还是因为她受过一种内心深处信念和来自乡野淳朴古老遗风的熏陶。此风乃传统之风、人文之风、价值之风，能“润物细无声”，在无形中影响人一生的步履。

说到人文精神与价值理念，其实能激发人们情感的崇高事物，与知识并不一样，一个有此种情怀的人，你会发现他（她）不是冷漠地打着自己的小算盘，而是富有激情与善良，对这个世界充满热爱。

可是，今天高校的思政课更多的是在灌输理论，却忽视了对于大学生社会责任感、创新精神、实践能力的培养，没有充分发挥好意识形态主渠道、主阵地的内化作用，尤其缺少人文精神与价值理念的养分。我们不少学生讲大道理，字正腔圆；论社会主义，坚信不疑；说爱国爱党，激情澎湃。可真实的情况是，有些学生是说一套、做一套的两面人，是缺少灵魂的光鲜躯壳。

思政课教师讲授的理论，既包含意识形态和政治学的内容，也包含世界观、人生观、价值观的教育，这些道理学生能够领悟到、领悟透吗？我想，学生能够领会当然更好，如果当时不能，也不要着急：思政课的魅力不仅在于课堂，更在于课后；不仅在于书本，更在于实践；不仅在于概念，更在于理念。引领学生带着课本的原理去走向生活本身，读无字之真经，悟无声之大道，才是“思想政治”的真谛。如同圣人孔子所云：“吾有知乎哉？无知也。”哲人苏格拉底也说过：“我比别人多知道的那一点，就是我知道自己是无知的。”这两位人类轴心时代的巨星，之所以受到人们顶礼膜拜，不是他们教人懂得多少道理，而是他们让人懂得了最为宝贵的人文精神和价值理念，懂得去尊重生命、敬畏自然、遵循事物发展的逻辑。在当今大学生信仰缺位、价值观迷失、法律意识淡薄、人文素养缺失的现状下，如何顺应时代化、民族化、大众化的新形势和大趋势，切实将社会主义核心价值观融入思政课教育全过程，融入青年学生的生命、成长和生活中，培养其坚定的是非立场与正确的人生观、世界观和价值观，增强其社会责任感、使命感、法治观念和仁者情怀，这是我们身为教育者不能不深思、慎思和审思的课题。

理论能转化为物质，满足人们的生活所需，读黄英老师的文字可以悟出一个道理——人文精神、价值理念、理想追求才是人生的真谛，才是个人与社会发展的永恒方向。

汪一江

2018年7月25日

目　录

童趣篇

为了零食和小人书，我们挣钱有道

何处再寻土鳖

乡村，曾是黄梅戏最耀眼的戏台

电视的金色年华

为了零食和小人书，我们挣钱有道

一块钱可以买什么？有人做过调查：民国时期（约100年前），一块钱相当于现在人民币六七十元，可买二三十斤大米或七八斤猪肉；50年前，一块钱大概能买七八斤大米或一斤猪肉；25年前，满大街的冰棒，一毛钱、两毛钱、五毛钱、一块钱一根的，统统都有；如今，一瓶矿泉水大都要两块钱，一块钱有时只能买一根棒棒糖。

短短几十年，钱越来越不值钱，分币、毛币都回到银行里“安享晚年”。若看见掉在地上的一块钱，不少人连腰都懒得弯下去捡。虽说钱在贬值，但挣钱还是不容易的，无论哪个年代。

时光倒回到20世纪七八十年代。我是“70后”，小时候且不说一块钱，挣一分钱都很难。每次听到“我在马路边，捡到一分钱，把它交到警察叔叔手里边”，我就想：我怎么捡不到钱呢？可能城里马路上都是钱，农村连马路都没有，哪来的钱呢？

对个人掌管私房钱重要性的认识，来源于我儿时对零食和小人书的渴望。记得上小学途中，要经过一个国营商店和两个私人小店。商店里最吸引孩子的零食莫过于用红薯糖制作的糖果，五颜六色的，还有有超强诱惑力的小人书。糖果两分钱一个，小人书最低五分钱一本，最高大约四毛钱，厚厚的一本，或是上、中、下三册。

两分钱一个糖果，五分钱一本小人书，对于儿时的我们来说，那也是一种奢望。农村一家几个孩子，能上学就是幸福，父母攒个学费不容易啊！除了养头猪、养些鸡，就是砍柴到水库外卖，换来的钱要供一大家子吃穿，哪有零钱给孩子花呢?

可糖果和小人书的诱惑，似身上的痒，时不时地刺激你一下，让你不知如何消解。如何自己去挣钱，成为我和小伙伴们的难题。当然，孩子们解决问题有时很简单：瞒着家长耍点小聪明，或是从大人那里模仿生财之道。

小伙伴们自认为最聪明的做法，是瞒着家长偷鸡蛋换钱。那时每家都养几只母鸡，母鸡下完蛋，总会“咯咯哒”叫得满屋响，生怕主人不知道似的。这时奶奶或妈妈会让我去鸡窝里看看，当然那里会有温热的、白白的一个或几个蛋。若只有一个，不好动手；若有两个以上，动手的机会就在眼前，我就赶紧捡一个藏在裤兜里，其余的捡回交到大人手中。这种机会不多，因为母鸡“咯咯哒”一叫，弟弟妹妹也会争功去捡。失去了机会，怎么办？最好的办法是放学回家，装作漫不经心地来到鸡窝边瞅瞅，看是否有母鸡在窝里。若有，迅速下手去摸母鸡肚下，有鸡蛋，那是求之不得，迅速收入囊中；如果惊动了母鸡，母鸡会“咯咯哒”一阵乱叫，这时千万别慌，嘴里要唠叨着：“这个死鸡，没生蛋还乱叫，学会撒谎了！”以求瞒天过海。一个鸡蛋八分钱，买四个糖果，四天都有甜蜜的幸福；或买一本小人书，十几分钟的阅读，那是心灵的愉悦，而这种愉悦会在所有小伙伴们中传递。

瞒着家长偷鸡蛋卖不是长久之计，但我们年龄小，砍柴卖又不够格，怎么办？农村孩子挣钱的门路不多，但只要有机会，再苦再难也吓不倒我们。好在国营商店有收购任务，听说是为药材站代购，蓖麻籽、金银花、野菊花、蝉蜕都是收购对象。这给我们带来了挣钱的好路子。

蓖麻籽一斤五分钱，晒干的金银花、野菊花一斤三毛钱，蝉蜕三十个一毛钱，收集起来都不是容易的事。那时蓖麻胡乱地长在草丛中，仅有的地带是从家到学校的路上，大约两里路。蓖麻果有层尖刺，附着力强，扔到头发上很难取下来。男生喜欢捉弄女生，就悄悄地跟在女生后面，扔一把蓖麻果到女生身上，等女生惊觉，他们嘻嘻哈哈地跑得好远。由于果实还没成熟就被当成了捉弄人的武器，所以蓖麻籽更是难得。我和小伙伴们并不灰心，放学途中，总是找准机会摘下被人遗忘的几个蓖麻籽。令人兴奋的是，有时我们能发现几颗长在深草里或崖石边的蓖麻，籽多且饱满。一个秋天，我们最多能攒上两三斤蓖麻籽，换来的钱不仅可以买几颗糖果，还可以买橡皮擦或作业本。

金银花开在春夏之交，野菊花盛开在秋风中。它们倒是农村河边或山间常见的点缀之物，可是摘上六七斤金银花、四五斤野菊花才能分别晒干成一斤。大人们看到商店外的收购告示，干完农活回家的路上都不忘采上一把。河边、山野、田间、地头等容易被发现的地方，花儿早成为大人们的囊中之物，我和小伙伴们唯有到一些偏僻的地方去找。

金银花

野菊花

金银花喜欢长在池塘周围，或是人们不大去的小溪两侧；野菊花一般长在菜园周围的乱石堆上，或是山沟深处的草丛中。在这些地方，摘一把花需费些周折，可我们有自己的办法。金银花是藤本植物，依附在其他木本上。准备一根竹竿，再绑上一把铁丝钩，可将双手够不到的金银花钩过来。菊花属草本植物，只要准备一把柄较长的镰刀即可，遇到手够不到的地方，伸出镰刀，一刀拉过来，花枝掉下再拾起，拽下菊花放入篮中。记忆最深的是，有一年我收获了一斤多干菊花，换到五毛钱，加上一毛压岁钱，我买了三本小人书——高尔基的《童年》《在人间》《我的大学》。

蝉蜕

蝉蜕是最难寻找的。炎热的夏天，知了不厌其烦地聒噪，但想找到蝉蜕是需要智慧的。蝉从卵里孵化出来，幼虫待在树枝上，风将其吹到地面。一到地面，蝉幼虫马上寻找柔软的土壤往下钻，钻到树根边，吸食树根汁液过日子，少则两三年，多则十几年，从幼虫到成虫要经过五次蜕皮，其中四次在地下进行，而最后一次是钻出土壤爬到树上，蜕去干枯的壳（这就是蝉蜕），才变成成虫，在枝头欢唱一个夏天。树枝上的蝉蜕是极少的，且夏天多暴雨，风吹雨打，蝉蜕多半残缺不全。智慧给了我们找寻蝉蜕的秘密所在地，六七月份的夏日中午，小伙伴们趁大人午休时间，悄悄溜进果园。果树一般不高，我们一边摘几个不熟的枣子或梨吃，一边趴在树下，用树枝扒拉枯叶找蝉蜕，运气好时，一中午可找十来个；当然，若看见树枝头上随风飘起的大蝉蜕，更是兴奋极了。一个夏天，找上一百多个就能挣到四毛钱，可惜的是正赶上开学，虽不能充当学费，却被用来买学习用品，最后只剩下几分钱买个糖果，犒劳一下自己。

20世纪80年代末，有两三年城里人纷纷来山村收购兰花，一枝兰花苔五分钱，竟然有人在深山中挖到过长着14枝兰花苔的兰草，那可是一笔巨款。山村顿时沸腾起来，一时间，大人、小孩都带着锄头去山里挖兰草。城里人带走了兰草，山间的兰草越来越少，最后附近的山头已看不见兰草的踪迹。幸好这些久居深山的兰草到城市后因不适应土壤和气候而枯亡，所以再也没人来收购。挣钱的途径很多，挖兰草成为我记忆中最深的痛。

兰草

儿时的生活是清贫的，只为两分钱的糖果、五分钱的小人书，我们挣来了人生中的第一桶金，虽然数目很小，但我们学会了自力更生，学会了挣钱有道，这是我们成为社会人的宝贵财富。

何处再寻土鳖

乍一看文章的题目，可能有人惊讶，为何要寻土鳖，难道想与其为伍？那你就猜错喽！

20世纪90年代以前，生活在山区的我，门前屋后的池塘和小河里，可见土鳖（当地俗称）那笨头笨脑的身影。鳖，也叫甲鱼或王八，卵生爬行动物，水陆两栖生活。不知为何，被新生代的人们加上“土”字，变成了网络用语。如今“土鳖”是指行为、外貌或谈吐特别土的人。可惜与“土豪”有一字之差，区别有点儿大。“土豪”是指有钱、非理性消费、喜欢炫耀的人，为此有“土豪，我们做朋友吧”的句子。

小时候，我傻傻地搞不清鳖和龟的区别，大人们说它们背壳的花纹不同。其实龟的种类很多，现在人们将从海外留学回国创业的人员称为“海归”，谐音为“海龟”。我很佩服新生代的造词能力，原本相近的鳖和龟分别加上一个字，意思完全不一样了！

我既没与“土鳖”为伍的意念，也没高攀“土豪”的志向。那为何要再寻土鳖呢？只因土鳖在市场上价格过高，不再是我家餐桌上的美味佳肴了。

我对土鳖的记忆要追溯到30多年前。我的家乡是个山清水秀、林木茂盛的小山村。俗话说：“靠山吃山，靠水吃水。”有了山，柴火不愁，还有药材、山珍、树木都可换钱；有了水，餐桌上隔三岔五有个荤腥，可满足一下急需油水的胃。

山里玩泥巴的孩子们，更喜欢柔情的水，不仅是因为夏天可在水中嬉戏、冬天可在冰面上玩到满头大汗，更多的是因为逮鱼捉虾的乐趣。水中常见的有鱼、虾、蟹和泥鳅等，土鳖则是最难寻的。枯水季节，河水浅且清，俗话说“水至清则无鱼”，土鳖更无藏身之地。唯有山洪暴发后的三四天，河水仍有些浑浊，原先小河两岸平静的水草被冲起，水草下的烂树叶随水漂走，小鱼小虾失去了安身之所，土鳖需要远游四处觅食，一不小心游到岸边休息，就有可能落入人的魔爪，成为餐桌上的一道大菜。

1958年进入人民公社时期，农村兴修农田水利。因地处山区，村里深挖池塘，以存储更多的水来保证旱季农作物的浇灌。池塘里放养了鱼苗，过年的时候起塘，胖头、鲢鱼、鲫鱼是主打产品，泥鳅、河蚌、小虾是附带物，记忆里好像从没见过土鳖夹杂其中。

土鳖看似呆头呆脑，实则特别机灵，一般藏在山边池塘的深水处，白天人们发现不了其踪影。邻村地势较高，山间有条狭长的小溪，依山修建的池塘（名为汉春大塘）正可引小溪的水入内。塘面方圆十来亩，水质清澈，水温较山脚下的池塘低一些。

父亲是钓土鳖的高手，他非常熟悉土鳖的生活习性。汉春大塘是土鳖的重要藏身之所，父亲去单位正好路过此地。土鳖喜欢吃猪肝，猪肝血腥味很浓。父亲买来几副鳖卡，一两猪肝作诱饵，鳖卡针上勾住指尖大小的猪肝，父亲握紧尼龙绳一头，用力甩起鳖卡抛至鱼塘深处，之后将尼龙绳一端放置在岸边的草丛中，捆在石头上；或将其系在池塘边的树枝上。钓土鳖不像钓鱼，无需等候观其动静，看它是否上钩。此时只需迈腿开路，该干吗干吗即可。父亲头天傍晚下三副鳖卡，翌日傍晚从单位回家时收。最好的时候，每个鳖卡上都有收获，空载而归的时候不多。不知为啥，能钓到土鳖的人很少，但父亲总能在每年7至9月份的几个周日，带给我们一顿鲜美的鳖汤。偶尔钓到小鳖，父亲会放生。

我们有土鳖吃的时候，只因其还没成为城里人餐桌上的贵菜。土鳖值钱的日子好像从80年代末开始，不知城里人怎么看上了这些呆头呆脑的家伙。我一远房表叔（母亲二姑的女婿）是舒城人，暑假快结束时，突然带了个朋友来我家，说是两人做点儿小生意。吃过晚饭，天都黑了，他们两人带着一个手电筒和几个蛇皮袋出门，借口到附近池塘转转。我不知道他们干啥，外祖父一直担心他们会干歪门邪道的事。他们几点回来的，只有外祖父知道。

第二天一早，我惊奇地发现厨房地上有好几只土鳖在爬行，急忙叫醒妹妹。妹妹跑出卧室，看见此景尖叫起来。外祖母正在锅灶下添柴火，立即用眼神制止我们俩喧哗，小声地说：“别吵吵，我这里还有一只呢，赶快逮走！”我们不明白怎么回事，外祖母指了指墙角的两个蛇皮袋。只见蛇皮袋鼓鼓囊囊的，有东西在动。我们跑过去一看，一个袋口松开了，里面有二十多只大小不一的土鳖。外祖母又指了指西边的偏屋，那位表叔和他朋友住在那里，顿时我们知晓了事情的真相。不知他们使用何种神具，一夜竟能捕五十多只土鳖。

那天早餐吃得有些迟，因为表叔和他朋友起得晚。外祖父不招呼客人吃菜，外祖母也不敢多说。那位表叔觉得很尴尬，吃完早饭，就与朋友带着两蛇皮袋土鳖走了，没留下一只给我们。之后三四年，那位表叔都没敢上我家门。后来听母亲说，外祖父去看二妹（母亲的二姑），还说了她的不是，怎么让女婿捉土鳖换钱，更不应该来我们村，最后两人闹得有点不愉快。

其实即使那位表叔没来捉土鳖，后来还是不断地会有山外的人带着先进的工具，摸黑来山区各村鱼塘捉土鳖。丰厚的利润让这些人昧着良心，连最小的鳖孙子也不放过。那时鱼塘归村集体所有，就等于没归属。不到三年，村前屋后的池塘里再也不见土鳖的踪影了。

待我到城市上班，看到菜市场有人卖鳖，一问价格，高得离谱，不是寻常百姓能消费得起的，虽然那些鳖一看就知道是养殖的。通过百度搜索我了解到，鳖肉味道鲜美、营养丰富，有清热养阴、平肝熄风、软坚散结的效果。可我从未想过买回一只烹饪，享受曾经的人间美味。

何处再寻土鳖？猛然间，我觉得自己深陷城市光鲜的人群中，怎么看，都像一只“土鳖”。

乡村，曾是黄梅戏最耀眼的戏台

“树上的鸟儿成双对，绿水青山带笑颜……”

“为救李郎离家园，谁料皇榜中状元……”

这大概是全国各地舞台演唱黄梅戏最为经典的桥段，优美的旋律、动人的故事，家喻户晓，耳熟能详。

我对黄梅戏的记忆，大约始于20世纪80年代初，主要途径有两种：一是听收音机，二是看舞台戏。用收音机听黄梅戏远没有看舞台戏过瘾，既看不见俊俏刚毅的演员，更见不到形形色色的道具和服装，虽然看舞台戏的时候我听不懂大部分唱词。

黄梅戏，是安庆地区老百姓最为熟悉的剧种。“文革”期间的样板戏，随着“四人帮”的倒台而逐渐退出历史舞台。为繁荣戏曲文化，也为谋一份生计，县、乡地方小剧团每年送戏下乡，这为农村人近距离了解黄梅戏提供了机会。

我记不清第一次看黄梅戏舞台表演是几岁。从我记事起，村子里万人空巷的日子，是每年正月里的三四天，因为大家都赶到大队部看唱戏的去了。

20世纪90年代前，汪河大队部原址在汪河小学的东北角约一百米。唱戏要有搭建戏台的好地方，不仅要有利于演员的左右腾挪，更重要的是要能满足村民们观看的需求。那时汪河大队下辖十几个小生产队，每年正月的黄梅戏舞台表演不超过四天。远近一二十里地的村民都赶到大队部看戏，观众的密集度可想而知。

大队干部左挑右选，将戏台确定在汪河小学操场右下方，那里正东方有块广阔凸起的高地，正西方恰好有个地势较高的小山坡，灌木稀疏低矮，东西两高地，中间地带是低洼平坦的小广场。搭建戏台的工作量可不小。首先，要平整出一块约30平方米的场地作为戏台，地基要坚实，地面则一定要夯实。其次，戏台四角要用碗口粗的杉树各一根立柱，再选用三四根竹竿扎紧成一捆，用绳子固定在树柱上，这样四捆竹竿围成一个正方形。再次，在竹竿上前后各挂一红色的布帘，前面作为戏台的大幕，后面遮起来，让演员有个化妆、换装的地方。最后，在四根柱子上各吊两盏灯（记忆中有过马灯、瓦斯灯，1983年农村通电后改为电灯），因为演出分下午和晚上两场，晚上必须有较强的灯光。一个戏台搭建下来，六个壮劳力需要大半天时间。当时的戏台真简陋，没有任何多余的装饰。

黄梅戏草台班子有25人左右，不算庞大。他们中演员十来位，伴奏的有六七个。二胡是主要伴奏乐器，一般由两至三人负责，剩下的主要是敲锣打鼓和击钹（民间称为镲）。锣分为大锣、小锣，鼓是扁形圆鼓。三人演奏打击乐器并参与帮腔，演唱者多为七人。剩下的是管理道具、服装和化妆的人员。最吸引我的是二胡演奏者，一提一拉之间，高兴时欢快跳跃，伤心处如泣如诉，气愤时节奏激昂，酣畅处痛快淋漓。

每次演出之前一两个小时，就有人陆陆续续带着板凳和零食（春节期间，家家备有红薯干、花生、南瓜子、切糖等），从四面八方赶到广场，只为占据有利的位置。那时每家至少有三个孩子，夫妻俩常常怀里抱一个，一手牵一个，丈夫还要扛上一条长板凳，场面相当有喜感。一场戏两三个小时，孩子们不可能安静地坐在凳子上，他们最喜欢的是爬到戏台四周土坡上，近距离看演员的动作和手势。有的孩子不安分，不知出于何目的，故意扔个小石子到戏台中央。还有的胆子大的，甚至爬上戏台，也用手乱划几下，转眼又跑下来。为了演出顺利进行，必须有人维护现场秩序。这人得有“杀气”，否则孩子们不怕。记得当年最狠的“安保”叫“小羊子”（花园生产队人，父母早逝，光棍一条，脑子有点儿小问题），他手执“神鞭”，看到哪个小孩往戏台上爬，就狠狠一鞭子下去。孩子们被打疼了，不敢当着他的面再爬。可是孩子们终归是淘气狡猾的，看他一人分身乏术，就会声东击西。一场戏下来，孩子们利用此方法，把“小羊子”累得够呛。

大人们对黄梅戏有着深厚的感情，特别是经典曲目，百看不厌。当年戏班子演出先是一场大戏，如《小辞店》《天仙配》《女驸马》《牛郎织女》等，最后来段小曲目，如《打猪草》《王小六打豆腐》《夫妻观灯》等。戏台表演的高潮往往在最后，有人可能听不懂大戏的唱词，中途会打瞌睡，可一听到小曲目的紧锣密鼓，就会立刻清醒过来。即使不识字的人，那些台词都能熟记于胸，哼哼呀呀地跟着演员一起唱。当然，看戏的人中少不了青年男女，他们此行的目的不仅仅是看戏，更是寻找人群里的俊哥靓妹，作为日后托媒提亲的对象。

乡亲们对黄梅戏的深厚感情，还表现为在冬夜里看戏不惧寒冷，或是翻山涉河十几里地去邻村看戏。我对在冬夜寒风中看戏有较深的印象，看戏时大家挤在一起，不觉得有寒意；可是曲终人散，站起来只觉得裤腿钻风，两腿瑟瑟发抖，头恨不得缩到脖子里。而且翻山涉河十几里山路，需要胆量和勇气。伸手不见五指的夜晚，走在群山环绕的山路上，仅凭一个昏黄的手电筒或马灯。忽然，从自己的脚边跑过一只松鼠或猪獾，倒不觉得害怕，最怕听到山风吹动树叶的声音，因为不知是动物还是什么在游荡。那时我一直不明白：黄梅戏为何有如此之魅力？不少戏曲年年唱，本村和邻村演出也是同一场，为啥有人还要连续看十几遍？

孩子们看戏，虽说是看热闹，但他们却有惊人的模仿能力。春天田野里，一群孩子在挖野菜，不时传来婉转稚嫩的对唱：“郎对花，姐对花，一对对到田埂下。丢下一粒籽，发了一颗芽，么杆子么叶，开的什么花？结的什么籽？磨的什么粉？做的什么粑？”有的甚至在田间，用竹篮和手帕做道具，有模有样地表演起来。秋天山林中，孩子们相约去扒柴，林间黄梅戏乡音阵阵：“长子来看灯，他挤得头一伸；矮子来看灯，他挤在人网里行；胖子来看灯，他挤得汗淋淋；瘦子来看灯，他挤成一把筋；小孩子来看灯，他站也站不稳；老头儿来看灯，走起路来戳拐棍；这班灯观过了身，那厢又来一班灯。”

但痛心的是小孩子们不完全理解道具是为了配合表演，演出是在保障安全的情况下进行的。向阳村的几个孩子在山间砍柴火，休息间隙，他们表演起《王小六打豆腐》。有个孩子为了模仿王小六上吊的场景，将衣服打个结，一头系在树干上，踩着另一个孩子的肩膀，慢慢靠近绳结，然后将头伸进去。举他的孩子一离开，那个孩子全身的重量全靠绳结拉起，谁也没想到，那绳结是个死扣。孩子扑腾挣扎，可就是不能落地。一旁看热闹的孩子，还以为他是在逼真地表演，结果一个鲜活的生命就这样戛然而止了。

戏曲小舞台，人生大智慧。20世纪80年代，桐城大大小小上千个乡村搭建起一座座简陋的戏台，演绎着“正月里来是新年，黄梅戏曲声声甜”的佳话。这可能是黄梅戏舞台史上最辉煌的时刻，演员不是名角大腕，却是村民心中耀眼的明星。虽然他们的人生充满着跌宕起伏，但他们传递给乡亲们的是热爱，是坚守，更是乐观。

电视的金色年华

没承想，时代发展如此迅速，短短30年，作为“60后”“70后”“80后”众星捧月的电视，曾经风光无限，却因电脑、智能手机和网络电视的普及，在“90后”的眼中，俨然是一件摆设。

“70后”的我，正赶上吹响“向四个现代化进军”的号角。那时两首歌曲特有名：一是《祝酒歌》，其中有句歌词“为了实现四个现代化，愿洒热血和汗水”；二是《年轻的朋友来相会》，歌词是这样的：“……再过二十年我们重相会，伟大的祖国该有多么美！天也新，地也新，春光更明媚，城市乡村处处增光辉。啊，亲爱的朋友们，创造这奇迹要靠谁？要靠我，要靠你，要靠我们八十年代的新一辈……”

歌曲的鼓舞力量是惊人的，小学作文里，我们充满了对现代化的憧憬，编织着伟大的理想。老师对四个现代化的解释是“楼上、楼下，电灯、电话”。虽然1879年爱迪生发明了电灯，但我的家乡通电是在1983年5月，有一个多世纪的差距。通电当天晚上，漆黑的山村终于大放光明，每家将门灯亮了一夜，乡亲们喜不自禁。

有了电，电视成为见多识广的乡村干部热谈的对象。幸运的是，当时乡政府与我家仅一河之隔。政府能引领时代潮流，1984年春节刚过，乡政府小礼堂迎来了全乡第一台黑白电视机。周一到周六，希望孩子走读书这条路的父母不轻易让孩子溜着去看电视，周六晚上是我唯一能看电视的时间。周六下午只有两节课，我回家手脚麻利地干完父母交代的农活，早早地赶到乡政府的小礼堂。那个礼堂能容纳近两百人，规模不小，而且礼堂有摆放整齐的长凳。晚上六点不到，礼堂里人头攒动，再迟就没有位置了。

有的人因干活来得晚，便自带小板凳，弯着腰，悄悄地走到前面，找个能放下小板凳的边角位置坐下。七点钟之后，如果还想看电视，那就得站在礼堂外的走廊上，透过几扇窗户，看电视画面上模糊的人影了，此时唯有支起耳朵，专心听声音。电视中精彩的镜头，会引起哄堂大笑，特别是青年男女亲热的画面，有些年轻人会趁机起哄，我和小伙伴们都不好意思地低下头。

因黑白电视机需要天线，遇到雷雨等恶劣天气，电视画面就都是雪花点，人影模模糊糊，声音嘶嘶啦啦，可这阻挡不了乡亲们看电视的热情。乡干部会走上去，不断地调试着天线方向。画面再差只要有声音，就会有留守的观众。特别是看连续剧，如果错过一晚，第二天人整日闷闷不乐，不断猜测着剧情的发展。

我清楚地记得同学们追过一部美国电视剧——《神探亨特》，每周有两晚播放，一晚两集。汪河中学距乡政府仅两百米，初三学生必须住校，路远的初一、初二学生也可住校。住校的学生会趁老师漏到教室点名的空隙偷偷溜进小礼堂看电视。不是周六晚上，小礼堂也是人满为患。可能因为打扫礼堂麻烦，加上有些凳子被损坏，乡干部突然决定，放《神探亨特》的晚上关闭大门，害得不少同学坐在晚自习的教室里，内心像猫抓一样，心思根本不在书上。

好在每个村庄都有几个头脑灵活的人，乡政府的关门行为，激发了他们勤劳致富的念头。村子里第一台黑白电视机的诞生是在1986年夏天，其主人不是村干部，而是一个20多岁的吴姓小伙子，论辈分，他是我爷爷辈。他对种庄稼不感兴趣，有时间去倒腾一些副食品卖，走南闯北，与外界接触多，易接受新鲜事物，也舍得花钱。

听说促使他下定决心买电视机的原因，其一是在乡政府看电视受了委屈，其二是《西游记》的热播。街头巷尾，孩子们拿个木棍当金箍棒，舞得虎虎生风；小青年吹着口哨，吹着《敢问路在何方》的曲子。吴姓小伙子把14寸黑白电视机搬回家的那天晚上，整个村子里能走路的人都去了，他家门前的稻场上热闹非凡。只见他不停地给年长的人散烟，其母亲则在一旁端茶送水。两集电视从头到尾没人去厕所，生怕错过一个情节。散场各自回家的路上，乡亲们还是对电视中的精彩情节津津乐道，当然也少不了对那位小伙子的羡慕之情。

随后的日子，村里陆陆续续有四五家买了黑白电视机。大家不再全挤在吴家看电视，而是按照就近原则选择，显然电视还是众星捧月的对象。1987年春节前几天，村里有了第一台彩色电视机，是日本东芝牌的。彩电的主人是我五服之内的舅舅，在马鞍山十七冶公司工作，1986年他被外派到科威特修建炼油厂，回国时好不容易弄了一张票，就雄赳赳气昂昂地搬回一台21寸的东芝彩电，听说这彩电市面黑价要三千多呢，凭票也得两千元。

彩电顿时让我们眼睛一亮，无论主持人还是电视剧中的主人公，他们的服装搭配都那么明亮艳丽，一扫以前的黑白色。我看的第一部彩色电视剧是《凯旋在子夜》，朱琳饰演的江曼成为经典，一举手一投足，皆是我崇拜的样子。1987年除夕晚上，孩子们丢下饭碗，来不及放鞭炮，就纷纷挤到我那位舅舅家观看春节联欢晚会。费翔的《冬天里的一把火》《故乡的云》是那年晚会的主旋律，一夜之间风靡大街小巷，

费翔的红衣服也成为流行。

我家第一台黑白电视机是1989年春父亲托人弄票买到的。那年春节，一家人围坐在火盆旁边，一边吃着瓜子、花生，一边喝着热茶，兴致勃勃地欣赏节目。哥哥和妹妹不喜欢看舞蹈，趁着放舞蹈的间隙出去放几个鞭炮。好像没多久，四个小时的节目就结束了，我们按照主持人赵忠祥、倪萍十二点的倒计时报数，用一长串开门鞭迎接新的一年。屋外鞭炮声此起彼伏，屋内电视里祝福声声。

高中时住校，我只有周六回家，所以看电视的机会不多。寒暑假期，家里总有干不完的农活。那时电视只有两三个频道，且播放时间有限，不像现在24小时都有，每周二下午是电视台整修的日子，没有信号。夏天白天长，劳作回来都过了七点了，我每晚端着饭碗，追看七点半的电视剧，似乎不知道炎热，也不理睬蚊子的叮咬。即使是如此恶劣的观看环境，电视仍是我少年时代认知外面世界的重要渠道。当然，那些年我们追过的电视剧部部堪称经典，如《神探亨特》《西游记》《凯旋在子夜》《济公》《红楼梦》《渴望》《四世同堂》《聊斋》《上海滩》《霍元甲》《陈真》《情义无价》《便衣警察》《京华烟云》《雪山飞狐》《戏说乾隆》《星星知我心》《新白娘子传奇》等。

从1989年到今天，我家的电视机换了六七台，画面越来越清晰，电视频道也越来越多。可以说，科技的进步和文化的繁荣，给我们带来了更多选择的权利。可如今每每打开电视，往往充斥着的不是真人秀，就是古装宫廷剧，或是所谓专家的养生方、保命丸。电视，你的金色年华，难道已成明日黄花？

面对带给我无数回忆画面的电视，“70后”的我，舍与不舍，好纠结……

小小收藏家

2017年除夕之夜，最激动人心的时刻不是春晚的零点倒计时，而是约1.68亿集五福的网民同时刷屏分享支付宝2亿元红包。结果众网民到手的钱数目不等：最少的为1.08元，最高的是666元。支付宝最初设计的红包可是从2元至666元不等，显然最终分配比例有出入，但无人抱怨，这好比摸奖，且不要成本，节日里碰个手气，自娱一下而已。

结果并不重要，因为集五福分红包的过程已充满了乐趣，年龄跨度从十几岁到六十几岁，众网民在短短的一周内，聚集在QQ、微信群，见面就说："你扫到敬业福了吗？""急求敬业福""扫敬业福的*N*个妙招"……甚至有人写段子调侃："二十年前一帮傻孩子吃干脆面集卡片总是集不齐，二十年后一帮成年人用支付宝集五福也集不齐还乐此不疲，为什么呢？答案是：那帮傻孩子长大了。"

在各大群内聊天记录、朋友圈中晒福卡的集体"狂轰乱炸"下，我也没抵得住诱惑，参与了扫码集五福的大军。我很幸运，只用了两天时间就集齐了，敬业福来得更是惊喜：按照群友的方法，自己写个福，用手机一扫，喜获。

上高中的儿子对我此举深感不解：集五福的乐趣何在？学过概率统计没有？我笑而不答，却和儿子谈起我童年时期曾收藏过的宝贝及其意义：它凝聚着一代人的集体记忆，更是他们的生活印迹，虽然那时我们并不懂收藏的真正意图。

我依稀记得童年的第一份收藏品是糖果纸。20世纪70年代末的农村，方圆几十里只有一个国营商店，且货物主要为日用品。对孩子们来说，最具吸引力的是两分钱一个的糖果，其他食品只能饱饱眼福而已，因为其价格是我们无法承担的。那时孩子们挣钱门路极少，主要是采药材（摘菊花、金银花，寻蝉蜕，挖桔梗和苍术等），好不容易攒够买两三颗糖果的钱，趁上学路上避开耳目，悄悄地溜进商店，来到糖果柜台旁边，隔着玻璃打量那一堆花花绿绿的糖果，只觉得两眼发光，口舌生津。我小心翼翼地将手心捏得出汗的几个硬币放上柜台，鼓足勇气，向高傲的营业员小声地说上一句："给我两颗糖果！"营业员趾高气扬地走过来，随手从橱窗里拿出两颗糖果，扔在硬邦邦的玻璃柜台上。一旦发现两颗糖果纸颜色一样，我会小声地要求换一颗。营业员很不耐烦，嘟囔一句："哪颗糖果还不一样?"

是的，每颗糖果的质地都一样，可它的包装却不同。我买糖果不仅仅是为了享受甜蜜的二十分钟，更喜欢将糖果纸擦净平摊理好，夹在书里收藏起来。课间休息或放学路上，小伙伴们三五成群地挤在一起，从书包里掏出五颜六色的糖果纸：看谁的种类最多，看谁的最漂亮，看谁的最齐整。如果有动物图案的，那会引来很多艳羡的目光哦！

"斗私批修"的年代，人们服装的色彩多为黑、灰、蓝三色。论斤卖的食品，更没有今天华丽的包装，多数是用旧报纸或黄皮纸裹起来而已。唯有小小的糖果，因为黏手而穿上了"外套"。可积攒十几张图案、颜色不一样的糖果纸，是件不容易的事。小伙伴们大都吃红薯糖果（由红薯熬制的糖浆制作的），其包装纸极为单调。若能吃上浓白的奶糖，那种幸福不言而喻：不仅可品尝牛奶的嫩滑芳香，更可欣赏奶糖艳丽多彩的“外衣”。然而，如此的幸福只有极少数小伙伴才可拥有。

谁想获得各种动物图案的奶糖纸，就必须和小伙伴中的“贵族”搞好关系。我天生对搞好人际关系较为迟钝，所以积攒的糖果纸虽有几十张，却是常见的那些。好在有一本家姐姐，她比我高一年级，我们关系一直要好，她父亲在乡镇企业跑推销，走南闯北，不时带回一些珍贵的高级奶糖，她偶尔会送我一两颗。我记得奶糖中最有名的是上海大白兔奶糖，那糖果纸上有形态各异且憨态可掬的小白兔。

记忆的卡片里，积攒糖果纸的爱好伴随我有三年的时光。三年不短，我不放过路上一片糖果纸垃圾，最终战果有近百张版式不一的糖果纸，囊括了各种水果、花卉、动物的图案。花花绿绿的糖果纸世界中，每张都有着我特殊的记忆：有劳动的艰辛，有攒钱的动力，有友情的珍贵，有分享的甜蜜，还有整理的快乐……

我的第二份收藏品是明星画报。20世纪80年代随着改革的强劲春风吹来，似乎一夜之间，邓丽君的歌曲《小城故事》《四季歌》《何日君再来》《甜蜜蜜》，电影《小花》《红牡丹》《甜蜜的事业》《瞧这一家子》《少林寺》的主题曲红遍了祖国的大街小巷。无论是歌手，还是演员，他们甜美清新的外貌、合身得体的时装，一下子成为电影画报、笔记本的封面主打。只要家里有年轻人，原先过年福、禄、寿等传统年画都悄然改为时髦靓丽的明星画像。那些年，刘晓庆、陈冲、张瑜、潘虹等女演员成为年轻人竞相模仿却不容亵渎的偶像。

我将新买的笔记本内插图页小心翼翼地撕下来，或在教室、文化站外的垃圾堆里找寻图画，当然还有一些同学的无私馈赠，然后按人物分类整理。我记得收藏最多的是刘晓庆在不同场合的剧照，放在今天，我绝对是晓庆姐的“铁粉”，虽然我不大喜欢她现在的“逆生长”。如今想来，收藏明星画报可能是我对新生事物萌动了好奇之心，抑或是释放了天性中对美的追求。

男女生的爱好从小就有差异，男生喜欢收藏的主要是火柴盒和烟盒，而且他们的收集方式与女生也大不相同。火柴是农村家家户户的日用必需品，虽然五分钱一盒，但一盒大约80根，一天做饭至少要三根，决不能浪费。为了积攒火柴盒装饰画（即现代人收藏的“火花”），少年有点不明挣钱难，他们悄悄地将火柴擦着燃尽。此举一旦被大人发现，免不了一顿责骂，但大人的话他们往往是左耳进，右耳出。

如何获得更多火花？男生似乎更喜欢通过游戏输赢的方式得到。那时，无论在教室，还是在田埂、稻场上，只要看见几个男生头挨着头凑在一起，趴在课桌或地上，那一定是在玩“火花”游戏：先由一人发张“火花”，图案面朝上，再由另一人用手掌使劲拍打桌面或地面，由于震动和风吹动，“火花”若能翻身，则获胜，即可将“火花”收入囊中。不怕手掌震痛的，或手劲较大的男生，一般获胜的概率较高，收藏的“火花”就比较齐全，往往成为人气高涨的“孩子王”，后面跟着一群随时待命的小伙伴，可神气了。

收藏烟盒可能源于其稀少珍贵吧！记忆中爷爷辈们抽的是烟袋，烟丝是用自家种植的烟叶卷制而成，烟味大，很呛人。随着我国香烟事业的蓬勃发展，加上当时人们对香烟的危害认识不够，父辈们中一些有身份、有地位的开始抽起了香烟，牌子主要是大前门、红双喜、团结之类。不抽烟的家庭，如果有手艺人（瓦工、木工、篾匠等）上门做工，那必须买包烟，以示对手艺人的尊重。在温饱还未解决的年代，抽得起香烟的人很少，积攒十个以上图案的烟盒都是不易的事，更何况家长怕孩子收藏烟盒会萌生抽烟的念头，小伙伴们唯有将烟盒收藏在隐秘之处，以免被父母发现了扔进锅灶烧成灰。

20世纪80年代，随着我国农村乡镇企业的兴起，沿河两岸不乏走在时代前列的人物，他们走南闯北推销产品的同时，也为小伙伴们带回各种品牌的香烟，我们收藏烟盒不再是艰难之举。也许是因为年龄的增长，也许是因为物质的繁荣，儿时的收藏在岁月流逝中失去了最初的吸引力，终归

成为人生长河里一段或深或浅的记忆。

如今收藏既是一门艺术，又是一条生财之道，除了需要一定的经济实力外，还应具备相关的专业技术，非寻常人力物力所能及。“70后”，你若也曾是一个小小收藏家，回忆起童年的那些宝贝，真正的旨趣绝不在于生财吧！

收音机里的五彩世界

20世纪70年代，我国城市青年结婚讲究三大件，即自行车、手表、缝纫机，加上收音机，即“三转一响”。对农村青年来说，那是一个难以企及的梦想，但时代却能在村民诧异的眼光中不经意间地改变。

我的家乡，四周是连绵不尽的山峰，高低不平的丘陵上散落着几十户人家。风吹，草长，花开，果熟，四季更迭，一切是那么简单有序。然而，河对岸乡政府的每日两次广播，却为年少的我打开了五彩的世界，即使它只有新闻播报、天气预报和开会通知等几个版块。

在接触说唱黑匣子——收音机之前，我对广播充满了好奇：一是播音员怎么知道其他地方发生的事呢？二是播音员站在哪里？三是声音怎么能传得很远呢？……一切都是未解之谜，我只觉得世界太神秘，自己却一无所知。

乡政府的广播好像在1980年之后慢慢归于平寂，取而代之的是部分人家买回的能耐更大的收音机，它的内容可是相当丰富的：除新闻、报纸摘要和天气预报外，还有歌曲、相声、评书、小说连续广播、情感夜话等。我更是好奇，那么小的匣子，怎么有不同的频道，能说会唱，甚至能够从早讲到晚？我脑海中无数的疑问，正如《童年》那首歌：“没有人知道为什么，太阳总下到山的那一边；没有人能够告诉我，山里面有没有住着神仙；多少的日子里，总是一个人面对着天空发呆，就这么好奇，就这么幻想……”

收音机带给山里孩子的不仅仅是悦耳的声音，更多的是知识启蒙，开启了他们对未知世界的向往与探索。

我最难忘的是中央人民广播电台第一套节目的少儿广播，它有两个经典栏目，即《小喇叭》和《星星火炬》，它们已成为众多“70后”不可磨灭的童年记忆。《小喇叭》是每天下午3点40分开始播放，我最熟悉的是开头曲：“嗒嘀嗒、嗒嘀嗒、嗒嘀嗒——嗒——嘀——，小朋友，小喇叭节目开始广播啦！”小喇叭广播的对象是学龄前的儿童，童话故事中的小红帽、狼外婆、灰姑娘、白雪公主、美人鱼、小马过河、揠苗助长，把我带进正义、善良、充满智慧的世界。还有从《小喇叭》里学到的一首儿歌，我至今难忘，歌词是“哥哥报了名去当解放军，骑着大红马呀戴着大红花，大家欢送他呀，人人把他夸，说他爱人民呀爱国家”。上小学三年级的我，好为人师，把邻居家的小妹妹们呼唤到家里，安排她们像学生一样坐在小板凳上，我则现学现卖，把这首儿歌教了好多遍，直到每个人都会唱才罢休。

《小喇叭》之后，紧接着是《星星火炬》，这是专门为少年朋友准备的，内容也很丰富，有学校生活、科学知识、英雄事迹、课文选读、作文经验、故事会、广播剧、少儿歌曲等。我想“70后”都不会忘记有位“故事爷爷”叫孙敬修，在他绘声绘色的讲述中，我们“阅读”了《大闹天宫》《孙悟空三打白骨精》《高玉宝》《王二小》《鸡毛信》《闪闪的红星》《永不消逝的电波》等，心中充满着对智勇双全英雄的膜拜。

《每周一歌》是男女老少都喜欢的一档音乐节目。每周播7天，每天3～4次，每次10分钟，一首新歌就这样在循环播放中走进年轻人的心中。70年代末至80年代初，录音机还没走进乡村人的视野，如何尽快唱响流行歌曲成为年轻人的难题，而《每周一歌》正好解决了这一难题。我记得班上不少同学都有珍贵的歌词本：有装帧精美的笔记本，也有四角卷起的作业本，还有自己装订起来的厚厚的草稿本。如果翻开不同的歌词本，你会惊讶地发现：同一首歌，歌词怎么不一样呢？这可是有原因的哦，因为歌词是同学们从收音机里边听边记录下来的，歌手吐词字正腔圆，但收听者的耳力却不一样啊！《八仙过海》《敢问路在何方》《牡丹之歌》《甜蜜的事业》《牧羊曲》《上海滩》《万里长城永不倒》等影视剧的插曲，《四季歌》《希望的田野》《乡恋》《我的中国心》《难忘今宵》《十五的月亮》《在那桃花盛开的地方》等春节联欢晚会上的新歌，都曾是《每周一歌》长唱不衰的传奇。

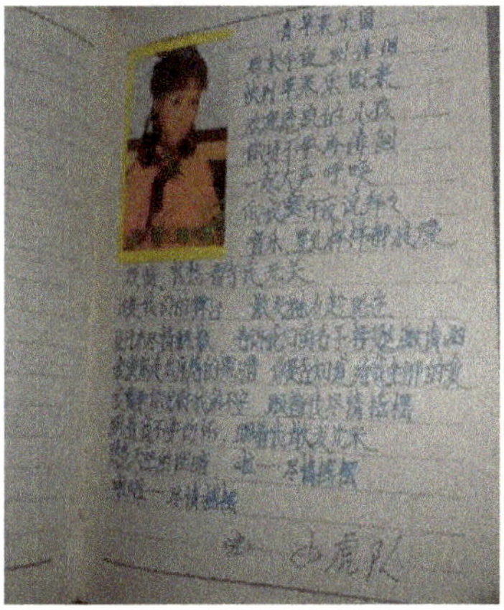

最能吊听众胃口的是小说连续广播，每天一集，每次30分钟。那时的演播者可是名家，如单田芳、刘兰芳、田连元、袁阔成等，当然他们本身就是评书大师。中国四大名著、优秀历史典籍及战争题材的小说在农村的最早普及，实际上就是通过收音机完成的。除《封神演义》《三国演义》《隋唐演义》《杨家将》《呼家将》《岳飞传》《红楼梦》《水浒传》《西游记》《白眉大侠》《瓦岗寨》等十多部传统评书外，还有《林海雪原》《平原枪声》《一颗铜纽扣》《新儿女英雄传》《红旗谱》《四世同堂》《烈火金刚》《骆驼祥子》《东方》《蹉跎岁月》《宝葫芦的秘密》《人生》《飘逝的红头巾》《夜幕下的哈尔滨》等几十部根据原著改编配音的现代广播剧，都给听众留下了不可磨灭的记忆。特别是单田芳，能模仿几十种声音，惟妙惟肖，听众在其浑厚的音域中感受战场的刀光剑影、人物内心的心潮起伏、敌我之间的鱼死网破。没有任何娱乐活动的时代，劳累了一天的人们，如能躺在床上静静地收听30分钟的小说连续广播，那是何等的幸福！我们只觉得时间飞逝太快，最怕听到的是“欲知后事如何，且听下回分解”，因为听下回分解需要24小时的漫长等待。

相声是听众的最爱，看不见说相声者的外貌，但捧哏和逗哏的说学逗唱、三翻四抖、诙谐有趣、讽刺揶揄，在短短的几分钟内将这门语言艺术的魅力发挥到极致。“70后”的我不会忘记，大师马三立的单口相声《逗你玩》《训话》《学说瞎话》令我捧腹大笑，侯宝林和郭启儒的对口相声《卖布头》《南腔北调》令我忍俊不禁。在老一辈相声大师的带领下，先后踊跃出一批优秀的相声表演者，如马季、唐杰忠、侯耀文、石富宽、姜昆、戴志诚、冯巩、牛群等。可以这么说，他们成为家喻户晓的明星，收音机是功不可没的。马季的《宇宙牌香烟》，侯耀文、石富宽的《糖醋活鱼》，姜昆、唐杰忠的《虎口遐想》，牛群的“领导，冒号”，似乎一夜之间火遍了大江南北、长城内外。现在想想，那是个用作品和声音征服听众的时代。

当时中央人民广播电台第一套有个节目叫《天气预报》，全是晦涩难懂的专业术语，却给我留下了深刻的印象，每天下午三点一刻播放。什么“3000米高空”“低压槽”“1018毫巴”“冷涡”“切变线”，我全然不知，也不好意思问别人，倒是不少地名在地图上能找到，如阿勒泰、酒泉、老君庙等。《天气预报》的播音员语速缓慢、声音低沉，有点像电视剧《潜伏》中余则成一边听、一边记录的广播中的各种暗语。后来学习高中地理时，我才清楚冷暖气团、气压、气旋、地形等都是影响天气的重要因素，而天气形势是指天气图上温压场等的配置所显示的大范围环流型与不同类别天气系统分布的状况。

收音机见证了人类科技进步，播放出百年经典音符，有着穿透五彩世界的魔力，更担负起古今中外文化传承之重任。

露天电影的片段记忆

电影，是视觉和听觉交融的盛宴，集文学、摄影、绘画、音乐、舞蹈等多种艺术于一体，既可给观众带来须臾的放松，又可带来些许思考。

电影放映史经历了从小众到大众再到小众的时代。“70后”的我，恰恰见证了电影大众时代的魅力：宽广的晒谷场上，简陋到只有一幅白布屏幕、一台放映机和一个放映员，场景却火爆到晒谷场四周的果树上都坐着人，这就是20世纪七八十年代遍布乡村的露天电影。

在乡亲们为温饱而奋斗的年代，任何精神需求都是奢侈的，露天电影为不同年龄、不同层次的观众带来了集体狂欢和文化给养。他们不畏寒冷，无惧酷暑，跋山涉水，随身携带小板凳，只为看一段他人世界的悲欢离合，或是看一场硝烟弥漫的战争，抑或是看一部正义战胜邪恶的故事……

入学之前，我对露天电影的内容似乎没有记忆。上学后，我慢慢认识了银幕上的文字，逐渐懂得电影讲述的故事。我对露天电影的最早记忆始于《元帅之死》（由于时间久远，记忆模糊了，好在有百度搜索，得知此电影是1980年放映的），如今还记得片中的两个镜头：一是开场只见一位大胡子爷爷（那时我并不知道主人公的名字）骑着高大威猛的战马，头戴大盖帽，身穿一袭白制服，肩上有五角星，脚蹬黑色长靴，好威武；二是接近尾声时，大胡子爷爷身患重病，被关押在监狱里，有红卫兵看管，他想喝水，正好下雨，只能将茶缸伸到窗外去接点水，却被红卫兵看见，一手打翻了茶缸。不知何故，小小年纪的我竟为大胡子爷爷流下了悲伤的泪水，心里充满了对红卫兵的憎恶。如今想来，这大概就是“人之初，性本善”吧！

回忆整个少年时代，最高兴的事莫过于晚饭后看一场露天电影，那时场次很少，每个生产小队一年也就六七部吧。如果碰到村里经济条件尚可的人家庆祝喜事（做寿或结婚），自个儿掏钱为乡亲们放场电影，那感觉就像自己捡到了宝。

记得我上小学时要经过大队部，若看到墙上张贴放映电影的消息，心情就特别好。奇怪的是，那天下午的三节课，似乎比平时要漫长得多，若恰巧碰上值日，同学们分工打扫教室的速度极快。下课铃声一响，大家背着书包，一路小跑回家，三下五除二做完爸妈交代的农活，然后做作业，语文抄写的字迹、数学题的正确率，则要大打折扣。其实那时老师通情达理，放电影的晚上布置的作业特少，但有的同学仍忽略不做，当然若碰到较真的老师，第二天中午作业没做的同学必被留下，由同村其他同学帮忙带午饭来校吃。

在没有文化娱乐的时代，看一场露天电影好比吃一顿文化大餐，老师们也不放过到学校周边村庄看电影的好机会。当然老师们很幸福，他们无需自带椅凳，轮到哪个村庄放电影，那个村子里的学生会占领最佳观影位置，为老师备好椅凳。老师的这一福利，竟然令当年的我甚是羡慕，不自觉地萌生长大当老师的梦想。

当年一部露天电影时长四五十分钟，但由于技术有限，中间至少要换三四次胶片，每次换片的时候，是观众如厕的好时间，却是孩子们的最佳表演时间。他们跑到白色银幕前，用脑袋和四肢尽情地摆造型，好奇地看着银幕上自己乱糟糟的投影。

遗憾的是1987年之后露天电影在家乡消失了（不知我的记忆是否准确）。我如今能记得的影片不多，但我不会忘记《天仙配》中的七仙女不畏天宫戒律，私自下凡与董永约定终身，享受“你耕田来我织布，我挑水来你浇园”的人间欢乐；《牛郎织女》中牛郎、织女七月初七鹊桥见，甚至那晚我会静静地站在樱桃树下，期望能听到牛郎与织女的对话；《女驸马》中的冯素珍为救夫女扮男装，进京赶考中状元，却被误招驸马，洞房花烛夜，实告隐情而化险为夷的勇敢场景。我能记得如此深切，不仅因为这三部电影的人物故事家喻户晓，更因为它们是家乡黄梅戏的经典之作，一曲黄梅，唱尽天上人间。

除此以外，电影《大渡河》《四渡赤水》《渡江侦察记》《铁道游击队》《地道战》《英雄虎胆》《闪闪的红星》《戴手铐的旅客》《马路天使》《七十二家房客》《神秘的大佛》《红牡丹》《小花》《许茂和他的女儿们》《月亮湾的笑声》《瞧这一家子》《甜蜜的事业》《刘三姐》《405谋杀案》《珊瑚岛上的死光》等，都给我留下了较深的印象。其中有些影片的主题曲或插曲，已成为音乐传唱中的经典，有高昂斗志的革命热情，如“小小竹排江中游，巍巍青山两岸走，雄鹰展翅飞，哪怕风雨骤，革命重担挑肩上，党的教导记心头”；有依依不舍的战友情，如“送战友，踏征程，默默无语两眼泪，耳边响起驼铃声，路漫漫，雾茫茫，革命生涯常分手，一样分别两样情，战友啊战友，亲爱的弟兄，当心夜半北风寒，一路多保重”；有血缘至亲的兄妹情，如“妹妹找哥泪花流，不见哥哥心忧愁，心忧愁，望穿双眼盼亲人，花开花落几春秋，啊，花开花落几春秋，当年抓丁哥出走，背井离乡争自由，争自由，如今山沟得解放，盼哥回村报冤仇”；还有历经艰辛迎来绚丽绽放的赞美之情，如“啊，牡丹，百花丛中最鲜艳，啊，牡丹，众香国里最壮观，有人说你娇媚，娇媚的生命哪有这样丰满，有人说你富贵，哪知道你曾历尽贫寒”。简洁的文字，质朴的语言，优美的旋律，直抒胸臆。

可能因为八一电影制片厂（中国人民解放军八一电影制片厂）拍摄的战争题材电影比较多，再加上我儿时有做英雄的梦想，只要看到银幕上出现八一电影制片厂，我就知道要放战争片了，顿时热血沸腾，仿佛自己即将奔赴战场，去吹响胜利的号角。正是这些战争题材的影片，让我对北京的八一电影制片厂记忆深刻，以致2015年去北京旅游路过八一电影制片厂时，我激动不已。虽当时暮色已浓，我还是下车，站在八一电影制片厂大门口，拍下数张模糊不清的照片。

与露天电影一别就是二十来年，再次重逢是在2006年的武汉大学校园。武汉大学作为百年名校，有着深厚的文化底蕴、幽美的校园环境，是众多学子心目中的殿堂，这也是我去那里进修的原因。令我没想到的是，在电视、网络普及的时代，武汉大学竟然保留了每周五在梅园操场上放露天电影这一传统，更新速度紧跟院线，学生可免费观看。这可能是中国高校最独特的校园文化吧！

武汉大学的梅园电影操场借助地形而设，场内北边仿照阶梯教室，层层向上，浇筑了数个水泥长凳，为观众提供天然的座位。但水泥凳的缺点是冬冷夏热，同学们必须带本厚书垫一下，否则屁股受罪，为此部分同学则不辞辛苦，从寝室拎个方凳来。

梅园电影放映场

阔别露天电影二十来年，走出菁菁校园十年，突然有一天，坐在容纳近千人的操场上，和大家一起看电影，一起开怀大笑，想想也是醉了。没有如春的空调，没有舒适的座椅，没有环绕的立体声，同学们肩并肩，排排坐，照样可以享受露天电影独特的魅力。特别是观影结束后，同学们依次散去，回去的路上，不少人还沉浸在影片中的某一镜头，谈谈自己的见解，甚至出现两人观点相左时的激烈争论。这样的场景，我回想起来，还得追溯到自己上大学时在学校食堂观影（20世纪八九十年代，不少大学食堂周末就是影院，但学生需要买票），我们也曾对某位演员的演技评头论足，也曾对电影的内容高谈阔论，哪怕面红耳赤，也要争个子丑寅卯，这或许就是青春！我想，每个走出武汉大学的学子，若干年后回忆起在梅园操场看露天电影的夜晚，都不免会感慨“青春是一本太仓促的书”吧！

停驻武汉大学校园一年，我怕遗忘美丽的瞬间，就用相机记录下落英缤纷的樱花，却毫不费力地记住了梅园操场上放的两部露天电影：《夜宴》和《落叶归根》。不同的时代，不同的奋斗，不同的人生，令人深思的是人性中究竟有多少善，又有多少恶；有多少美，又有多少丑……

断断续续，零零散散，这就是我对露天电影的片段记忆，怀念的不仅是集体狂欢，还有对似水流年的一份珍藏……

春风里，我们在田野上撒欢

春日，阳光明媚的天气，城市郊区日益缩减的田野里，总有零星几个落寞的背影，蹲在地上，弓着腰，用铲子、剪刀挑着什么。走近一看，可知是挖荠菜一族。

我对荠菜的认知，始于中学语文课本里的一篇文章——《挖荠菜》，作者张洁出生在20世纪30年代，有过饥饿难耐的经历，对大自然恩赐的野菜有着特殊的感情。文中描述的画面感极强："多少年来，每到春天，我总要挑个风和日丽的日子，带上孩子们到郊区的野地里去挖荠菜。我明白，孩子们之所以在我的身旁跳着，跑着，尖声地打着呼哨，多半因为这对他们来说，是一种有趣的游戏——和煦的阳光，绿色的田野，就像一幅优美的风景画似的展现在他们面前，使他们的身心全都感到愉快。"

遗憾的是我读初中时，家乡的田野里找不到荠菜，乡亲们似乎也不知荠菜可食。但和煦的春风吹得小伙伴们浑身痒痒的，绿色的田野正在呼唤我们，精力充沛的我们奔跑在蓝天白云下，像小狗一样在田野上撒欢。

"野火烧不尽，春风吹又生。"每年冬天，家乡的田埂上草本植物枯尽。小伙伴们趁着大人们忙碌的空隙，偷偷地从锅灶边拿走火柴，挑着点燃几处田埂上的枯草。有时风大，枯草燃烧得很旺，不一会儿就燃尽整条坡埂（我的家乡在山区，主要为梯田）；有时空气湿度大，枯草燃烧不充分，顿时浓烟滚滚。无论哪一种，一旦被大人发现，少不了头上要挨几个"栗枣"。小伙伴们为啥"明知山有虎，偏向虎山行"呢？因为他们早就通过观察发现：野火烧过的坡埂，来年茅针（俗称茅长子）和野蒿等野菜长得更旺。

等到“春风又绿江南岸”时，田野里一下子喧闹起来：青青的麦苗像是喝饱了琼浆，一天一节地疯长，抽穗仿佛是一夜之间的事；油菜花也在不经意间变得黄灿灿的，吸引着无数蜜蜂来歌唱；红花草（紫云英）将收割后的稻田铺得严严实实的，白底紫红的花朵似繁星点缀其间，无不渗透着小家碧玉般的美。

此时色彩明艳的田野就成了小伙伴们撒欢的阵地。放学途中，我们三五成群地蹲在坡埂上，几个头挤在一起，在冬天燃尽的枯草中寻茅针。茅针是茅草初生叶芽后处于花苞时期的花穗，剥去外面裹着的草皮，只见一条柔软的白条儿。就是这个小白条儿，可把它卷起（叫打茅饼）放入口中，轻轻地嚼，绵软而淡甜，若有若无中带着一丝清香。不一会儿，口中什么都没有了，却留给你对青草的回忆与思念。也许是那个年代物质匮乏，一把茅针都成了小伙伴们吃得津津有味的零食。

茅针

一阵春雨一层绿，与茅针一起生长的还有野蒿。家乡的野蒿分为菊蒿和对蒿（又称泥蒿、藜蒿、芦蒿、水蒿）两种：菊蒿不可食用，秋天绽放菊黄色的小花，可采之入药，或装枕头用；对蒿则是做蒿子粑的主要食材。不知从何时起，家乡有一风俗流行至今，即阴历三月三吃蒿子粑，传说吃蒿子粑是为了把人的魂留住，身处异乡却不可乐不思蜀，要记住根在何处，故有“粑魂”之意。

初春的第一茬对蒿细嫩，淡淡的苦味中夹杂着野草的清香。事实上，我和小伙伴们还没等到三月三，就开始在田野上掐蒿子了。放学归来或周末，我们跨上小竹篮，唱着刚学会的儿歌，踏上梯田的某一田埂，沿着漫长的田埂，在不同的野菜中找寻对蒿。只要发现冒出土地寸把长的对蒿，无需剪刀，用手轻轻一掐即断。对蒿有汁，掐蒿的大拇指和食指及指甲都会变成褐绿色，一时难以洗净，只有等待几天，颜色自然会消失。那时对蒿真多，半个小时即可采满小竹篮，够一家人吃顿蒿子粑。野蒿、腊肉、糯米、籼米在一起充分糅合，那清香、那脆糯在唇齿之间交互作用，让你感受到乡间野味原来也可满足挑剔的味蕾。

对蒿

蒿子粑

晚稻收割后，为了给土地追肥并为来年准备充足的猪饲料，乡亲们会在田里撒上草籽（红花草的种子）。冬去春来，红花草沐浴着阳光雨露，吮吸天地之精华，像一床绿油油的绒毯，覆盖着整个田野。春风后，红花草迎来绽放的日子，花儿繁星点点，紫、红、白天然交织。见到如此浑然天成的地毯，小伙伴们不是仰天而躺，就是扑身而下，在厚实柔软的红花草上滚几滚，翻几个跟头，感受春天泥土与花草混合的清香。当然玩闹之余，我们不会忘记重任在肩，天快黑了，装野菜的竹篮还空余一截呢。我们急中生智，巧妙地拽几把田野四周的红花草放在篮子中间，上面再用野菜掩盖，以此躲过家长的责怪。这类情况只能偶尔为之，因为一旦弄不好就不是一顿骂，而是一顿揍了。

红花草

最有意思的是在油菜花田里捉蜜蜂，后来我才知那是恶作剧。小伙伴们好奇蜜蜂是如何将花粉变成蜂蜜的，为了调查清楚，我们不惜花费一两个小时，目不转睛地观察蜜蜂蛰伏在花蕊中，趁蜜蜂不注意，迅速下手捏住其翅膀，但得手的机会极少，因为蜜蜂虽在辛勤劳动，但也是眼观六路、耳听八方的。好不容易逮住一只蜜蜂，我们会将蜜蜂的螯针拔掉，或将其胃里的花蜜挤出，或将其后腿上的花粉刮下。等上学读书后知道蜜蜂是世界上最勤劳的昆虫，又给人类酿造最甜的蜂蜜后，我们再也不去伤害它了。

春天的田野还有一种金贵的草，叫小鸡草，一般长在红花草或油菜花田里，是鸡宝宝们的最爱。那时每家都会孵一窝小鸡，21天的等待后，小鸡破壳而出，像嫩黄色的绒球，叽叽喳喳，可爱极了。中午或傍晚放学回家，喂小鸡、逗小鸡是必不可少的娱乐项目。小伙伴们相约在田野里，瞅准肥嫩的小鸡草，一根根地抽，抽一把小鸡草只要十几分钟。抽回的小鸡草，用剪刀剪碎或用拇指、食指指甲

小鸡草

捋下草穗，抛在地上，小鸡们会欣喜若狂地奔过来，啄个不停。有时为逗小鸡跳高，我先不急着喂食，而是拿出一根小鸡草，引诱它们过来，它们一想啄，我就拉高一些，小鸡们为吃到食物，争先恐后地仰着脖子跳起来，样子好萌！

一眨眼，四季轮回中，我已步入中年。每年的春天，我还会挎上竹篮，在异乡的田野里找寻曾经书本中介绍的荠菜。当然荠菜无论凉拌，还是剁碎与猪肉搅拌成馅包饺子，都是餐桌上不可多得的美味。遗憾的是，春风里，我很少见到田野里撒欢的孩子们了！

成长篇

我为什么读书？

前两天，我在朋友圈里看到一个工作三年的“90后”发文——《我为什么读书?》，文中没有豪言壮语，也没有远大抱负，只总结了儿时自认为读书的三个原因，也是可有可无的。一是到了上学年龄，父母有责任将孩子送到学校；二是独生子女没伙伴，学校里有；三是智力正常的人就应该读书，她是正常人。因为年少，她一直没弄明白读书的内在原因，但父亲说过三句话却让她记忆深刻：在学校门口摔一跤也是好的；多喝点墨水总是好的；你读书是为你自己读的。如今一路走来，她突然醒悟：父亲质朴的语言，实际上是最好的诠释。

见此番解释，我想起多年前课堂上老师的提问：“同学们，谁能告诉我为何要读书?”那时同学们的解释大多模仿周总理的“为中华崛起而读书”。老师对此回答甚是满意。但我知道自己没有如此崇高的理想，却又不敢说出实情，怕别人笑话。看见她的自剖，已过不惑之年的我，也该整理一下读书的原因，只有不忘初心，才能方得始终吧！

我是“70后”，工作已20年，细想为什么读书，不同年龄阶段，有不同的理由。比较起来，初衷应该是最真实的答案，也是最原始的动力吧！

人生的前19年，我生长在农村。儿时的夏夜是喧闹的，村里人喜欢聚集在门前的晒谷场上侃大山，孩子们捕萤火虫，玩老鹰抓小鸡、丢手绢游戏，大汗淋漓，不亦乐乎！对于这些，我似乎兴趣不大，我喜欢躺在竹床上看天上的星星，当然，最幸福的是听几位年长者讲故事，每天晚上轮流来一段，到精彩之处，需等第二晚分解。若碰上下雨，或讲故事的人缺席，我得煎熬好几天才知下文。薛仁贵征东，半路杀出个程咬金，佘太君百岁上战场，穆桂英挂帅，诸葛亮神机妙算，鲁智深倒拔垂杨柳，孙悟空踢倒太上老君的炼丹炉，七仙女下凡私订终身……在我没上学时，历史人物、童话、神话故事等，由长者娓娓道来，生动有趣，悄悄地走进我懵懂无知的世界。

我对故事充满了好奇，农历七月七日晚，竟站在樱桃树下，期望听到牛郎与织女的对话。我对讲故事的人充满了敬意，认为他们是博学多才之人，有说不完的故事，他们一定看过很多书。如果我能识字，不就可以自己看书了吗？后来我才知道，那些讲故事的人大部分都不识字，记忆力却很惊人。他们喜欢听收音机，从那里收集故事素材，熟记于心，做“二道贩子”时，添加些当地的谚语、俗语，再用稔熟的方言俘获听众的心。当时农村有牛气之人，则为“说书人”，他们凭一张嘴游村串巷，获得口粮，所到之处，尽受追捧。有人甚至为听一段评书，翻越几道山岗，涉过几条河流。儿时的潜记忆很神奇，初中学习文言文《口技》时，我竟有身临其境之感。当时我对“说书人”的身世并不了解，只知道他们识字了不得。对“说书人”的崇敬，大概是我读书的初衷吧！

说书现场

因渴望早点背着书包进学堂，我对自己有了小要求。每天不是扳着指头数，就是在地上捡石子数，有时到晒谷场捡玉米粒数。写到这，有人会觉得奇怪，会数数就能上学？这是因为哥哥比我大三岁，他告诉我，学校只收会数数的学生，而且暑假小学校长到村子里做家访时也是这样说的。那时对学生的入学年龄要求没现在这么严，只要能从一数到一百即可上学。这条件对现在的孩子来说，根本不算事，不少孩子两岁就能做到。但20世纪70年代的中国农村，六七岁的孩子能做到的都不多。凭这点优势，我本该在家带妹妹一两年才可入学，却提前至六岁半入学，同学大都比我长两三岁。

上学的日子真是幸福：坐在教室里，风不吹、雨不淋、日不晒。这种日子，农村人认为那是“吃皇粮”的才可以享受到的！城里孩子盼着放假，因为放假父母就会带着去公园，或去商场买好吃的糖果、漂亮的衣服。农村孩子可不想，因为放假的日子，就是去田间地头辛苦劳作的日子。

可偏偏当时学校有个特殊的假期，叫“农忙假”，时间为一周，一年两次。上半年是在“六一”儿童节前后（我小学五年的“六一”儿童节都包含在“农忙假”中）。那时段有个节气叫“芒种”，顾名思义，“芒种”就是忙着收、忙着种，麦子、油菜收割完，就抢着插秧、种玉米、种豆子。下半年是在国庆节前后，举国欢庆的日子，也是农村秋收农忙的日子。收割完中稻、豆子、玉米、红薯，又得种小麦、栽油菜。那时老师百分之九十来自农村，家有一亩三分地，他们当然不能躲在学校里偷懒。因此，“农忙假”是农村人的假期，是农村学校根据现实情况设立的。

我不是好吃懒做的孩子。春夏季节，上午放学后，我和班上大多数女生一样，在下午上学时会携带个大竹篮，傍晚放学路上经过大片田野，田埂边地沟里野菜长得正水灵，顺便可打一篮子猪草。秋冬季节，下午上课早，还少上一节课，放学时，太阳西斜在半空。我和小伙伴们不敢在路上耽搁，快速回家，扔下书包，背上柴篓，上山扒柴。经过庄稼地时，环顾四周，若没人，我们会迅速从路边的地里拽一颗萝卜，或刨一根红薯——那是我们的点心。附近山上柴火不多，早被年纪大、腿脚不便的老人扒走了。有时我们得走五六里地，爬到半山腰。荆棘丛生的林子深处，松针又厚又软，我们的收获往往很丰厚，每个人满满一柴篓柴火，大约四五十斤。可路途遥远，我们还得在天擦黑前赶回，否则就看不见回家的路了。

做这些农活我不觉得苦，也不觉得累，但就是不喜欢暑假和“农忙假”。究其原因，农村孩子都知道：那时天气炎热，抢收、抢种全在太阳当空照时进行。农村有句俗语，形象地描绘出懒汉的心态：“早怕露水，午怕热，晚上又怕蚊子喝了血。”实际上，这也是不少孩子的心理写照，至少我是。我讨厌芒种时麦穗扫在胳膊上的瘙痒，害怕晨起割水稻时因倦怠而割到手指的疼痛，更害怕“双抢”时那浑浊水田中无孔不入的蚂蟥。

文人骚客笔下“采菊东篱下，悠然见南山”的悠闲、“晨兴理荒秽，带月荷锄归”的适然、“待到重阳日，还来就菊花”的豪约，作为农村的学生，我是没有共鸣的，甚至觉得那是闲来无事之人的矫情。

20世纪80年代，家庭联产承包责任制推行，一下子唤醒了农村人的热情。他们与土地亲密接触，精心摆弄着自家的庄稼，田野焕发出青春的光芒。为了获得更多的劳动力，不少上学的孩子们也被拉编入队，特别是成绩不好又不愿意读书的孩子。

不热爱农忙和“双抢”，又担心父母拉我回家“修地球”，所以我不敢把《当代少年》《少年文艺》《儿童文学》《故事会》和小人书带回家，于是全塞进同学的书包里。我的成绩在中上等徘徊，这样的成绩支撑到我顺利地初中毕业。现在回想起来，对农村生活的抗拒，是我愿意读书的最直接动力吧！

初中毕业，对农村女孩来说，已是幸福。摆在面前有两条路，一是有

能力者参加中考；二是学业到此结束，回家务农。记得中考前有个预选考，预选考通过者才有机会参加中考，中考地点在县城。不少家长认为孩子成绩差，没必要参加预选考，更何况也不一定能考上高中，去县城参加中考三天，还得花费不少钱，何必白花钱呢？学校也规劝成绩差的同学参加完毕业考就打道回府。以我在班级里的排名，通过预选考是没问题的，父母给了我机会。结果我败在中考上，与普通高中分数线差十分。

整个暑假，我在失魂落魄中熬过。现实摆在面前，母亲知道我干不了繁重的农活，就劝我跟小姨学个缝纫手艺。她说即使上高中，三年后的高考也没胜算，那时我年龄大了，手指头也不灵活，学手艺怕错过最佳的时间。我不知如何推脱母亲的提议，每天跟随母亲早出晚归，尽量学着干田间的各类农活，没敢正面回应。

那个暑假发生了一件令我震惊的事。邻村一女孩（我的小学同学，我们曾是同桌，她小学毕业后在其父亲的工厂做鬃刷）嫁到我村，男孩是我五服之内的哥哥。她16岁，男孩19岁，问题是女孩未婚先孕，再不结婚，她在村子里就抬不起头了。举行婚礼那天，我没去热闹的洞房，但我清楚，她嫁到我们村来，我们迟早会遇见的。她婚后第三天，我在小河边洗衣服时碰见了她。她比我大方，先跟我打招呼，我看躲不过，就敷衍地祝贺了她。看着她高高隆起的腹部与稚嫩的脸颊，我在心底暗暗告诉自己：千万不要这么早被婚姻困住。但我拿什么条件，要求父母继续供我读书呢？

暑假快要结束时，我知道不能再犹豫了。正好有三四个同学来串门，她们说高中有自费生名额，需交一大笔赞助费，而且有参加高考的机会。其中两个家庭条件较好、中考成绩接近录取分数线的女生，已办好上高中的自费手续。几个晚上，我辗转反侧，思来想去，决定跟父母谈谈内心的想法和对未来的打算。

好在父母没有重男轻女的思想，我与父亲的谈话较为顺利，他说我有读书的想法好，说明有上进心，节衣缩食也要供我上学。父亲在60年代三年自然灾害时读过书，其内心渴望孩子读书谋生路，平日里言语中，甚是羡慕读书人。我与母亲的交流有点曲折，她认为我高中都考不上，哪还能考上大学，与其在高中荒废三年，还不如趁年纪小学门技术，如果真想读高中，三年后得有个交代。我清楚高考的胜算，不敢立军令状，便向奶奶求情。奶奶的家庭地位最高，家庭成员意见不统一时由她定夺。奶奶没踏进过学堂门，但她对读书的认识却很透彻：文盲是睁眼瞎，在社会上要遭罪的；三代不读书，不如一窝猪；穷不丢书，富不丢猪；书是读给自个儿的，别人拿不走。奶奶坚定地站在我这边，理由简单朴实：只要你用功，没有烧不开的锅。在奶奶的支持下，父亲将祖上三间老房子卖给邻居，用卖房子一半的钱圆了我上高中的梦。

高中三年，我穷尽智慧和努力。最幸运的是文理分科，我对数理化似乎天生不开窍，历史、地理却给我打开追寻上下五千年、遨游世界各地的一扇窗。儿时夏夜的记忆，一下子鲜活起来，我要给历史人物“寻根问祖”，读书的兴趣更浓了。

检验高中三年学习成果的是高考。第一次高考，我一败涂地，距录取分数线差145分，最糟糕的是数学和英语分数低到不能见人。如今有人调侃数学不好是体育老师教的，当年我的数学曾由物理老师教过，而英语曾由数学老师教过。

高考落榜的假期，苦闷、彷徨、恐慌……漫漫黑夜，路在何方？村里有个同学考上县城师范学校（当时的中专，比考高中更难），他见到我的处境，就从校图书馆借来一些书送给我看，其中有本小说——《平凡的世界》。后来我听说这本书改变了一些农村孩子的命运，我也是受益者之一。孙少平无惧困顿的家庭、求学的艰辛、他人的误解，痴迷于读书的快乐、对人生的追问和对命运的不屈。相比之下，我似乎还没到山穷水尽的境地，复读再拼一把，还是有机会的。

父母不愿意接受我高中三年的无果，更担心我承担不了粗重的农活。那时恰逢一个好机会，90年代初，国家出台“农转非”政策：农村人交钱可转为城市户口，享受城里人的待遇。这一政策为苦苦想改变农村身份的人带来福音，特别是那些先富起来的农民：他们靠脑瓜灵活，创办乡镇企业，获得个人财富的第一桶金。他们想为孩子谋一条“跳农门”的路：上学是千军万马过独木桥，能过者寥寥无几；参军也是可寻到的一条出路，但体检合格的人太多，那就得看运气和门路。现在用金钱也能铺出一条路，真是万幸呀！

中国的父母，为了孩子的未来，砸锅卖铁也是心甘情愿的。有些经济条件一般的家庭，举债也给儿子“买户口”。一时间，买到户口的孩子摇身一变成了城里人，前途似乎光明一片。可后来事实证明，此政策是土政策。因为“农转非”的市民并没在城市落实工作。即使有门路的，也不过是去城里的棉纱厂、缫丝厂、橡胶厂工作，且不说三班倒，活脏、累，更没料到这些企业是后来的破产大户。失业后的“农转非”变得一无所有：既失去农村田地，又没有城市的失业救济。

我父母在别人的劝说下也动心了，首先给哥哥买户口，由于经济问题，我和妹妹中只能买一个，还得借债。父母考虑妹妹年纪小，还在读初中，而我已成年，买户口即可参加工作。不知是否因为自己读了点儿书，眼界似乎高些，我觉得这政策有问题，哪有这等好事，城里不少人找工作还难着呢！我拒绝了父母的好意，但我征求父母意见：“能否将这笔钱用来给我复读？”父母二话没说，同意了。

复读的日子，我唯有更加努力。每天的睡眠时间只有五六个小时。一有倦意，孙少平就出现在我的梦里，坚毅的眼神饱含着鼓励，仿佛在说：挺过去会是另外一片天。第一年复读，高考成绩提高105分，距录取分数线只差20分，离胜利似乎只有一步之遥。我不甘心，父母也看到我的努力和坚持，支持我再战一年。第二年复读，“锅中的水终于烧开了”，我迈进了大学之门。

我是村里走出的第一个女大学生，消息迅速传遍一河两岸。那个暑假，我第一次真正感受到读书的甜头，原来命运可以掌握在自己手中。之后，我经常听到哪村哪家姑娘又考上了大学。我不清楚她们各自读书的意图，但至少我是个标杆，引领着一群女孩成为飞出山村的“凤凰”。这应该是我为什么读书的根本原因吧！

大学毕业后，我成为一名教师，与书本的接触更加亲密。上课需琢磨教材、参考资料、找寻案例；搞科研需查找文献、研读专著、参阅论文；闲暇之余，翻阅经典名著，品读诗歌杂文，偶尔喝点心灵鸡汤。偶尔我也向学生提问：你为什么读书？他们的答案五花八门，有时代的印迹。我不敢贸然评价其好坏，毕竟每个人生活、成长的环境差异较大，对读书的认知不可能相同，而且不同年龄阶段的人对事物的看法也会不一样。

我国台湾作家龙应台给儿子安德烈的一段话曾风靡网络：“孩子，我要求你读书用功，不是因为我要你跟别人比成绩，而是因为，我希望你将来会拥有选择的权利，选择有意义、有时间的工作，而不是被迫谋生。当你的工作在你的心中有意义，你就有成就感。当你的工作给你时间，不剥夺你的生活，你就有尊严。成就感和尊严，给你快乐。”不可否认，这是一剂温润心灵的鸡汤。

问题是这对现在无需稼穑且衣食无忧，整日行走在网络游戏空间的孩子们来讲，他们能喝得进去吗？不清楚读书的目的和意义，不想也不乐意读书，谈何用功读书呢？如今，读书的目的和意义，似乎已是父母的认知强加于孩子身上。试想，没有内在的动力，读书能持续多久？

已过不惑之年，再回首，我为什么读书？思绪飘到30多年前，总结如下：一是为能识字而读书；二是为逃离繁重的体力劳动而读书；三是为谋一份出路读书；四是为能在岗位上尽职尽力而读书；五是为自己能在浮躁的世界里寻找一份宁静和自律而读书。

闲暇岁月，读遍世间酸甜苦辣；夜深人静，书写凡女喜怒哀乐……

黄中岁月

在桐城西部边陲重峦叠嶂、景色秀美的唐湾镇，曾经有一所职业高中，其存在历史只有短暂的18年（1984—2002年），她就是我魂牵梦萦的高中母校——黄甲职业高中，人们习惯称其为黄中，她的学生可与普通高中学生一样参加高考。与她相遇是在1987年，中考后，我怀揣寻找人生出路的梦想而来。由于地处偏僻山区，2002年停止招生，但她培养的众多学生如今已是各行各业的佼佼者。

母校通往山外的路只有两条：一条公路，坐汽车到县城换乘，每天一班长途汽车；一条水路，步行十几里到牯牛背水库坐轮渡，然后坐三轮车去范岗、铁铺、青草、双港等地。家庭条件稍好的同学可骑自行车，大部分同学则靠铁脚板走回家。

好在那时同学们能吃苦，路远的同学两周或一个月回家一次。为照顾山外的同学能在天黑之前赶到家，周六下午学校不上课。一吃过午饭，打算回家的同学早早准备好已被扫荡一空的菜缸子，背上书包，成群结队，撒腿离开学校往家赶。由于赶路步子快，书包里菜缸子哐当哐当地响，好不热闹。周日下午则是另一番景象：同学们的步速较缓，三五成群，行走的队伍延绵很长。只见不少同学除了背个鼓鼓囊囊的书包（一周的咸菜、炒米、锅巴、山芋角子等零食）外，还有肩扛手拎，或背驮一袋大米，因为住校需要饭票：交现金或用大米换，山外的大部分同学皆从家中背米到学校，虽然只背二三十斤，但赶三四十里路，加上山路崎岖，长途跋涉也是相当辛苦的。

黄中三年，山路十八弯，风景四季秀，同学们在寒来暑往的步行中结下深厚的情谊。春天，我和同学们不是陶醉在迎春花黄灿灿的海洋里，就是陶醉在鲜艳欲滴的映山红花丛中；夏天，为抗衡知了不厌其烦的聒噪，我们放声高歌一首首流行歌曲，如《粉红色的回忆》——“夏天、夏天悄悄过去留下小秘密，压心底、压心底不能告诉你……”或是《恋曲1990》——“乌溜溜的黑眼珠和你的笑脸，怎么也难忘记你容颜的转变；轻飘飘的旧时光就这么溜走，转头回去看看时已匆匆数年……”；秋天，在落满枯叶的树林里，我们捡拾遗漏下的毛栗和野果；冬天，我们故意踩踏着路旁松软的白雪，或是突然抓把雪砸在猝不及防的同学身上，一阵尖叫，惊醒林间栖息的候鸟。高中毕业留言册上，有一同学写的是“八月秋高，我们结交，共同山道，冬寒夏焦”。寥寥十六字，质朴的语言，却是纯真友谊的最好见证。

黄中的食宿条件相当艰苦。当时一个寝室至少住15个人，有的还是大通铺，没有任何洗澡设施，食堂只提供少量的肉类和蔬菜。学校最热闹的时刻应该是每天的三餐时间。一到下课铃声响起，同学们用铁勺敲饭缸，叮叮当当，此起彼伏。食堂本身地窄，加上同学们正是长身体的时候，每天基本都吃自带的咸菜，肚里根本没油水，为了早点慰藉饥肠辘辘的身体，排队打饭就成了拼体力的活儿。女生哪能挤得过男生，而且挤在一起，滚烫的饭菜容易烫伤他人。黄中的老师们为此狠下“毒手”整治：每天派一位老师值班，若看到个别故意捣乱的，那他必定挨一竹鞭；若是有插队起哄的，那必定是揪其耳朵将其拽出队伍。同学们很会欺负新来的“青椒”（青年教师），趁“青椒”一手抓插队同学，无暇顾及另一只手拿的饭缸子（“青椒”往往刚上完课，可优先进入食堂打饭，打好饭，一边吃一边值班），有胆大调皮的同学迅速从“青椒”的饭缸子里夹菜，有时可能是一块肥厚的红烧肉或鲜美的鱼块。待“青椒”惊觉，已是无可奈何，在同学们嬉闹中，唯有报以憨厚一笑。

冬、春、秋三个季节，一周吃咸菜问题不大。但随着暮春气温升高，自备的咸菜第四天就会发霉变质，这样的咸菜不仅难吃，更有可能吃坏肚子。可是食堂里一份蔬菜两毛钱，是不小的负担。同学之间情同手足，山里同学周三傍晚回家一趟，带来新鲜的咸菜，有的还可带点咸鱼、腊肉，好东西要分享，这可是全宿舍的幸福时光。毕业后我听说班级有位同学家里困难，为了节省回家的路费，抓紧时间学习，他一个月回家一次。咸菜搁不住，他只好从家里带上一坛子腌菜放在宿舍，周末到唐湾街上，找户人家帮忙炒一下。如此艰难的求学环境下，他却成为我们文科班第一个考上大学的应届生——金融专业，如今已是桐城市某银行行长。

黄中没有洗澡设施，但红旗洞为男同学们提供了天然的澡堂子。红旗洞是20世纪60年代末到70年代初修建的，南北走向，洞微弧，穿山而过。唐湾镇属山区，田地少，为响应“农业学大寨”的号召，村民有将红旗洞下游河道改造为良田的设想。后在大队支书带领下，村民筑坝截水，凿山为洞，引水从洞向南流。夏天洞中清凉幽静，加上私密性好，男同学们趁午睡时间溜进去洗个凉水澡，那是十分惬意的事。红旗洞中究竟发生过多少糗事、趣事，只有男同学们清楚，红旗洞已成为黄中校友最难忘的一景。

黄中依山而建，校园狭窄，除了一个篮球场，无其他活动空间，唐湾街自然成为同学们无处安放青春的后花园。街道不长，东西走向，约300米，卖食品的店面也只有数十家。当时行政区划设置唐湾镇，镇政府在街道尽头的东北角，“麻雀虽小，五脏俱全”，小街有医院、派出所、税务局、食品站、文化站、电影院等。这些单位职工，加上黄中两三百名学生，使得当年的唐湾街的确很热闹。

晚饭后晚自习前，有段空闲时间，闲逛小街成为同学们的首选。男同学们三五成群，借着人多胆大，看见漂亮的女生，就以一男生开涮，故意在她后面起哄。结果往往有点意外：女生调转头来，横眉冷对，杏目圆睁，娇声呵斥，不给男同学一点颜面。挑事的男同学们有些架不住，只好在相互推搡中结束“泡美眉”的不良行为。正值青春期的女同学，心思让人猜不透，情绪波动大。她们会在晚自习后偷偷溜出校园，到街上某个小店称上一二两瓜子，一个人或邀上同桌、好友，沿着狭窄昏暗的街道来回“压马路”。吃完一二两瓜子，街道要走三四个来回，不安的情绪慢慢得以平复，心情自然好了很多。

电影院可是同学们找寻精神食粮的好去处，但有实力走进影院的不多。电影票两三毛钱一张，那是一笔额外消费。无票看电影，必须瞅准机会逃票进去：一是趁人多拥挤，二是趁电影快要放映之时，检票员来不及细查，则可蒙混过关。班上不少男同学有成功逃票的经历。

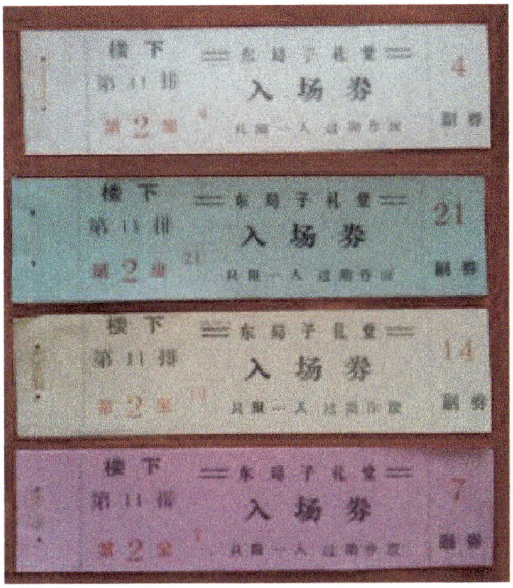

我对看电影的记忆很模糊，唯有《豆蔻年华》令我终生难忘。在地理考试的头天晚上，我和三个女同学经不住海报的诱惑（之前看过原著），晚自习逃过老师的督查，私自去影院看了期许已久的《豆蔻年华》，分享同龄人的心路历程。我喜欢那个性格泼辣的曹咪咪，更能理解含蓄腼腆的农村女孩姚小禾。电影时长90分钟，但观影回到宿舍，我们又为剧中人物的人生选择激烈地讨论了半宿。糟糕的是，我们把地理考试的事忘在九霄云外，所以成绩惨不忍睹。要知道教我们地理的可是杨校长，他的威严不可小觑。杨校长得知我们偷看电影后，大发雷霆，丝毫没给女生留情面，竟然要求我们将课桌搬至走廊，站在教室后面听课。那一刻，我们真的好想找个地洞钻进去。此事之后，我的高中生涯竟再没跨进电影院一步，而且每次地理考试我都会认真对待。

学习和生活艰辛，但同学们不忘苦中作乐，毕竟青春期那躁动不安的热情需要释放的空间。简陋的篮球场上，总会有一群同学们在你争我抢，你会看见个子不高、弹跳力极好的同学，往往还会纵身一跃来个扣篮，引起阵阵喝彩。当然，你还会看见"青椒"们的矫健身影，他们也不过二十三四岁，大学刚毕业没多久呢！夜色笼罩下，几个男同学会悄无声息地溜出教室，一起去校园附近的农田、菜地里摸条黄瓜，拔个萝卜，挖个红薯，以此填充永远填不饱的胃囊。甚至有男同学采回春笋，用脸盆煮着吃，但没油特涩嘴。

在那个物质相对缺乏的年代，偷摘他人的农作物和蔬菜是很危险的。引爆校园的一件大事，令我至今记忆深刻：一个乌云遮月的夜晚，高我一年级的几个男同学相约到河对岸的树林里偷板栗，结果被当地村民巡逻队发现。他们吓得四处逃窜，村民紧追不舍，结果一同学被村民甩出的石头砸中，头破血流，后来去镇卫生院包扎了事。不过，这位淘气的学长现在可是安徽省某市的市委书记了，不知他可记得否。

黄中虽是职业高中，但学生可与普通高中学生一样参加高考，不少同学还是希望通过努力改变自身的命运。山清水秀空气好，学校北面的后山、西面的河道、南面的田野，晨曦中、朝霞下，总有勤奋的学子们手捧厚厚的书，或放声朗读，或轻声默念。特别是考试期间，后山被文科生占领，各种腔调的背诵让你的耳朵饱受其苦。九点下晚自习，教室十点半熄灯，昏暗的路灯下，总能看到那么几个苦读的身影。

学生的勤奋好学，当然离不开老师的敬业。黄中的老师有70%来自山外，“青椒”又占80%。他们面临最大的压力是找对象，山区可选择的余地很小，可他们在有能力调离黄中之前，无论是规范学生行为，还是提高教学水平，都是尽职尽责的。我的同学们，你们还记得杨校长每天早读去宿舍查岗，甚至掀过一些睡懒觉男生的被子吗？还记得数学老师胡老师用戒尺打过不及格学生的手掌吗？还记得政治老师周老师抽查背诵书本某一段落吗？还记得复旦大学的才子刘老师既教数学又教英语吗？还记得林业老师项老师（我校唯一的职业老师）在同学们做其他作业的情况下，依然有条不紊地讲述茶叶栽培吗？还记得语文老师江老师带着浓厚乡音的普通话吗？还记得历史老师（先后由赵、周两位老师任教）赵老师不带书本就能侃侃而谈吗？还有周老师满满一黑板工整有力的板书吗？

带着满满苦涩而甜蜜的青春记忆，2015年国庆节，我和老师、同学们60余人相聚在黄中，找寻25年前的人生印迹。师生交流会上，老师、同学们结合自身的奋斗历程，不约而同地谈到黄中精神，主要包括永不言弃、吃苦耐劳、勤学苦干、乐观豁达、团结互助、百折不挠、勇于开拓等。正是这种精神，激励着我们这群风华正茂的青年人，在落后封闭的环境下，坚守着读书改变命运的信念，才有了今天梦想的实现。

感谢你，黄中岁月，你让我们彷徨的青春找到前进的方向！

祝福你，母校黄中，你会永远定格在激情飞扬的青葱岁月！

雪中行

每当放假下雪，我都要为回家的学子担心，只因我有过一次刻骨铭心的雪中行经历，每次想起，记忆犹新。

那是大四寒假，我因带家教推迟了回家时间。年底车票紧张，一放假大家都着急往家赶。清楚地记得我从学校出发时，阜阳正下着中雪，好在车票已提前买到。

火车到达合肥是下午四点，本来应是三点的，结果晚点一小时。冬天天黑得快，一下火车，我直奔汽车站，只见黑压压的人群。半小时后，我挤到售票窗口买到合肥到安庆的车票，出发时间是17点30分。在候车室，我耐心地等。六点，车仍没来，长长的队伍开始骚动，有人甚至开始骂娘。又过了一会儿，站内走出一位工作人员，他告知我们：合肥以南地区雪大，班车大多晚点。

大约六点半，合肥到安庆的汽车到了，我和焦急的人们一哄而上。包括司机和售票员，车上共有40余人，大部分是回家过年的民工，外加我与三个学生。在旅客不断的催促声中，司机开车上路了。

绕过合肥城区，借着昏暗的路灯，我发现雪不仅下得大，还下得紧。此时心情放松的旅客开始昏睡，我也不例外。不知过了多久，车子停下来了。黑暗中有人问："怎么搞的?"一人答："前面好像堵车了。""啊！这么倒霉，鬼天气!"有人醒过来哀叹。互问互答中，车子开动了，但很快又停下来。如此反复几次，再后来，车子完全不动了。这时车内的人渐渐醒过来，七嘴八舌地诅咒恶劣的天气。司机下车看看，很快又上来了。他告诉我们："前面车堵得厉害，现在情况比较麻烦，因为晚上气温低，路面的积雪容易结冰，搞不好今晚车子走不了。"司机的话，犹如一枚重磅炸弹在车厢内绽开了花，大家叫苦不迭，我亦心急如焚。司机见此，用商量的语气说："我想还是返回合肥吧！""都走一半路程了，我不回。"显然有人不满。"再等一会儿，说不定车子还能开。"有人不甘。但司机全然不顾众人的侥幸心理和反对声，试着将车掉头。但由于天黑雪大，后面的车又贴得紧，大个子司机费了九牛二虎之力也没成功，只好作罢。

夜愈来愈深，前面的车丝毫没有启动的迹象。由于车子停了好久，车厢内温度开始下降。我庆幸自己带了很多衣服（当时考虑到来年毕业，就把所有冬装带回，免得毕业时负重太多），我将所带的衣服"武装"在身。但很快我的双脚冷得发麻，渐渐失去了知觉。黑暗中我看了一下石英表：十一点。今晚真得夜宿车上了。焦急，失望，等待都是徒劳，车上有民工开始找物品防寒。司机打开车内照明灯，只见民工们从座位底下抽出棉被（当年不少民工外出带被子）盖在身上，进入梦乡……我羡慕他们，浑身更冷了。坐在同一排座位的三个巢湖师专的男生（他们的背包上印有"巢湖师专"字样，一路上我没敢与他们搭话）也站起来拉开背包，如变戏法般拿出床单、被罩。可能看我无动于衷，他们察觉了我的异样，热心地递过来一床单。我连声说"谢谢"。奇怪，他们有先知先觉的本领吗？后来他们解释说带床单回家洗方便，没料到此时竟派上了用场。

冰天雪地里，全车的男男女女凑合着"同居"而眠。大概早晨七点，司机的高声叫喊吵醒了一车人，大伙儿目光聚焦于一处，那就是司机的嘴，期盼着奇迹出现。可现实依然残酷，司机说："我刚才下去问明了情况，从这儿（舒茶镇）到大关十几里地全是车，路面结冰严重，加上这段路有的是上坡，车有防滑链也不管用，大概要等太阳出来化冻才能走，这得好几个钟头。不过，回合肥问题不大，你们说怎么办？我想将车倒回去，麻烦你们配合一下。""什么？下车？我们等了一宿，还在乎再等几个钟头吗？""等！等……"车上的人异口同声。"不行哪，各位兄弟姐妹，我的车今天上午被安排去南京。你们也许不知道昨天我开了一天的车，刚回来车站又临时安排我出这趟车，你们说我倒霉不倒霉？"司机诉苦。"照你的意思，我们就该被甩在半路上。”“不行，不行……”司机知道说服不了，再次强行掉头。“你敢，老子敲碎车窗玻璃。”有个民工吼着拿出扁担，随即另外几个民工相继从座位下抽出扁担，一同向司机“示威”，这下司机瘪气了。俗话说得好：“光脚的不怕穿鞋的”，更何况车上不少“光脚的”呢！

僵持中，时间慢慢逝去，有几个旅客沉不住气了，他们站起来收拾行李打算下车。我想与其等待，还不如下车看看。主意已定，我从行李架上拿下沉甸甸的包，跟着几个“急性子”下了车。

哇，雪地里的车队根本望不到头，路上行走的人倒不少，他们是从不同的车上下来的，都经过了一夜凄冷焦急的等待。车内冷，车外更冷，寒风中我不由得哆嗦。记得上顿饭还是头天中午吃的，连续20个小时我滴水未进，这样的体力能走吗？我看见路边有个商店，奇怪的是门口没几个人。我小心翼翼地挪进去，老板告诉我商店里的方便面等食品昨晚就被抢购光了，前面几家也一样。怪不得没人！听完老板的话，我真想哭。还好老板娘从柜台后面出来了，她热心地倒给我一杯热水。这哪是热水，分明是救命的仙汤！从此以后，我每经过这家商店都会投去感激的目光。

谢天谢地！喝完救命的仙汤，我的手脚开始苏醒。立在冰天雪地里，环顾四周，已无退路，唯一的选择就是向前，向前，再向前！结冰的路很滑，不时有人摔倒、爬起。不幸的是我穿着约五厘米的高跟棉皮鞋，肩背一大包，手提一小包，走起路来更是吃力得很。天哪！本姑娘自出娘胎吃过的所有苦，加起来也不及这一次，真是叫天天不应，叫地地不灵！十几里的路，我磕磕绊绊：一次次摔倒，一次次站起。有两次趴在雪地中我真不想动了，可身边不断有人喊：“苦不苦，想想红军长征两万五；累不累，想想革命老前辈……”咬着牙，我慢慢挪动着像灌铅的双腿。

似乎走了半个世纪，我突然听见前面有人喊：“加把劲哪，同志们，胜利在望啦！”犹如落水的人见到救命稻草，我倍感力气大增，加快了脚步，拼尽全力爬完最后一段陡坡，我眼前一片光明：坡下向阳的冻雪开始融化，几辆等候的中巴车上挤满了喜笑颜开的乘客，还有几个交警正井然有序地指挥交通。我迫不及待地挤上一辆回县城的车，浑身如注射了一针兴奋剂：振奋、激动、喜悦……

到家后，母亲打来热水，我赶紧脱鞋泡脚。妈呀，痛死我了！低头一瞧：有六个脚指甲已淤紫……

幸为“书女”

“书女”，即读书的女子。我是“70后”，家住山村，又是女孩，能读书识字考上大学，获得一份稳定工作而留在城市，真是幸事。当然这一切得益于与书有缘。

儿时农村的夏夜是喧闹的，人们聚集在晒谷场上侃大山，孩子们捕捉萤火虫、玩游戏，不亦乐乎！最幸福的时光要数聆听长者讲故事，如薛仁贵征东，半路杀出个程咬金，佘太君百岁上战场，穆桂英挂帅，诸葛亮神机妙算，鲁智深倒拔垂杨柳，孙悟空三打白骨精，七仙女下凡私订终身……那时我还没上学，历史人物、童话、神话故事等，由长者娓娓道来，生动有趣，激发了我对识字的渴望。

好在父母没有重男轻女的思想，我适龄时踏进学校大门，开始了十几年的学习生涯。小学一年级学拼音，二年级学查字典，三年级就可以阅读少儿读物。那时，农村学校的课外读物真少，老师只订阅了《少年文艺》《儿童文学》和《中国少年报》三种。一个班级四五十人，同学们轮流借着阅读，等回到老师手上时读物已是伤痕累累（因为不少阅读同学们是在干农活或做家务的空隙中完成的），可老师却没做任何责备。这些稀少的课外读物，让我享受阅读的快乐，积累讲故事的素材，还带给我走出大山看世界的好奇心。

那时学校提供的课外书少，小人书就霸占了同学们的精神世界，不少同学上课沉迷其中而忽略了老师的存在，结果小人书被收缴，还要吃个“栗枣”。但老师一般课后会还给我们，并嘱咐我们上课要认真听讲，小人书可在课外时间看。买小人书的钱从哪里来呢？那时农村还愁温饱，大部分同学交学费都成问题。我们为挣钱绞尽脑汁：有的瞒着家长偷鸡蛋卖，有的去野外摘蓖麻籽、金银花、野菊花，挖桔梗，寻蝉蜕，晒干，卖到药材站，一旦攒够钱就直奔商店，只为那期待已久的小人书。如今想来，真应该感谢那些年通俗易懂的小人书，是它们开启了我对中外经典著作最初的涉猎，为我之后爱好文学推开一扇窗，让一个山乡女孩领略到文学殿堂如珍珠般的璀璨：才情跳跃的诗歌，收放自如的散文，扣人心弦的小说，回味无穷的戏剧……

若要谈及影响我最深的一本书，那就是路遥先生的《平凡的世界》。高考我曾两度落榜，站在人生的十字路口，是进还是退？我恐慌、苦闷、彷徨。恰好在听到没进过学堂的奶奶告诉我“只要你用功，没有烧不开的锅”这句看似是生活常识却极富哲理的话时，我走进了孙少平的内心世界：20世纪70年代的黄土高原，贫瘠落后，为了青春的梦想，孙少平无惧困顿的家庭、求学的艰辛、他人的误解。只要有时间，他随时阅读经典书籍，享受读书的快乐，追问人生的意义，抗衡命运的不公，在平凡的世界中展现出不平凡的人生轨迹。相比之下，我还没到山穷水尽的地步，自己选择的道路，无论荆棘丛生，还是沟壑纵横，都得继续前行。琢磨着奶奶的话语，追寻着孙少平的脚步，挑灯夜战，寒窗苦读，最终我叩开了高等学府的大门。

不知不觉中，读书已然是我生活中不可或缺的精神食粮。教学之余，我坚持“以文育人、以文化人”的理念，将自己的经历、感悟、反思、建议凝练成文字，发在多个微信公众号平台，获得同事、朋友和学生的一致赞誉。

后因教学任务的调整，加上本人对法律知识感兴趣，我利用假期自学多部法律，并顺利通过了国家司法资格考试。虽由于诸因没从事法律相关行业，但我却有幸成为一名人民陪审员。无论课堂教学，还是参与法院陪审工作，我一直把公平正义作为人生的价值追求。此外，我结合自己的法理知识优势，对有特殊意义的案件撰写案例解析，被省、市多家报纸转载，为普法教育奉献一点微薄之力。

曾见过网络高手为女性写的段子：“漂亮的叫美女，有才气的叫才女，没才气的叫淑女。”对照自己，既没美貌，又没才气，性格不算温柔，只因爱读书，自封为“书女”。回望读书之路，其实是良性循环：因好奇去上学，因上学而识字，因识字而爱上读书，因读书而有了工作，因工作又去读书。

忆旧昔，我从山野走来，一路书香相伴，幸为“书女”，遂感人生两大趣事：闲暇岁月，读遍世间酸甜苦辣；夜深人静，书写凡女喜怒哀乐……

亲情篇

有哥有妹，真好

中秋印象

汪河小学，想念我的那些老师们

汪河中学，安放我们无畏青春之所

有哥有妹，真好

二孩政策全面放开，身边跃跃欲试的多为“70后”，可惜大多力不从心。“80后”不少却在迟疑不定，觉得生二孩压力大，无论经济还是精力都有限。为什么“70后”有勇气？有人说他们经济实力雄厚，果真如此吗？我想不全是，“70后”除个别特殊原因外，均有兄弟姐妹，血脉相连，不说情深似海，但打断骨头还连着筋呢。计划生育政策造就了“80后”大多是独生子女，他们大部分无法亲身感受兄弟姐妹之情，对生二孩感到彷徨也无可厚非。

我是“70后”，兄妹三人，我排行老二，属于典型的“老大宠，老小娇，老二是个受气包”。小时候，我总觉得这是我地位最真实的写照，好委屈哦！回首童年众多往事，发现自己其实是冤枉了兄妹，血缘同出一脉，兄妹手足情深。

哥哥大我三岁，因其生于腊月，我则生于正月，实际两人只有两岁差距。哥哥1978年春天入学，因国家政策调整（1978年以前，我国实行春季招生制度；1977年恢复高考，当年初中、小学在校生为适应九年制教学的内容，补读半年；为使入学新生与补读半年的学生班级同步，故改为秋季入学），他在一年级多读半年，与1978年秋季入学的同学同级。我是1979年秋季入学的，他和我只差一级。

上小学的冬天格外冷，“一九二九不出手，三九四九冰上走”，门前屋后的池塘总是结着厚厚的冰，连小河的流水都失去了欢快的歌声。那时没有手套、毛衣，家里条件稍好的，买件卫衣穿在里边，外边是家里自制的棉袄。“新三年，旧三年，缝缝补补又三年”，弟弟妹妹永远是穿哥哥姐姐的旧衣服。手巧的母亲会在下霜之前，赶制好孩子们的棉鞋。兄弟姐妹多的家庭，飘雪的日子，有的小伙伴还趿拉着只剩下半截的单布鞋。

母亲知道我怕冷，给我缝制棉鞋时都多放两层棉花。冬日上午，一节早读、三节课，好漫长！早餐两碗稀饭根本抵挡不住寒冷，特别是双脚，往往会被冻得失去知觉，失去知觉之前，像被马啃般疼痛，寄希望于依靠棉鞋抵御寒冷是不行的。山区人靠山吃山，棍子柴烧尽熄灭后可做木炭，是冬天取暖的最佳材料。

那时家家都有火桶、火钵，给老人和孩子取暖之用。火桶大而笨重，上学不好带，同学们会携带小而轻的火钵。火钵由黄泥烧制而成，易碎怕摔。上学路程不算远，两里地，但要跨过两条河，河上没桥，冬天过河要借助石头步子。如果头天晚上有人不小心弄湿了石头步子，翌日早晨石头步子上会结冰，特滑。小学生背着书包，手上还得提个火钵，过河不容易。如果碰到刮风，盖在炭火上的草木灰会被吹走，炭火炙烤着火钵手柄，使手柄烫得手不敢提。群众的智慧是无穷的，为防风吹，人们在火钵上加盖一片瓦，但走起路来得更加小心。

火桶

火钵

小学一至四年级，哥哥没让我提过火钵，全由他代劳。和同班的小伙伴走在一起，看着他们小心翼翼地护着火钵，我觉得自己好幸运，有哥哥真好。早读时间双脚不会冷，因为从家赶到学校走了两里地，浑身都是热的。哥哥好像不怕冷，母亲让我们轮流烤火，一人一节课，可他只享受早读四十分钟，其余三节课，火钵全都给我享受。每次我将火钵送到他教室时，他总说不冷。下课时走廊里，一群同学正在“挤油渣”（几个同学站成一排，挤来挤去），嘻哈喧闹，热火朝天，哥哥必然是其中一个。

放学路上，男生总是想着法子捉弄女生。有时，他们会捉只肉肉的虫子，悄悄塞进走在队伍后头腼腆女生的书包里，等晚上做作业时，那位女生在书包里拿文具，一伸手摸到白嫩嫩的肉虫，会吓得花容失色，甚至把书包都甩出老远。有时候，男生故意跟在女生后面，每人手里抓一把刺果，远远地向女生头发上扔，看谁扔得准。头发短的女生较为幸运，刺果扔到头上有点感觉，她们会回头恶狠狠地找寻哪个下的手，性格泼辣的，会抓住搞恶作剧的男生一顿狂揍；但留长辫子的女生就惨了，等发现有人搞恶作剧时，两根长辫子上已钉满了刺果，一颗颗摘下得花半个小时，而且头发还拽下不少。这些对我来说，竟然没碰到过。同学们都知道我有个哥哥，他比我们高一年级。

妹妹因是十一月份出生，比我小两岁，上学比我迟三年。等她上小学，就没我那样幸运了。大概是她上三年级时，我上初一，哥哥上初二，放学途中，一男生将塑料袋点燃，用木棍挑着旋转，结果熔化的塑料袋甩到妹妹的脸上，留下一条长长的火伤（这条伤疤一直留在妹妹的脸上，放在今天，相当于毁容）。疼痛让妹妹一路哭着回家，可善良的母亲只怪罪妹妹不晓得躲。哥哥看到妹妹受委屈很是心疼，他没有选择忍气吞声，而要给那个手欠的男生一个教训。

哥哥的行动是保密的，事后我从同学的聊天中得知：哥哥到小学去了一趟，找到那个男生，没有暴揍他，只是抓了一条小蛇，在那个男生面前表演一番。哥哥手持蛇尾巴，不停地抖动，蛇吐着信子，发出“嘶嘶”的声音。那个男生吓得脸色发白，额头冒着大汗。从那以后，妹妹在学校里再没人敢欺负。

山区吃水很费事，从河里担水需要走一大段上坡路。三年级时，哥哥和我分担了家里用水的重任。因年纪小，一个人担水吃不消，我俩合作抬水。本来上坡时，走在后面的人就很吃力，哥哥走在后面可还总是把水桶尽量拉到自己那一边。三九寒天，沿河的风吹在脸上，像刀割一样，插在口袋里的手轻易不会拿出来。水桶要涮洗，河水则要用瓢舀进水桶，那必须用手。这些活大多数由哥哥干，我只需要在抬的时候弯一下腰。

渐渐长大的妹妹性格泼辣，干活麻利勤快，加上是老小的原因，深得长辈们的宠爱。我和妹妹争吵的大部分原因是两人合睡一张床，白天干活辛苦，或者玩得太疯，夜里睡觉妹妹会时不时地用脚踹我，有时被子被她一个人裹得紧紧的，我不是被踹醒，就是被冷醒。实在气不过，我就用手掐她的脚。你来我往，结果谁也甭想睡，半夜在床上干仗，枕头却遭了罪，两个枕头多次“咧开嘴”，露出暗黄的旧棉絮。父亲在外地工作，回来多在周末，我和妹妹不敢吵。母亲脾气好，住在隔壁，听到我俩争吵，从不过来劝架，最多喊一声：“小二子，你是姐姐，让让小三子嗨!”我和妹妹的战争终究抵挡不了睡意，最后往往我们都迷迷糊糊地睡着了。

我和妹妹合作干家务时，偶尔有争执。她做事快，难免弄得马虎。我是眼里揉不进沙子的人，总爱对她指手画脚：不是说地上有个鱼骨没扫掉，就是嫌鞋子摆放不整齐；不是说晾晒的衣服没抖开，就是嫌作业本的两角卷得太厉害。但我们走出家门，无论是和小伙伴们在田野里挖野菜，还是去山上扒柴、采蘑菇，我俩都齐心协力，妹妹手快，装满了自己的篮子就来帮我。归途中，我会帮她减轻负担，自己多背一些。

上小学二年级的某一天，早上起床，我撩起蚊帐，想用帐钩钩住，结果一脚踏空，从床上摔下来。这下可惨了，右胳膊骨折。医生给我接骨又打上石膏，需要固定一个月。吃饭、写字用左手，可洗脸、洗澡很费事。农村有干不完的农活，母亲哪有时间管我。此时妹妹成了我的右臂，给我挤干毛巾，帮我打洗澡水，又给我搓背、擦干、倒水。那一个月，我觉得自己像是皇后，吆三喝四，妹妹跑得很快，总是及时出现在我的面前，虽然胳膊骨折并不是她的错。

争争吵吵中，我们兄妹三人度过了纯真的童年。妹妹初三毕业，我正高三毕业。家中无力承担高额的学费，妹妹觉得自己成绩一般，读高中也不一定会有好的出路。她将读书的机会让给了我，16岁不到就去深圳服装厂打工，后来辗转武汉、上海。其中的辛苦，我没机会体验，她也没过多地和我说起，每次写信给我，都是趁厂里休息的半天。

回想我上学的十几年，哥哥妹妹为我付出了许多。虽然我们之间没有直接的言语感激，但我清楚地记得：上高一时，女同学中流行紫红色的喇叭裤，哥哥周日挑柴到水库外卖，为我买了一条；上大学时，学校要求过英语四级，我的听力很差，哥哥为我寄来小录音机；妹妹为我买了第一双皮鞋，让我有勇气跳了第一支舞蹈；妹妹每个月发工资时，不忘先给我寄来生活费……有哥有妹的日子，真好！

大学毕业，我到外地工作。每次回家探亲，兄妹三人在一起的时间很短暂，但总有聊不完的话题。我们共同的遗憾就是：三人都只生养了一个孩子。没有兄弟姐妹的童年，孩子很孤单；未来人生的道路，无论有多少风雨，他（她）都必须独自去扛。

中秋印象

又是一年中秋，古人写月儿、中秋的诗词，我能背下来的已不多。印象最深的有这四句：“独在异乡为异客，每逢佳节倍思亲”“露从今夜白，月是故乡明”“举杯邀明月，对影成三人”“但愿人长久，千里共婵娟”。这应归功于我的语文老师，这些是我们必背的古诗词，而其含义我多年后才领悟。

“月怕十五，年怕中秋”，这句俗语我是从祖母口中得知的，那时我八九岁，并不解其意，不知何故，却能记到现在。如今想来，儿时对中秋印象最深的，一是祖母用红糖酿的桂花，二是父亲中秋之夜讲的故事。

正常年份，雨水、气温适宜，桂花飘香之时，中秋即至。20世纪中国农村的房前屋后都会种上果树，这是全家人的口福，种植花卉的极少。老家房屋是几户人家连在一起的，中间供奉着祠堂，后面是邻居的菜园，前面一丈外是池塘，左边有个竹园（也是邻居的），与我家一个房间的窗户正对。房前屋后，左左右右，没有种果树的地儿。不知何故，竹园里有棵桂花树，母亲说她小时候就有。由于被竹子包围，桂花盛开时，淡淡的花香随着竹子摇曳，飘进过路人的鼻翼，却无人去摘。

“70后”的我清楚地记得上小学一二年级时的早餐不是稀饭就是玉米糊、红芋糊，没见过白面馒头的影子。20世纪80年代初，村里分田到户，乡亲们劳动热情高涨。一分耕耘，一分收获，不少人家的坛坛罐罐里装满了粮食，有的还用砖砌粮仓。有了节余的水稻、小麦，乡亲们开始琢磨改善饮食，如蒸发糕、做馒头（俗称发粑）。

祖母就是从蒸发糕、做馒头时发现桂花有用武之地的。日子红火一点的人家，主妇在和发糕面时加些糖，这样蒸出来的发糕甜津津的，软糯可口。但和面粉时不能加糖，因为糖会影响发酵，只有在面粉醒好做馒头时，加入糖拌芝麻装心，做成包子。当然，发糕、馒头、包子不可能天天吃，一般是节日或有家人过生日时才吃。每次我们吃得很香，可祖母总觉得缺了点啥。恰逢中秋节做糖心包子，祖母闻到桂花的清香，等我兄妹三人放学归来，就吩咐我们去竹园采点桂花。

竹园那棵桂花树年岁已久，一年只开一次花，花繁叶茂。不像四季桂，一年能开三四次。我们问祖母采桂花何用，得知是用糖酿桂花来装心做包子，我们好期待。妹妹个小精瘦，外号“小不点儿”，却是爬树高手。只见她两脚一蹭，甩掉鞋，双手抱着树干，光着脚蹭蹭就爬了上去。待到树杈中间，伸手可及桂花时，她则悠闲地靠在树干上，一手拿个小布袋，一手捋下桂花，不一会儿，小布袋鼓起来了。那时，我们没有摘桂花枝的念头，看妹妹已摘了不少，我急得直叫妹妹摇几下树枝，让桂花似雨般落地，好让我捡一点儿。

我们满载而归，祖母精心挑拣，拿出装梨罐头的空瓶，将桂花小心地洒进去，铺满一层，就撒一勺红糖，层层相叠，大概有七八层。最后撕下一页作业本的纸，将瓶口封住，用几股棉线搓成细绳，紧紧绑住，再盖上瓶盖，放置在厨房案几下，静静等待着发酵。

中秋之后是新年。新年一过，春天吹起了号角，祖母用红糖酿的桂花也“苏醒”过来。那时农村小学没有春游的概念，但清明节要给烈士扫墓，这可是我们放风的好时机！当年母校（汪河小学）的学生扫墓需去红星，那儿有位烈士。两地大约有十四五里山路，一上午不能来回，中午需自带午餐。没有面包、饼干的时代，父母给我们带的干粮只有发糕、馒头、蹋粑（学名煎饼）。让我骄傲的是，我的干粮引来众多同学们羡慕的眼光，那就是祖母用糖酿桂花装心做成的三角包子。其一，包子是三角形的，还有三个褶，形态奇特，大部分人没见过；其二，一口咬开，香气瞬间弥漫开来，空气里有桂花的甜蜜清香；其三，发酵后的糖酿桂花有蜂蜜般的甜润爽口。当然，不是每个同学都能尝到我的三角包子，只有我最好的伙伴才可分享到。

糖酿桂花

三角包子

物资匮乏的年代，中秋节，全家每人能吃上一个月饼，那是很幸福的事。记忆中，祖辈们总是以月饼太硬，牙不好，吃不动为由，将数量有限的月饼分给孩子们。至今我还记得有个中秋之夜，天气比较闷热，我们全家在院子里纳凉，妹妹还没上学，因为最小又机灵，深得长辈们宠爱。她天生胆子大，缠着父亲讲故事。父亲没推辞，就月亮和月饼讲了个诙谐的小故事。

故事大概如下：张家湾有个财主，育有三个女儿。老大、老二、老三分别嫁给秀才、商人和农民。秀才能说会道，商人投其所好，深得财主喜爱。农民不善言辞，经常为岳父岳母挑柴担水，却得不到赞赏。八月十五中秋节，三个女婿上门送礼。财主想借此机会踩一下小女婿，就出了道题目，要求三个女婿各写一首诗，诗中要有“圆、边、糟、悄”四个字。大女婿是秀才，张口就来：“八月十五月儿圆，初七二十缺半边；满天星斗乱糟糟，太阳出来静悄悄。”二女婿是商人，看见茶几上的月饼，吟诗一首：“中秋月饼圆又圆，一口咬掉缺半边；黑白芝麻乱糟糟，吃到肚里静悄悄。”小女婿没读过书，抓耳挠腮，苦思不得，正好此时岳母走进堂屋，他灵机一动，赋诗一首：“岳父岳母今团圆，死掉一个缺半边；一家人哭得乱糟糟，全部死光静悄悄。”财主听此，气不打一处来，晕了过去。好一个机智的小女婿，财主真是搬起石头砸自己的脚哇！

一转眼，祖母去天堂已十年。又是中秋，想起祖母说的那句“月怕十五，年怕中秋”，已过不惑之年的我，可否接上一句“人怕中年”？不是说中年人身上担子有多重，而是最怕听到至亲长辈、稔熟乡亲驾鹤西去的消息，因为这个年纪的人最懂生离死别的痛楚。

中秋月儿圆，谨以此文献给我至爱的父老乡亲：但愿人长久，千里共婵娟！

汪河小学，想念我的那些老师们

曾几何时，媒体不断报道农村小学萎缩，甚至多地出现只有一个学生的学校，老师们无奈地接受弟子奇缺的教书生涯，甚至自诩为“博导”。

大约七年前，我听说自己的母校——汪河小学六个年级只剩七八个学生了，有的年级甚至断层。虽然我的老家距离汪河小学只有一里来地，我刚毕业的头几年还回过几次，但高中毕业后就没再回去了，原因有三：一是带过我课的大部分老师退休或调走了；二是学校重新翻盖多次，也不再是我所熟悉的校园了；三是回家探亲多为假期，母校有“铁将军”把门。

今年端午节回家探亲，晚饭后散步，不知不觉走到汪河小学。从汪河村部向北拾级而上，一座两层半的小楼展现在眼前，微弱的月光下，依稀可见墙体不少地方有脱落的痕迹；不大的操场有红砖铺盖的面积不到两百

平方米，其余地方凹凸不平，周围随处有野草倔强的身影，这就是如今的汪河小学。因为放假，我无法走进教室重温三十多年前琅琅读书的场景，可记忆的闸门一下子打开，往事涌现眼前……

汪河小学，曾是汪河公社时代的中心小学，学生人数最高时近300人（五年级曾有过两个平行班），主要招收吴咀、姚屋、德岭、大湾、小湾、王家寨头和龙虎七个小队的孩子。为让孩子能就近入学，除汪河小学外，花园、杨树、岭头均设有小学，其中花园小学、杨树小学二年级和岭头小学五年级的学生随后并入汪河小学。汪河初中是五个公社共有的一所初中，参与升入汪河初中考试的学校有汪河小学、红星小学、何畈小学、向阳小学、李湾小学这五所。每年期末统考，或作文、数学竞赛，或小升初考试中，名列前茅的多为汪河小学，就当时的校舍、师资水平而言，汪河小学也是最好的，无疑这些都是汪河小学成为中心小学的原因。

刚过六岁，我就迈进了汪河小学大门，这要感谢时任校长的杨泽印老师。那时对学生的入学年龄要求没有现在的严，由于绝大部分家庭贫困，加上子女多，孩子能否上学完全取决于父母的眼光和家庭情况。每年暑假期间，杨校长都会走村串户，看是否有适龄儿童可以去上学。而且杨校长对入学的条件定得很宽松：只要孩子能从一数到一百就可以上学，即使年龄达不到七周岁。所以我的小学同学年龄参差不齐，最大的年龄差可达四岁。

对杨校长我记忆最深的是他那肥胖的身材，他每天面带微笑，和蔼可亲。我小学三年级的数学由他任教，每次上完新课，他都会在黑板上出几道题，找同学上去演算，以做到举一反三。三年级正好学进位制和小数点，同学们一不小心就点错了，杨校长会给点错的同学一个恶狠狠的“栗枣”，但我们一点儿也不觉得疼，因为他的“栗枣”肉乎乎的，作用力小。那时小学数学对算盘演算不再做硬性要求，但杨校长还是教会了我们简单的算盘加减法。我至今还记得算盘的一些口诀：“一上一，二上二，三下五去二，四下五去一，五去五进一，六上一去五进一，七上二去五进一，八去二进一，九去一进一，”并能用算盘演算123456789+123456789得出246913578；再加上246913578，得出493827156；再加上493827156，结果令我好惊讶，是987654312，只要将最后两位用口诀“二去一进一”，就会呈现987654321，与之前算盘的数字顺序正好相反，好神奇呀！

樊泽娥老师不仅是一年级学生的拼音启蒙老师，齐耳的头发，清瘦而干练，戴着一副金丝边的老花镜，而且是很多学生的“妈妈”，步伐轻盈，言语温柔，爱生如子。刚入学时，我们还没摸过铅笔，写出的字母就如同螃蟹，“横行霸道”，超出田字格的占大多数。樊老师不厌其烦，手把手地教每个同学握笔、运笔。一个班四十多人，樊老师全部指导过多次。拼音是认识汉字的基础，可对六七岁的孩子来说，真不容易接受。特别是受方言的影响，我们发音极不准确，而且“n”与“l”，前鼻音“an”与后鼻音“ang”，“ru”与“yu”，傻傻地分不清。樊老师为了让我们练准发音，她自己制作拼音字母图片，并对应我们日常熟悉的蔬菜和动物。这使得我们学起来生动有趣，而且记忆深刻。樊老师对家庭困难的学生怜爱有加，春寒料峭或晚秋阴冷的雨天，有些同学没有雨鞋，揣着布鞋光着脚来上学，樊老师会让学生去她宿舍洗个热水脚，再让学生穿上干燥的布鞋；冬天，看见有些学生拖着“张嘴”的布鞋，或是穿着破洞的袜子，樊老师会抽空帮忙缝上。樊老师有一台缝纫机，她会利用晚上或周日，将自己孩子（她有两儿一女，我记得她大儿子那时上高中，二儿子上初中，小女儿比我大两三岁）的衣服改小，送给那些衣着破烂的学生。

至今最难忘的是樊老师让我在二年级时当了回“小老师”，教高年级同学拼音。“文革”期间，很多学校教学无法正常开展，高年级不少同学汉语拼音学得不扎实，这给查字典带来了麻烦。加上乡村教师短缺，有不少是民办教师，拼音也读不准，所以找低年级拼音基础较好的同学利用中午时间帮助补课。虽然上二年级时，樊老师已不是我的语文老师，但她极力举荐我去“代课”，并嘱咐我要大声拼读。就这样，我给四年级同学当了两个星期的“拼音老师”。四年级的哥哥姐姐们由我带读，可认真了。

我四、五年级的数学同由姚雨亭老师教，他老家是山外的，听说养育了四个女儿，爱人在老家务农。姚老师每周六下午先乘船再骑车（那辆自行车还是他工作多年后狠心买下的）赶回老家干农活，再乘周日末班船或周一早班船回校。他教数学很有一套，四、五年级的数学应用题多为两车相遇或追击、水池放水、工程队做工等。这不同于低年级的加减运算，需要一定的推理能力。女生似乎天生缺乏推理能力，姚老师在黑板上用粉笔勾画出图形，好让我们从直观上有个认知，再经过讲解、推理列式计算。每天的家庭作业，姚老师布置的有些特别，除了书本后面的练习题，他还有个可随身携带的小黑板，上面有三道题。这是姚老师提前一笔一划写下的，难度由浅到深，最后一道属于思考题，只有数学成绩突出的学生才能做得出。每天下午放学铃声响起，姚老师总会带着小黑板准时来到教室。小黑板分两面：一面是前一天布置的题目，姚老师会根据白天作业批改对错情况，在大黑板上给我们讲解思路和做法；另一面是当天晚上的作业题，他让我们抄下来根据自己的水平选做。可叹的是我的数学一直很差，对于思考题基本都是一头雾水，幸运的是姚老师从不批评做不出来的学生。

我喜欢阅读，可那时汪河小学的课外读物真少，还是语文老师自己出钱订阅的。我记得主要有《少年文艺》《儿童文学》和《中国少年报》三种，二年级的语文老师方爱梅、三年级的语文老师毛豪强订的最多。一个班级四五十人，同学们轮流借着阅读，等回到老师手上时读物已是伤痕累累（因为不少阅读同学们是在干农活或做家务的空隙中完成的），可老师却没做任何责备。学校提供的课外书少，小人书就霸占了同学们的精神世界。每每得到一本新书，禁不住其插图和内容的诱惑，课堂上有些同学小心翼翼地将课本盖在小人书上，趁老师不注意偷看，一不留神沉迷其中而忽略了老师的存在，结果小人书被收缴，还要吃个“栗枣”。但老师一般课后会还给我们，并嘱咐我们上课要认真听讲，小人书可在课外时间看。

胡天运老师是汪河小学任教时间最长的老师，他从一位民办教师转正为公办教师花了三十多年，据说还是因为被评为“全国乡村优秀教师”才获得的机会，再到六十岁退休，整整为学校坚守了四十多个春秋。他讲课的特点是喜欢拖长音，声音高亢而尖细，有时我们在操场上体育课都能听得见。夏天山区多暴雨，小河水位飞涨，大部分学生回家需过河，那时牯牛背水库上游的小河都没修桥。为了学生安全过河，男老师们轮流护送，高年级的学生由老师牵着过，低年级的学生由老师背着过。从汪河小学毕业的不少学生大概都不会忘记曾被胡老师背着蹚过浑浊湍急的河水，像趴在父亲的后背上，安全而温暖。

我上四年级时，学校来了个年轻英俊且清瘦个高的男教师，叫刘札林，刚从师范院校毕业。他喜欢吹口哨，吹的还是流行歌曲，乒乓球也打得挺溜，着装又很时尚。他教五年级语文，还兼上低年级的音乐和体育课。他对学生的要求可严了，不少上课调皮捣蛋的男生都被他修理过，而且不敢还手，因为他会点武术，只要他一把握住你的手腕，你基本就丧失了逃脱的机会。他也有温柔的时候，那就是课间吹口琴时，他陶醉在音乐里，眯着眼，仿佛看不见教室里学生们上蹿下跳，打打闹闹……

掌管汪河小学食堂的师傅叫唐革民，他一辈子没成家，对学生可好了。路远的学生带饭到学校，中午必须加热。唐师傅为老师做好饭菜后，就将学生的瓷缸放进锅灶，利用柴火的余温加热。最多的时候，一锅灶十几个瓷缸放不下，唐师傅就会启动另一口锅，烧热水帮学生蒸饭，为此他还利用下午空闲时间去山上砍柴火。别看他有点木讷，有些学生喜欢“偷袭”他一下，可是唐师傅往往会反转剧情，将从后面“偷袭”的学生一把抓住，然后扛在肩膀上，头朝下，脚朝上，再用力将其来个翻转，吓得其大声尖叫；或者抓住“偷袭”的学生，对着其胳肢窝一顿痒痒挠，逗得其哈哈大笑。

虽然那时我们每天放学回家，要做大量的家务劳动或干繁重的农活，可同学们仍然都喜欢上体育课。没有体育器材，老师会就地取材，带领我们动手制作，如鸡毛毽子、纸毽子、沙包、铁环、乒乓球拍等。我不会忘记：凹凸不平的操场上，同学们甚至光着脚，从丢手帕到甩沙包、从抢羊子到斗鸡、从踢毽子到滚铁环、从跳绳到跳房子，奔跑着，欢笑着，一节四十分钟的体育课，我们玩得满头大汗，却乐此不疲！

往事如烟，一眨眼已过去近四十年，如今唯一能记录我在汪河小学学习的只有一张集体照，那是小学毕业时全班十一位女生的合影。不知何故，我竟然没有全班师生的合影照，可能是当时没交足加洗照片的费用，这成了我最大的遗憾，以致今天回忆不少老师的面孔，已渐渐变得模糊不清。由于年代久远，联系也早已中断，不知那些年在汪河小学任教的老师们，你们是否还健在？身体是否安康？照片上的同学，你们如今身在何方？过得好吗？

端午的月牙儿迅速躲进了山后，眼前的两层半小楼笼罩在夜色中，曾经的中心小学——汪河小学已随着城市化的进程，由繁盛辉煌走向寂寞落魄，这也是当前我国不少乡村小学的集体命运。即便如此，仍有一批乡村教师坚守在自己的岗位上，默默耕耘，从青丝到白发。他们是农村孩子的守护者，是基础教育的奠基者，是乡村教育的传承者，值得世人敬仰……

正值第33个教师节来临之际，谨以此文致敬奋斗在祖国大地上的所有乡村教师！

（2017年9月9日晚）

汪河中学，安放我们无畏青春之所

桐城有个媳子湖，媳子湖最大的一条入湖河流是挂车河。挂车河源自范罗山，从西北流向东南，流经现在的黄甲镇黄铺乡汪河村，汇入牯牛背水库。牯牛背水库上游约两公里处有个中学，那就是汪河中学：1971年建校，2004年与黄铺中学合并。校舍从当初的两间教室、三间小平房，几经扩建，到完成使命时已拥有三排校舍和三间平房的独立食堂，如今却孤零零地淹没在郁郁葱葱的林木之中，前几年转卖给附近村民做民居。当年通往学校的土路，现已改建为拾级而上的水泥路，却也难吸引偶尔路过的人去一探究竟。20世纪80至90年代约20年，是汪河中学的“鼎盛时期”，学生规模高达200多人，教职工近20人。

老家与汪河中学隔河相望，学校预备铃声响起，我从家疾步抄近道至教室，时间正好。我是“70后”，那时国家还没实行九年制义务教育，小学毕业要进行毕业统考，参与的小学有汪河、红星、何畈、向阳、李湾等五所小学，其中一部分同学因为家庭条件困难，或学习成绩较差，或自身不喜欢读书而放弃了上中学的机会。因此能上中学的同学，家里还是寄予了一定厚望的。按照当时的教育水平，初中毕业至少算得上是喝了半肚子墨水的人，无论升学、当兵还是招工，前途会更加光明。

初中生，十三四岁，正值青春发育期，父母心中温顺的孩子变得像刺猬，一碰就炸；老师眼中的听话学生，可能已成叛逆少年，一点就燃。汪河中学，则是我们当年安放无畏青春之所，而老师们的严爱交加、刚柔并济，使我们在飞扬的青春之路上没出现方向性偏离。令人骄傲的是，她虽地处偏僻山区，教育资源更是短缺，但也为桐城各高中输送了不少优秀学子，其中最有名的莫过于1983年从汪河中学毕业的航天工程师毛万标。

汪河中学的校舍极为简陋，路远的同学初一就住校，路近的初三住校，晚自习主科老师轮流到教室。学校唯一的娱乐设施就是操场上的一个篮球架和一个乒乓球台，此类体育项目，女生基本不碰。最吸引我们目光的要数距学校100米的汪河乡政府小礼堂，那里有台14寸黑白电视机。记不清多少个晚自习，总有几个胆大包天的同学，趁老师下晚自习（那时老师随堂上晚自习，时间是六点半至九点，有时考试，有时讲解试卷，九点后学生自习），偷偷溜到乡政府小礼堂，站在内侧走廊上或外侧阴沟里，隔着窗户玻璃看电视镜头，心里还觉得美滋滋的。这些偷看电视的同学原以为老师不清楚自己的神秘行踪，其实老师与乡政府的工作人员熟悉得很，甚至有的就是一家人。“魔高一尺，道高一丈”，机智的老师利用偷袭或打回马枪战术，往往能逮住几条“漏网之鱼”，揪着耳朵拉回来。

我初三被迫住校，那时学校只有几张木制单人床，为路远同学“独享”；路近的住校生都要从家里背一张睡凳（木制）或竹床，拼成相对的两排大通铺。一间宿舍20多人，拥挤的程度难以想象：如果全体成员聚集在宿舍吃饭，每人只能坐在各自的床上，因为空地面积不够。校舍紧张，为安全起见，女生宿舍被安排在教师宿舍中间。但青春期的男生总有些不安分，连打赌的内容或方式都让人感到莫名其妙：比我低一届的一男生为证明自己的胆大妄为，竟与同学打赌他敢夜潜女生宿舍，数当晚有多少人住宿，每个女生床位又是如何排列的。当时女生回宿舍时间不同，有的同学很刻苦，学校熄灯后还点煤油灯在教室苦读，导致宿舍的门并不能及时拴上，给那位夜潜的男生提供了机会。大概凌晨三四点，那男生趁大家熟睡之际，悄悄溜进女生宿舍，借着月光，清点人数，并熟记下女生的排列位置，事后他在男同学中嘚瑟了好一阵子。可世上没有不透风的墙，这事被班主任唐友根老师知晓，他托人带话通知那男生的母亲来学校，共同教育他。其他同学并不清楚这件事，不过老师在班会上多次强调女生宿舍晚上一定要拴好门。这事我也是初中毕业后，与同学聊天时才得知的，至今我也无法揣测两人究竟为何打赌。幸运的是当时老师保密，没让双方当事人受到伤害，可能学生恶意的成分不多，只是出于青春期对异性的好奇，或逞一时之勇罢了！

汪河中学虽处偏僻的一山之隅，但有得天独厚的资源：学校后靠山，东西两侧不远处各有一条河。东边的小河距离学校只有300米，河水清澈见底，如鸡蛋大小的鹅卵石铺满整个河床。那时学校没有自来水，食堂蔡师傅每天都要到河里挑十来担水，返回路段全是上坡，很是辛苦。后来学校筹资在教室北头打了口井，可是旱季还得去小河担水。为了节约用水，同学们跑到小河里洗搪瓷饭缸。夏天还可以打打水仗，傍晚时分，趁人少还可以跑到上游水塥（拦水坝蓄水，水深可达一米多）洗个冷水澡，也算是给自己的福利。男同学更喜欢冬天，三九严寒，河面结起厚厚的冰，冬日中午又不需要午睡，他们趁机来到河面滑冰。谁也不清楚冰面能负重多少公斤，但青春期的男生胆子格外大，坐在冰面上看谁被推滑得远，或蹲在冰面进行滑冰比赛，那是多么刺激、快乐的午后时光啊！老师们清楚去冰面上抓学生是极其危险的，也不大可能成功。汪河中学有位张前旺老师，他想出惩罚绝招：不去河边抓人，静等滑冰的学生回教室。滑冰一中午，那些同学头冒热气，裤子臀部因潮湿而颜色更深。张老师“察言观色”，点名出列，要求这些学生到教室外靠墙站一排，命令他们脱掉衣服，仅剩内衣，冻上十几分钟。这一冻，令滑冰的同学记忆深刻，偷着去滑冰的现象日益减少。

当年汪河乡政府是通往汪河中学的必经之地，作为基层政府，气派的大门两侧留有白墙，墙上会写一些与时俱进的标语：千万不要忘记阶级斗争；打倒四人帮，大快人心事；五讲四美三热爱；向四个现代化进军；只生一个好……我清楚地记得，头一天看到的白底黑字标语“只生一个好”，

第二天不知被哪个淘气鬼用黑炭加了一笔，变成“只生十个好”。当时乡政府的领导断定这件事是汪河中学的学生干的，要求在全校彻查，并责令该生在全校大会上做检讨。可这件事后来不知为啥不了了之了，当然改写标语的的确是汪河中学的学生。如今想来：十二三岁的孩子，哪有攻击国家计划生育政策的意图呢，只不过是青春期的恶作剧而已！

汪河中学的教室与传统建筑坐北朝南不同，而是坐东朝西，这可能与地形限制有关。教室西北角的茶园、东南角的小树林，无疑是同学们最难忘的地方，那里记录下了师生共同劳动的场景，承载着同学们课余嬉闹的欢乐，收藏起青春期莫名的悸动。

谷雨之后，学校的茶园青翠欲滴，摘茶成为头等大事。初三同学因临近中考时间宝贵，被剥夺了摘茶的权利。师生们会利用一节体育课，或放学后四五十分钟，拎着篾篓浩浩荡荡地进军茶园。对农村学生而言，这点农活只是热热身而已，只见女同学穿梭在茶园中，两指在茶树上翻飞，嫩绿的芽尖迅速落入篓中；男同学可能觉得摘茶是轻巧细致活儿，不适合自己，他们往往摘完一两棵茶树，就在茶园打起仗来，声东击西，小土疙瘩乱飞，击中对方身体，引起受害人更猛烈的反击。有个别男生趁混乱之际，偶尔“偷袭”一下严厉的老师，但老师也只是呵斥一下，从没惩罚过那些同学。

教室东南角的小树林是同学们娱乐休息的最佳场所。春天，花草装饰着小树林的地表，我们利用课间十分钟，闪进天然氧吧，呼吸着春天醉人的清香，偶尔禁不住诱惑也会“沾花惹草”。夏天，树木成荫，暴雨后的清凉让我们流连忘返。青春期总有些女同学心事重重，偶尔站在树下发呆，或一群女同学站在树荫下，叽叽喳喳谈得忘我，殊不知，此时危险正从背后悄悄靠近。冷不丁，一阵雨滴落到脖子里，惊得树下人起一身疙瘩。猛回头，只见摇树男生的背影已迅速消失得无影无踪。深秋，小树林里铺满落叶，运气好的话能寻得几颗被人遗忘的红山楂果，享受一下大自然的馈赠。住校的同学午后干脆寻块平地，躺在树林里，沐浴着温暖的阳光，沉浸在小说的世界里，如今想来，还真有“天当被子地当床”的豪情壮意呀！小树林里落叶乔木居多，只有为数不多的几棵松树、冬青、常绿。冬天，大多数树叶落尽，小树林变得光秃萧条，此时期末考试临近，同学们却让小树林充满了生机：有的同学找到天然“椅子树”，拿本书爬上去，半躺在树干上诵读；有的同学则在背书间歇，选择粗壮些的树干练单杆，若技术掌握不好，一不小心跌落在地，会引起一阵哄笑，惊飞林中几只鸟；大部分同学为了争取来年的学费，不畏寒冷，倚树而立，一遍遍地背诵不同学科的知识点（春节期间家里开支大，如果期末考试成绩不理想，有些同学会因为学费无着落而失学）。

一眨眼，我从汪河中学毕业已30年，四季轮回，日落星坠，青春不再，但我的记忆里仍保存着些许片段：孙其新老师为送毕业考试卷而不幸被洪水冲走遇难；方博军老师几十年爱生如子，护校如家；李忠勇校长在寒冷的清晨去男生寝室掀被窝撵着学生上早读；朱其生老师到后山抓回逃课打扑克的学生罚站；章流耕老师报英语单词听写却不说汉语意思令我们云里雾里；吴高印老师让我们背诵大段政治概念令我们抓狂不已；吴行磊老师的口头禅“他讲”被学生争相模仿；张星生老师因爆炸式的自来卷被学生私底下取绰号“金毛狮王”；俊朗清秀的胡华斌老师因戴眼镜而被学生亲切地称呼为“小四眼”；英俊伟岸的张新江老师因喜欢穿西装配白色假领子被学生尊称为“斯文先生”……

懵懂年纪，花样年华，莫名悸动，肆意妄为，无邪打闹，这就是青春。而青春对每个人来说只有一次，无论你哭过，笑过，狂过，傻过，痛过，悔过……只要经历过，那都是人生最宝贵的一笔财富。诗人席慕蓉说“青春是一本太仓促的书”，但我要感谢汪河中学的老师们，他们以淳朴、善良、宽厚之心温柔地对待每一位学生，才让我们的青春画册装订得不那么拙劣。

乡愁篇

那些年，我们在牯牛背水库坐过的船
汪河，有这样一条小河
山村春季，百花世界
田间地头渐行渐远的动词

那些年，我们在牯牛背水库坐过的船

我的老家在牯牛背水库上游的汪河村，大学毕业后我到外地工作定居，至今已近20年，老家在岁月的流逝中渐渐变成故乡。

今年暑假，我回老家探亲，正赶上通向县城的两条公路在浇水泥路面。这下，村民去县城就不方便了。我问父亲另外一条通向县城的水路（即先经牯牛背水库坐船，然后转乘车至县城）是否通行，父亲说因为坐船不便，好多年村民都不愿意走水路了，更没想到的是，今夏暴雨成灾后，牯牛背水库运行了半个多世纪（1962年成立轮渡管理处）的轮渡正式停运，坐船到县城只能存在于水库后梢几代村民的集体记忆里了。

虽然我坐船到山外的次数不多，但突然听到轮渡停运，心里难免有些落寞。午夜梦回，为数不多的几次坐船经历，以及对家人坐船的记忆，悄然占据我人到中年愈发思乡的心。

我是“70后，”童年对坐船没多少记忆。那时候，小伙伴们坐船一般都是随父母到山外卖柴，而我父亲当时有份工作，家境算好的，所以我从未坐船挑柴去卖。直到小学二年级和父母到山外亲戚家拜年，我才第一次坐船。

那时，船一天来回五六班，上午三班，夏日下午三班，冬日白天短则两班。如果到大坝埂的时间错过了上一班船，等下一班船，短则要一个小时，长则要两三个小时，遇上雾天或风大则有可能是白等。对坐船后还要继续赶几里、十几里甚至几十里山路的人来说，适时坐上船非常重要。

因为坐船不便，家人总要百般挽留山外来的亲戚住一夜。但第二天性急的亲戚为赶头班船回去，母亲就得起大早做饭。冬天的早上黑咕隆咚的，那时还没通电（我家通电大概是在1983年），点煤油灯也得省，因为煤油定量供应，早上全靠锅灶烧火当照明。至今，我还记得有个性急的表叔要回去，母亲为他做早饭烧柴火，不小心将头天晚上我哥借锅灶热气烘干的一只新鞋当柴火塞进灶膛烧掉了。为此，母亲懊恼了好几天，因为赶制一双布鞋得熬四五个晚上，而且重要的是正值隆冬，孩子要冻几天脚。这事后来成为阻止这位表叔着急赶船的重要佐证。

大约是我小学三年级的一个冬日，母亲一大早赶头班船去粮站买米。天有点阴沉，快到中午时刮起了大风。奶奶有些担心，没有吃午饭就指派哥哥和我去黄泥坳渡口接母亲。我们俩带了一只麻袋和一根扁担，步行半个多小时，匆匆赶到渡口。

上午末班船该到了，可渡口却空无一人。我们无人可问，不知末班船到了没有，又担心错过接母亲，只好在渡口苦等。不知等了多久，只见有人到渡口赶下午第一班船，可久不见船来，他们猜测可能因为风大船停开了。经常坐船的村民有经验，看不到船来，就各自慢慢散开了，只剩下几个山外的候船人依旧在苦等。

我和哥哥觉得好饿，商量了下，决定还是吃完饭再来。返回家中，我们狼吞虎咽吃完温热的饭菜，放下碗，奶奶又催我俩赶往渡口。天越来越暗，风也小了不少，渡口零星几个候船的人也焦躁起来。在众人的望眼欲穿中，突然轰隆隆的声音由远及近，那是铁驳子发出的熟悉的声响。顿时，我们忐忑不安的心似乎安定了下来：母亲一定会平安归来。我们踮起脚看水库远方的铁驳子突突奔近，本来就不平静的水面掀起高高的浪花。

船上人不多，大多数人肩扛一根空扁担，扁担头上捆着一副麻绳（这是那时早上卖柴回家村民的家当）火急火燎地走下船。待船上的人快散尽，我才看见母亲和另一名妇女挑着重重的担子，颤颤悠悠地走出还在摇晃的船舱。哥哥大喊“妈妈，我们来帮你”。母亲抬头看见我们奔跑过来，急忙摇手阻止，并用嘶哑的声音说“你们就在原地等”！我们只好作罢。下船后还有一段坑洼不平的上坡路才到大路，等母亲将两麻袋大米挑上来时，我的眼泪止不住流下来。母亲看到我们来接很高兴。我们母子三人将两麻袋里的大米重新分装为三袋，之后哥哥和我抬，母亲挑，马不停蹄地往家赶。

进家时，母亲已筋疲力尽，她说“快给我一碗热水润润嗓子”。晚饭后，母亲叙述了原委：当天突然刮起大风，她原本可以坐上午末班船回来，可因为浪大危险，上午第三班船及下午头班船停开了。下午末班船比原先晚了半个小时，那时风小了些，加上早上卖柴已等候一天，又冷又饿的村民无处落脚，渡口站的工作人员决定冒险将村民送回。从清早出门到天黑进门，母亲一整天没喝一口水，没吃一粒米，挑着重达百斤的大米走长途路，嗓子早就干得冒烟了。节俭的母亲出门从不多带钱，那天她预计上午可以到家的，结果在寒冷的大坝埂上苦等五个多小时，没舍得买一个馒头，却用五分钱买了三颗糖果分给我们兄妹三人。这次母亲坐船买米的经历造成了我童年对大风天气的恐惧和担忧。

记忆中最难忘的坐船经历是在1993年元旦，高三落榜后我选择在桐城二中复读，每个月回家一次。元旦放假一天，加上周日共两天，我回家了。在家头天晚上下起小雪，早起看见对面的方家大山和西面的德岭山头都是白茫茫一片。下午我要坐头班船返校，冬天是水库枯水季，水退下去好多，坐船要到赵湾渡口。

船不等人，所以坐船只能提前去。我急速赶至赵湾渡口，提前约十五分钟。等船的人有稀疏七八个，可到了一点还不见船的踪影，大家开始不安，有人猜测船晚点了，也有人说下雪风大船停开了。没有飞越水库的隐形翅膀，我们只有继续等。一点半，船还没来。两点，船仍没来，我感觉浑身冷得发抖。有人说水库现在水浅，提议大家翻山过去。我若此时回家，明日又得起大早，还要耽误三节课，但继续前行又不知前方道路如何，我从没翻过山。

进退两难之际，提议翻山的五个人开始前行了。他们中有两个女人，年龄在30多岁，三个男人中有一个快60岁了，我决定加入翻山队伍。一开始，路比较平缓，也不窄，我走得较为轻松。可是沿山的路就不平坦了，有凸起的坚锐石头，有被挖断的树根向上翘起，还有光秃秃的岩石横亘在路中间，更可怕的是路窄处仅容纳一只脚。半个小时后，我感觉肩上的书包有点勒骨头，浑身热气腾腾的。

大家对沿山道路并不熟悉，很快我们就遇到麻烦了。一块凹凸不平的巨石拦在路中间，且坡度约为60度。怎么办？一行人傻了眼。还是快60岁的爷爷阅历丰富，他将随身携带的一个挎包递给中年男人，说自己先爬过去，让其余人注意看他爬行的姿势，再一个个爬过去，他在对面接应。大家只好同意了。老人经验丰富，胆子又大，像猴子般疾行爬过去。本来大家想让三个女人紧跟着过去，可两位中年大姐胆小不敢试，要知道爬岩石如果脚底一滑，就可能滚到冰冷刺骨的水库里。我年纪最小，无路可退之际只好硬着头皮爬到岩石上，好在我是山里人，爬行功底还算扎实。我不敢看脚底下的万丈水库，只是提醒自己一定要扒紧，用脚探着可踩的岩石，一点点地前行。翻过岩石，一脚蹬在路基上，那位爷爷顺势拉着我的手一拽我就上了正道。看我顺利爬过，另外两个女人似乎获得了勇气，她们依次爬过去。断后的两位中年男子担起重任，他俩先后肩跨七个包，翻过去与我们会合。之后道路偶有险处，大家或手脚并用，或拽对方一把，经过一个半小时，终于到达大坝埂。

相对于20世纪80年代的冷清，90年代的大坝埂要活跃得多，三轮车、拖拉机、小面包车都在搞运输、抢客人送至挂镇、青草、范岗和县城。没料到的是那天坝埂外不见一辆车的踪影。原来司机们清楚下午出去的人少，不像坐早上头班船的人那么多，那天司机们得知下午头班船停开，就都开车返回了。那一刻，我真的有些崩溃。同行的人已各自散开，我想步行到狮象或高黄店，最远到范岗，再坐车到学校。

突然，不远处有辆绿色吉普车朝我开来。那是我第一次看见吉普车，我知道那是部队的车，丝毫没有招手搭车的念头。吉普车里传出洪亮的普通话：“学生娃，你去哪里上学，要不要我们顺带一下？”我不敢相信自己的耳朵，回过神打量从车窗探出头来的司机：面颊清瘦，目光祥和。面对陌生人，我犹豫着，愣在原地。一位长者探出头来，温和地告诉我：“伢嘞，莫怕，我是回老家探亲的，天不早了，看样子今天到范岗都不一定有车，你到哪里上学？我们顺便捎你一程。”老人的话打消了我的顾虑，幸福的电流击遍了全身，连忙告诉老人：“去桐城二中。”清瘦的司机打开车门，让我坐在副驾驶位上，顺利地将我送到二中门口。

这次坐船经历，加深了我对船舶运输缺陷的认知。多少年来，我会经常想起那位回家探亲的军人，如果不是他顺路捎我，我不敢想象要走多少路，晚上是否会赶到学校。遗憾的是我不知道他的任何信息，至今只有在心底感谢他们两位好心人。

有了之前不愉快的经历，每次放假回家，我尽可能不坐船。第二年，我考上了皖西北地区的一所师范院校，恰巧有个老乡与我同在一所学校，她家在红星余店村。

在外地求学，回家有人做伴，真是求之不得的幸事。如果选择坐车，从县城到黑凹岭，剩下的路步行，我只需半个多小时，可她要走一个半小时。权衡了下，我还是决定陪她坐船，这样我们下船回家都只要半个小时。

那是大一暑假，我们从学校坐火车、长途汽车，经合肥辗转至范岗已是下午四点。因为夏天的末班船是五点，我们搭上一辆三轮车，催促司机快点开。司机说四十分钟就可到的，反劝我们不要着急。一边是我们心急如焚，一边是司机一路带人。在走走停停中，乘客基本下光，到坝埂脚只剩下我们俩人。从坝埂脚到坝埂头还有很长一段上坡路，步行很是吃力。司机看只剩下两个学生，说什么也不愿意送我们上坝埂头。这时距开船只有十分钟，我们只得跳下车一路狂奔。

太阳还没落山，天气炎热。跑上大坝埂，我们大汗淋漓、气喘吁吁，可最担心的事情还是发生了，渡口站附近店主看见我们，惋惜地说：“船刚开走五分钟，才转过第一个山湾。”那一刻，我俩傻眼了。夏季是水库丰水期，翻山回去的路都淹在水中。今晚可不能露宿坝埂头。怎么办？我们急得直跺脚。

一位准备关门的店主说：“你们到渡口站问问，他们晚上有时会有看鱼巡逻船，看能不能送你们。”山重水复疑无路，柳暗花明又一村。我们赶紧跑到渡口站，可站内空无一人，只得悻悻地走出来。

这时有人提议我们再等等，看末班船返航回来能否送一下。等到六点，末班船回到大坝埂。等乘客下船后，我们向船长说明困境，希望他能破例开船送我们。可船长说："渡口站有规定，我不能违反，否则要受处分的。"希望的火苗又一次被浇灭。不过船长又说："等会儿看鱼巡逻船回来，你们问问看。""巡逻船几点回来？"我俩异口同声地问。"这可说不定，有时七点，有时八点。"

我们想，夏天七八点也不算迟，晚上有月亮和星星，只要有船送，回家没问题。从小店买了瓶水和面包，我们坐在坝埂头默默地喝着啃着。太阳下山后，空气变得凉爽起来。七点，不见巡逻船来；七点半，乌云遮住了上弦月，远处时不时响起几声闷雷。八点，巡逻船终于现身。等船长一行三人走上坝埂，我们就迎了过去，像祥林嫂一样说起遭遇。船长是黄埔中庄人，他询问我俩具体的家庭地址。我抢着回答。接着他又问我姓啥，我说姓黄，他一下子说出我父亲的名字。随即同伴说出自己父亲的名字，船长也说认识，当即决定开船送我们。

上船后，下起了阵雨。夏夜船行进得很快，抵达红湾渡口，雨已停了好一会儿，几颗星星露了出来。船长送我们上岸，叮嘱同伴去我家住一宿，说天太晚，一个女孩去红星不安全。我们俩深一脚，浅一脚，走在两旁尽是茅草深掩的小路上，因为急着回家，似乎不晓得害怕。走到姚屋大桥，同伴遇见了打着电筒的红星小学老师，于是决定回自己家。

我家在姚屋对面，没多少路，且路边房屋的灯光透过窗户，正好为我照明。待我站在屋外敲门，奶奶和母亲都不敢相信。我接过母亲下的鸡蛋面条，一口气吃个精光，然后洗个热水澡上床。

那晚我睡得很沉，直到第二天上午九点多才醒来。

又是一次刻骨铭心的坐船经历，让我更加不愿意选择坐船出行。

记得最后一次坐船应该是在大三暑假，我去青草一高中同学家做客。1997年大学毕业分配到芜湖工作，寒暑假回老家探亲我都是选择走桐黄公路。虽然有时回家也想再坐一次船，感受一下牯牛背水库沿途旖旎的风光，但一直未能成行。今夏，突然听说牯牛背水库轮渡停运，我有些怅然若失。当年修建牯牛背水库，后梢村民付出了艰辛的劳动，我的外公、母亲，村里不少壮劳力都参与过大坝筑建。那时没有机械，开山用手打炮眼，土石方用肩挑，有人因此落下疾病。还有不少村民为此离开祖祖辈辈生活的村庄，搬到更高、更远的地方住。半个多世纪以来，牯牛背水库集灌溉、养殖、发电、蓄水等功能于一身，为桐城的建设做出了贡献。但在一定程度上，水库的阻碍也给村民出行带来了不便，甚至阻碍了山区的经济发展。因交通不便，20世纪90年代中期汪河、红星村的民营企业都搬迁至范岗。

历史常在利弊争议中前行。作为普通人，我只有尊重历史，做一些最真实的记录。

后 记 我大学毕业离乡快20年了，提笔写下这段文字，缘由有三：一是通过“六尺巷文化”公众号看见不少初高中同学写的文字，地方、人物、事件都是那么熟悉，那么亲切，勾起我对往事的回忆，我也想写下我人生前20多年对家乡的印象；二是随着牯牛背水库轮渡停运，个体跑的小中巴因安全因素被取缔，汪河、红星两村村民出行成为难题，老人想把自己种植的蔬菜送给县城的子女都困难，我们热切地希望政府考虑隔日开一趟到汪河、红星村的公交车，真不愿再看到父老乡亲仍在延续我文中叙述的种种出行难的情形；三是作为桐城人，我一直以桐城派为骄傲，但桐城文化仍需游子们的传承和发扬，“六尺巷文化”公众号做了件非常正确的事，我希望通过自己的参与，贡献一份宣传的力量。

汪河，有这样一条小河

从日本旅游归来，我惊讶于日本的天蓝、水清、地净。无论是北海道的山间溪流、富士山下的忍野八海，还是东京湾的海水、大阪市中心的运河，水面上，不见一片垃圾，只见白云、远山、高楼的倒影，令人心醉。

日本的忍野八海之一

大阪市中心的运河

我生活在江南水乡，河汊纵横。可如今，放眼望去，有几条河流没被污染呢？有人总结了我国河流的水质变化："60年代淘米洗菜，70年代抽水灌溉，80年代水质变坏，90年代鱼虾绝代。"真是让人心碎！

庆幸的是，我的故乡在汪河，那里也有一条河，从村庄外围流过，不知多少年了，如今依然清澈见底。我拍照片发到朋友圈，引起众多人点赞。遗憾的是，故乡的小河在桐城地图上都见不着。因为它很小，小到无名。邻村也有一条河，村民为了区分，根据河床宽度，将邻村的叫大河，我村的叫小河。两河在村东南方汇合，是流向牯牛背水库的两条重要支流。但不知为什么，故乡本有名：吴咀，但其他村村民遇见或介绍我村村民时，都说是小河的。

故乡的小河是我年少时的欢乐谷。夏天中午或傍晚，男孩子们瞒着父母，赤条条地钻进水里，一个猛子，像条鱼，转眼不见踪影；女孩子们可不敢，只好趴在水中间的大岩石上，用双脚使劲地拍打着水，感受水的清凉，或者几个人相约打水战，你浇我泼，搞得浑身湿漉漉的。我们大声地叫着，笑着，水面卷起快乐的漩涡。很多时候，男孩子们都不清楚父母何时悄悄收起他们放在岸边的裤衩，回家后难免受到一顿数落。

冬天，河面上结着厚厚的冰，那是玩冰的好时候。冬晨寒冷，御寒衣物短缺，有的小伙伴没袜子穿，有的甚至趿拉着一双没有后跟的旧布鞋。即使这样，小伙伴们也没觉得苦。中午放学，小伙伴们奔跑到河边，拿石头抛向冰面。若冰厚，冰面只被砸出一点小缝；若冰薄，冰面会被砸出一个洞，水汩汩地冒出来。跑在最前头的小伙伴，赶紧在破损的冰沿上扳下一块塞进嘴里吃，冷得直哆嗦，但忍不住又来一口。有时碰巧冰块上有个小洞，小伙伴们会用稻草扭绳穿过去，将冰吊起来，拎着小心翼翼地走。可是，后边不知何时会冲出个人，一拳挥来，冰块掉在地上，碎成数片。拎冰的小伙伴愣愣地还没反应过来，可挥拳的小伙伴已吹着口哨，或打着响指，一溜烟跑得老远。

我们最喜欢的是撬起一大块冰，砸在厚厚的冰面上，冰块肆意地散开，像千万只离弦的箭。滑冰必须等大冷三天，河面冻得结实才行。小伙伴们先派个体重较轻的人试探，待确定可以滑冰后，纷纷踏上冰面，比谁滑得快，滑得远。天寒地冻，大地萧条，小伙伴们却满头大汗，快乐无比。就连初中生都趁中午休息，瞒着老师来到河边滑冰。由于冰面厚薄难以测量，滑冰是有风险的。汪河中学的老师想出惩罚绝招：不到河边抓人，只等学生回教室，滑冰的同学会头冒热气，裤子臀部因潮湿而颜色更深，老师让这些学生出列，到教室外靠墙站一排，命令他们脱掉衣服，仅剩内衣，冻上十几分钟。这一冻，怕冷的学生再也不敢去滑冰了。

故乡的小河更是农家餐桌上的“聚宝盆”。20世纪90年代之前，小河里住满了鱼虾。每年桃花汛后，傍晚时分，乡亲们将鱼篓放置在小河上游的水坝下，第二天早晨去收，定是满满的喜悦；或将两指网眼的尼龙网下到水流平缓的地方，半个小时后去收网，那里尽是尖头仓子、红嘎儿、弯勾丁（鱼的一种）。

记得1983年春夏之交，外公带我们兄妹两人去河东岸割油菜。正好前两天下过中雨，河水有点浑。哥哥顺带一副渔网，下油菜田前，把网下到河里。五月份，天气有些热，割油菜是很累的，哪有在水中沾鱼快活呢？趁外公割到前头，哥哥一溜烟儿跳进河里，看沾到鱼没。没料到那网眼上的鱼怎一个多字了得！哥哥喊我快拿个铁量子（洗脚的桶）来，声音激动得都跑调了。不顾外公训斥，我狂奔回家，拿个铁量子返回河边。河床上尽是跳跃的鱼儿，那是哥哥等不及扔在岸上的。手忙脚乱地收拾好，我又赶快帮忙摘鱼。每隔三五个网眼，就有一条鱼，哥哥干脆将摘下的鱼用牙咬住。我拿桶来到他身边，他牙一松，几条鱼同时掉进桶中。等网收尽，有大半铁量子鱼。那一刻，我好像明白了一个词：浑水摸鱼。

暑假是捉鱼捕虾的最佳时机。暴雨后两三天，水量丰富，水流动性好。这时，拿个筲箕（淘米器具）（或粪落子，一种装土工具）来到河里，在流动的活水处将筲箕插入水中，再在筲箕两旁用小石子筑起两道坝，小河豚会顺着流水向上游去，争先恐后，越来越多，不大一会儿，就趴满了筲箕，这时瞅准机会，迅速端起筲箕，激动人心的时刻到了：小河豚黑压压的，在筲箕里乱跳。或选择水草密集处逮虾，将筲箕轻放入水中，以两小腿抵住，双手伸进草丛，惊动安静的小虾，吓得小虾晕头转向，一不小心就钻进筲箕，这时眼疾手快，迅速端起筲箕，透明的对虾在筲箕里欢蹦乱跳。贫穷年代，鱼虾可是村民餐桌上不可多得的荤菜。

故乡的小河也有发怒的时候，那是梅雨季节。暴雨倾盆而下，山间众多小溪汇集至河，河水猛涨，洪水咆哮而来，似蛟龙入海。洪水中，有冲断的树枝，也有冲翻的大石头，还有来不及逃离的小动物。小河是村民外出的必经之路，暴雨毫无征兆，可苦了上学的孩子们。怎么办？久居水边，乡亲们制作鱼盆与洪水抗争。鱼盆狭小，仅容一人乘坐，技艺高的可带个小孩。平时，人们借助鱼盆到深水处捕鱼。发洪水时，大人们可在水流较为平缓的地带划鱼盆过河给孩子们送饭；放学时，还可用鱼盆将孩子们载回村。但鱼盆太小，遇上湍急的洪水，掌握不好平衡，容易翻船。

故乡的小河，留给我最痛楚的回忆，是小学毕业那年夏天。当时有毕业考，考试那天早上，雨下得紧，小河水暴涨，眼看就要淹没大堤，此时鱼盆毫无用武之地。毕业考是乡统考，小河东岸四个村庄有二三十个学生要参加。怎么办？汪河中学的老师（我们永远记得他的名字——孙其新）自荐从对岸带根绳索游过来，利用绳索将试卷荡到对岸，让学生及时开考。他水性好，曾游过长江，众人期待他成功。刚下水，他游得稳而快，可万万没想到，到河中间，一个大浪打来，转瞬间，不见了他的身影。等雨稍小些，乡亲们驾着渔船，搜遍牯牛背水库的角角落落。三天后，我们找到了孙老师的遗体。追悼会那天，十几个村的村民们闻讯赶来为孙老师送行，不少学生泣不成声。大家敬重孙老师，说他待生如子，书教得好。痛心的是，小河的洪水夺走了他年仅38岁的生命，他永远离开了热爱他的学生。

小河成为故乡交通的障碍。在乡政府争取下，国家财政拨款，20世纪80年代末、21世纪初，先后在小河上建起两座桥（第一次建的桥较低，水库蓄水时易被淹没，桥墩耐受力弱，因此被废）。春夏时分，孩子们上学再也不怕洪水打扰；还有冬天，孩子们也不必担心石头步子上的冰滑了（没桥时，河中间用大石头做成踏脚石，孩子们一脚踏一个地过河。冬日傍晚，如果有人不小心弄湿石头，早上结冰的石头特别滑，曾有小伙伴滑倒落入冰冷的水中）。小河上的桥成了故乡的新成员，静静地迎接着每个过桥的人。

90年代中期，暑假我回故乡探亲。清晨，我总爱挎篮衣服去小河边洗，将两脚放入水中，浑身每个毛孔透着清凉。让我微微不安的是，我发现小鱼不来咬脚了，更不见了小虾的身影。父亲说这几年，有人晚上偷偷地将药投到河里，还有人用电瓶来电鱼，如此一来，别说鱼子，鱼孙都给网走了。曾为我们提供美味的小河，就这样失去了往日的活力。好在村民不断向乡政府反映，乱捕现象得到一定遏制。如今河里又可见数量不多的鱼虾，但这距我儿时的记忆还差得远。

汪河，有这样一条河，她的名字叫小河。因为地处山区，交通不便，旁边无任何工厂，所以清澈至今。我很庆幸，但我更希望用电瓶捕鱼的外村人，不要利欲熏心，放手吧！小河养育了我们，我们不应伤害她。

熊培云在《一个村庄里的中国》中写道：“没有故乡的人寻找天堂，有故乡的人回到故乡。”如今，随着城市发展，中国大地上每天有几十个乡村在消失。幸运的是，我的故乡还在。面对故乡的小河，我许下愿望：愿你容颜不改，鱼孙满堂。

山村春季，百花世界

三月，打开微信朋友圈，满眼尽是赏春的佳景：桃红柳绿，弄姿倩影，碎花满地，情趣妙生……阳春三月，春暖花开，久困钢筋水泥少见绿，蜷缩空调房中鲜吸氧，蛰居一冬的市民们褪下厚实笨重的棉衣，穿上明艳轻软的春装，呼朋唤友、携妻带子去郊外踏青赏花吸氧，自然少不了拍照与朋友分享。

郊外的绿树成荫，花开蝶舞，于我而言，却少了一份新奇。因为我的家乡在大别山的余脉，那是四面群山环绕的小山村。山村带给我的季节变化，就是百花的次第开放。在花开花落、云卷云舒的大自然中，我感受斗转星移、白驹过隙、四季轮回……

四季春为首，最先迎来春天气息的是迎春花，有诗为证，如唐代令狐楚的《游春词》“高楼晓见一花开，便觉春光四面来。暖日晴云知次第，东风不用更相催。”宋朝韩琦的《迎春花》“覆阑纤弱绿条长，带雪冲寒折嫩黄。迎得春来非自足，百花千卉共芬芳。”

我第一次见迎春花是在上高中时，学校距家有十里路，环山公路穿梭在群山之间。早春二月，我们还没从“天街小雨润如酥，草色遥看近却无”的丝丝寒意中抖擞出来，公路下方枯败的灌木丛中冷不丁绽放出几朵鹅黄的小花，给寂寞单调的学习生活带来一些调料。我和同伴不顾灌木丛中刺藤的戳痛与缠绕，排除万难来到迎春花身边，欣赏其与众花不同的美：每一朵花有四片花瓣，如金黄色的小喇叭，在初春里吹奏起一曲动人的歌谣；又如蝴蝶的翅膀，薄如蝉翼，在灿烂的阳光下，黄得玲珑剔透，微风吹来，宛如蝶舞翩翩。唐代白居易也曾赋诗赞美迎春花：“金英翠萼带春寒，黄色花中有几般？凭君语向游人道，莫作蔓菁花眼看。”那时迎春花带给我的不仅仅是春意，还有不畏寒威、不择风土、随遇而安的倔强与傲气。

迎春花

四月的山村，漫山遍野红彤彤的是杜鹃。我钟情于杜鹃花的原因很简单：老师说那是革命烈士用鲜血染红的。小学时每年清明节，老师都带领我们给烈士扫墓，烈士墓在距学校十来里地的红星村杨楼队。出发时，我们会系上鲜艳的红领巾，整齐地排着队，少先队大队长举起队旗，走在最前面。羊肠小道上方的山林中，杜鹃花开得正灿烂，它们似乎在不经意中抚摸一下我们的额头，或是颔首向我们致意。禁不住杜鹃花的热情如火，我们会顺手摘下一两枝，待扫墓仪式结束后，插放在烈士墓的两边，告慰那些不惜牺牲生命而争取革命成功的英灵。

杜鹃花

归途中，老师不再强调队伍的整齐划一，而是随学生所欲，孩子们的天性一下释放出来。虽听长辈们说杜鹃花的花蕊不能吃，若吃会豁鼻子，但调皮的男生根本不信，他们会摘下一枝杜鹃，随手扯下花朵塞进嘴里，嚼得津津有味，然后吐出红艳艳的舌头，相互打岔逗乐。此时的他们哪是"护花使者"，分明就是"毁花恶魔"。

爱花是女人的天性，女生更喜欢杜鹃的火红艳丽。诗人韩偓曾赞赏杜鹃："一园红艳醉坡陀，自地连梢簇蒨罗。蜀魄未归长滴血，只应偏滴此丛多。"女生会小心翼翼地采摘几枝杜鹃，然后折一节杨柳，柳枝柔软但不易断，用柳枝做绳，把杜鹃花摘下来，去掉花蕊，一朵朵地依次穿进柳枝。不一会儿，长长的柳枝上已缀满了红艳艳的杜鹃花，然后将柳枝两头一系，就成了个花环，或挂在胸前，或戴在头上。这一刻，无需描眉抹粉，我们就是清纯快乐的公主，主宰着春意盎然的乡村小世界，银铃般的笑声伴随春风飘进空旷寂静的山谷，回音袅袅。

兰花是百花中最内敛的，它隐藏在深山野林中，苏轼有诗为证："本是王者香，托根在空谷。先春发丛花，鲜枝如新沐。"谷雨之后，气温回升较快，兰花迎来盛开期。我和小伙伴们会在采茶休息之际，爬上环绕在茶园周围的山上寻找兰花。兰花属附生或地生草本，叶子有多个，狭长如须，四季翠绿。兰花喜阴，怕阳光直射；喜湿润，忌干燥；喜肥沃、富含大量腐殖质的土质，所以它们多长在树冠较大、枯叶覆盖的杂草丛中。想在茂密的树林中快速寻找到兰花是不易的，最好的办法是用鼻子去闻，兰花的清香在微风中忽隐忽现，花上十几分钟才能找到一株是常有的事。兰花的花瓣多为四瓣，长长的浅褐色花蕊卷起呈舌状，摸之如蜡质般温润。花瓣香气淡雅，花蕊则浓郁些。我们采摘几枝兰花带回家，插在盛水的玻璃瓶中，或扯下几片花瓣放在文具盒里，尽情享受着大山的无私馈赠。

深山中的兰花，因其蕙质与清香引来好事之徒。20世纪80年代末，有两三年城里人纷纷来山村收购兰花，一枝兰花苔五分钱。山村顿时沸腾起来，一时间，大人、小孩都带着锄头去山里挖兰草。城里人带走了兰草，山间的兰草越来越少，最后附近的山头已不见兰草的踪迹。幸好这些久居深山的兰草到城市后因不适应土壤和气候而枯亡，所以再也没人来收购。其实明代陈汝言为保护兰花就曾赋诗："兰生深山中，馥馥吐幽香。偶为世人赏，移之置高堂。雨露失天时，根株离本乡。虽承爱护力，长养非其方。冬寒霜雪零，绿叶恐雕伤。何如在林壑，时至还自芳。"古人都知兰草易地会枯，今人为何还要为暴利而毁掉兰花高洁典雅的品质呢？这段经历成为我心中最深的痛，从那之后，我偶尔穿梭在山林之间见到兰草，从未有过掘走的念头。

樱桃花、桃花、杏花、梨花、油菜花、红花草（学名紫云英）是山村最常见的，房前屋后，田间地头，随处可见它们的身影。至于樱桃花、桃花、杏花、梨花，虽有桃红腮、梨白貌等说法，但我未曾生出过占有的欲望，因为它们承载着结果的厚望。朱自清在散文《春》中写道："桃树、杏树、梨树，你不让我，我不让你，都开满了花赶趟儿。红的像火，粉的像霞，白的像雪。花里带着甜味儿；闭了眼，树上仿佛已经满是桃儿、杏儿、梨儿。"物资匮乏的年代，自产的新鲜水果满足了我们的口腹之欲，也让樱桃花、桃花、杏花、梨花远离"折寿"之苦，开得肆意，落得潇洒……

樱桃花

桃花

杏花

梨花

放学归来，放眼望去，掩映在百花盛开中的村落已升起袅袅炊烟，我们在“吹面不寒杨柳风”中，不由自主地朗诵起一首首熟悉的古诗：“春眠不觉晓，处处闻啼鸟。夜来风雨声，花落知多少。”“去年今日此门中，人面桃花相映红。人面不知何处去，桃花依旧笑春风。”“碧玉妆成一树高，万条垂下绿丝绦。不知细叶谁裁出，二月春风似剪刀。”“天街小雨润如酥，草色遥看近却无。最是一年春好处，绝胜烟柳满皇都。”“应怜屐齿印苍苔，小扣柴扉久不开。春色满园关不住，一枝红杏出墙来。”“草长莺飞二月天，拂堤杨柳醉春烟。儿童散学归来早，忙趁东风放纸鸢。”“胜日寻芳泗水滨,无边光景一时新。等闲识得东风面，万紫千红总是春。”“人间四月芳菲尽，山寺桃花始盛开。长恨春归无觅处，不知转入此中来。”在如此诗情画意的词句里，我们竟有身临其境之感，更加佩服古人观察之细、用词之妙。原来春天不仅触手可及，我们还可以徜徉在浩瀚的诗词世界中。

油菜花

紫云英花

油菜花是菜籽油的前身，若是天气晴朗一周，那油菜花必定开得大咧咧，开得金灿灿的。山村的农田受地形限制，呈阶梯状，所以又称梯田。从山脚到山顶，盛开的油菜花仿佛一床床金色的织锦，又似神仙随手抛下的一块块黄玉，成群的蜜蜂叮在花心里，快乐地唱着丰收的歌。连清朝乾隆皇帝见了油菜花，都忍不住赞美："黄萼裳裳绿叶稠，千村欣卜榨新油。爱他生计资民用，不是闲花野草流。"

紫云英既是农家肥田的天然好养料，其花又是酿蜜的原料。可能紫云英花的价值不似其他果树花朵那么明显，再加上花朵是白底加紫红色，无明艳之色来吸睛，它默默扎根在农田，任由春风吹拂，恰似一床厚厚的绒毯，为贫瘠的大地披上素装，我找寻古诗词，却没发现有关紫云英的诗歌。但紫云英花期结束生成草籽后，农家犁田将其翻入泥土中，等其发酵后会变成绿色肥料，会给即将播种的水稻秧苗提供最好的养分。

"一年之计在于春"，山村春季，百花依次盛开，那是孩子们五彩斑斓的快乐世界，又是学生们咏诗诵词的文化世界，更是农民播种希望的喜悦世界。遗憾的是，如今山河依旧，却已物是人非，唯有此情可忆……

田间地头渐行渐远的动词

端午节回家乡看望父母，他们均入古稀之年，身体还算健朗，守着三分地的菜园、两亩左右的水田和旱地。尤其是父亲，退休之后像是入了魔，不仅经营着自家的田园，还将别人抛荒的旱地精耕细作，每天劳作时间超过八个小时。即使去县城办点事，基本当天就回来，哥哥、妹妹想留其住一晚都困难。

我到家时已近中午，父母到村口大树下迎我。待我进屋安顿好，母亲忙着准备午饭，父亲说他还有些油菜桩子没挖完，趁天气还不算热赶快弄。母亲在老屋院墙旁边的水池里洗菜，可能发现遗忘了中午做汤时的配料，就叫喊一墙之隔正在挖油菜桩子的父亲："哎，割点韭菜回来！"父亲听力越来越差，没应答。我赶忙说："妈，让我去吧！""拿那把豁口的旧菜刀啊！"母亲总不忘提醒我，她似乎不记得女儿已过不惑之年了。

我拿着豁口的菜刀直奔父母精心侍弄的菜园：一行行，一垄垄，叶类蔬菜青翠欲滴，黄瓜、豇豆爬上插得齐整的瓜扦上，刚结的黄瓜才食指那么长，瓜尖上的黄花拢成一团，似乎舍不得与瓜孩子分离呢！辣椒结了不少，全似青青的灯笼。茄子正开着淡紫色的花，赏心悦目，这是开花蔬菜里少见的。放眼菜园上方的旱地，

只见玉米好像一排排小哨兵在站岗，腰杆挺得笔直，玉米绿得发黑的叶子随风摆动，发出簌簌的声音，像一曲撩人心弦的交响曲；青青的黄豆叶如一床厚厚的绒毯，你挨着我，我挤着你，竞赛般地迎接阳光雨露。

韭菜地很明显地分成两部分：一部分已被割过，母亲用鸡屎灰均匀地铺撒在上面，韭菜头正倔强地冒出来，因被割的时间有先后，韭菜长得参差不齐，刚露出地表的呈现为黄绿色；另一部分则是碧绿的，修长的条叶摇曳生姿。我左手握住一把韭菜，右手用豁口的菜刀齐着根部横割过去，那韭菜真嫩，割起来毫不费事！

此时，看着手中鲜嫩的韭菜，我有种收获满满的感觉，不由得回忆起青少年时期从事农业劳动的情景。正是那些年的体力劳动，让我在学习吴伯箫的《菜园小记》时，对田间地头的农业谚语和贴切动词有着更深的理解。

种菜第一步，撒菜秧子。平整一小块地，用手捏碎土疙瘩，再用淡粪水浇湿，然后向潮湿的土地上撒菜籽。为什么叫撒菜秧子呢？原来蔬菜种子除瓜豆类外，颗粒多为娇小型，要等秧苗长到寸把高后移栽，所以要先育苗，撒菜秧子就代替撒菜籽成了口头语。“撒”是重点，按照书面解释，就是把颗粒状的东西分散着扔出去。这可不容易，因为需要把握好撒的均匀度和力度，弄不好撒不远，会造成菜籽落到一处，发芽后拥挤得很，有的地儿却空空不见一棵。菜籽撒匀后，或撒些薄土盖上，或用耙子扒一遍，便于菜籽与土地有机结合，如温度较高或较低，则会盖上稻草或麦秸秆。合适的温度和湿度下，菜籽三五天即可发芽，钻出土壤，“抛头露面”，迎接阳光照耀，茁壮成长。

待菜秧子长到寸把高，即可移栽，不够粗壮的则被涮出来。“涮”的本意有四种：一是把手或东西放在水里摆动使干净；二是把水放在器物里面摇动，把器物冲洗干净；三是把肉片等放在开着的水里烫一下就取出来蘸佐料吃，遂有“涮火锅”一词；四是耍弄，骗。此处的“涮”是引申出来的，即间隔着拔掉一些腰肢柔软的菜秧子，因秧苗脆嫩水灵，可炒着吃或氽汤用，可帮人们度过菜荒。农谚“头伏萝卜二伏菜”说的应是西北地区，我的家乡则是“处暑萝卜白露菜”，因为萝卜和青菜都是喜欢凉爽气候的蔬菜，秋季播种过早，天热干旱，易生虫长不好；播种过迟，则会因生长季节太短，不能充分长大。母亲种萝卜是在地上间隔打凼（挖小坑），一个凼里撒上七八粒籽。等萝卜秧苗从小圆叶变成长叶再等三五天，就可涮萝卜菜了。细嫩的萝卜菜可腌着吃，早上吃稀饭真对口。一般而言，一个凼只留一棵萝卜菜，这样冬天拔萝卜时会足见其粗壮，故有“一个萝卜一个坑”的说法。

苦麻菜

为啥同样是叶类菜，采摘的动词又会不同呢？如挑（tiǎo）菠菜或撸菠菜、掐文菜（空心菜）、撇（piē）苦麻（谐音，具体菜名一直不清楚）、铲卷心菜、割（剪）韭菜等，只有亲自去实践，才能掌握其用词的精准。记得小学有篇课文中说：“蔬菜的种类很多，有的吃根，有的吃茎，有的吃叶，有的吃果实。”

菠菜的根、叶都可食用，红红的细根有丝丝的甜味，细细地咀嚼，更有味道。菠菜是秋末初冬播种，因山区气温低，成长速度慢，过年家家喜欢挑菠菜涮火锅吃。雪天或霜冻时挑菠菜可不容易，要将剪刀尖头深插进土里用劲挑起（撸起），才不会弄断菜根。

空心菜因心空而得名，“掐”之一字很传神，即利用大拇指和食指的配合，轻轻用力即可折断。苦麻因苦涩而得名，是家乡用来喂鸡、鸭、猪的重要食材，此物生长迅速，一个生命周期能长高至一米出头。“撇”的含义有多种，此处与“撇油沫儿”（从液面上轻轻地舀，以去掉泡沫或浮渣）意思类似，即用手将苦麻茎秆四周的叶子依次撕下，无需太大力度，否则容易弄断其重要的支撑物——茎秆。

卷心菜是叶片层层裹起，形成团状硬球，一般选择用菜刀或铲子去弄断，以保证菜的完整性。韭菜无论是割还是剪，皆因其叶茎细密柔软。诗圣杜甫有名篇《赠卫八处士》：“夜雨剪春韭，新炊间黄粱”，时间匆匆，老友相聚，感慨万千，来顿简朴的饭菜，既展示了诗人食人间烟火色，又展示了他友善好客情。

空心菜

卷心菜

可能因为豇豆、黄瓜属藤本植物，且果实细长，采摘时要用力拉扯，所以有扯豇豆、扯黄瓜之说。豆藤缠绕在豆扦上，茂盛时密不透风，钻进地里扯豇豆很受罪，出来时衣服会湿透。黄瓜藤子更可怕，叶茎和叶片上都是毛茸茸的细刺，光着胳膊不小心碰到，会留下一道道红杠杠，火辣辣地疼。记得儿时小伙伴们特别馋，黄瓜还只有拇指长，就趁大人们午休或晚上乘凉捉萤火虫之机，悄无声息地溜进菜园，摸到一根小黄瓜就扯，可往往因用力过猛将瓜藤扯断一截。第二天，扯断的瓜藤经太阳照射，很快就蔫死了，这必遭到大人们一顿臭骂，但小伙伴们谁也不会站出来告密。

豇豆

黄瓜

辣椒、茄子等食果类蔬菜属草本植物，采摘无需攀高；葫芦、南瓜虽属藤本植物，但其体积大，重量大，往往用“摘取”更合适。摘，取也，边观察边动手的劳动，当看到个别果实尚未成熟，就留下，只摘取成熟的。无论辣椒、茄子，还是葫芦、南瓜，采摘均待其长大可食用时方动手摘。摘辣椒时要特别注意，遇到雨水多的年份，有些辣椒从尖头腐烂，手碰到若不及时清洗，会染上辣椒素，手就像是有火在灼烧，即我们常说的“火辣辣”的感觉。获取黄豆角（gē）子则用“拽”，形象生动地再现了豆角与豆茎难舍难分的场景，两手相互拉扯，胜利的当然是力道大的一方。

辣椒

茄子

除了采摘蔬菜运用不同的动词，收种谷物的用词也不逊色，比如点豆子、掰六谷锤子（玉米棒子）、踩油菜、打麦子、倒芝麻、插红薯秧、剪红薯藤、挖红薯等。

“点”一般是谷物颗粒较大，且播种时要打凼（小坑），每凼一至四粒不等，有点数的意思。“掰”是象形字，左右各一只“手”，中间为“分”，即用两手把东西分开或折断。六谷锤子长在高高的玉米秆上，个矮的人更需要将双手举起，用力掰扯才能取到。“踩”是踩踏之意，要使成熟的油菜角（gē）子绽开需要用力，因其会戳手，人们往往选择用脚踩踏。

“打”是用物敲打，农村有一种器具（音为链该、链枷），即将竹子削成长约30厘米、宽约5厘米的竹棍，用绳子依次绑住六七根竹棍，再利用卯榫安装一长柄使其转动，供人有节奏地摇起，连续敲打麦穗，所以称为打麦子。“倒”字用在芝麻的收获上更为传神，从谚语“芝麻开花节节高”可知，芝麻结角是依次高攀。如何将成熟后割倒翻晒几日的芝麻籽从角子里顺利取出，似乎考验着人们的脑力。但劳动人民的智慧是无穷的，他们将扎捆的芝麻秆子轻而易举地倒过来，芝麻角子头朝下，用木棍轻轻敲打，黑色或白色的芝麻籽争先恐后蹦出来，像赶场子似的。

红薯很独特，粗嫩的叶秆可作蔬菜炒着吃，果头（块根）作为主食，既可生吃，也可蒸煮着吃。因其香甜可口，老少皆爱。研究表明，红薯富含蛋白质、淀粉、果胶、纤维素、氨基酸、维生素及多种矿物质，有抗癌、护心，预防肺气肿、糖尿病等功效，故被誉为“长寿食品”。红薯属草本植物，生命力顽强，栽培时可将红薯藤子剪为几段，一头朝上，另一头用两指捏紧插入土里。插红薯秧最好选择在雨后，一是因为这时土地潮湿容易插下去，二是因为这时新插的秧苗无需浇水滴根。挖红薯的季节是秋末初冬，母亲会物尽其用，先剪红薯藤子，拉回家再捋（luō，用手握着条状红薯藤子，顺着移动摘取）红薯叶子，最后将红薯叶子用柴火煮熟放入瓦缸，加少许盐腌渍贮藏，作为今冬明春喂猪的好饲料。挖红薯的“挖”可是技术活，红薯埋在土里，挖的时候要观察红薯周围土层的裂度和隆起度，挖掘范围要准，锄头下去要深，否则红薯会被斩断，挖坏的红薯则不易储存。

得益于端午节放假回家探亲，我有机会在蔬菜瓜果旺盛季节走进菜园，曾经的记忆一下子清晰起来，每一种蔬菜、每一样谷物，采摘时可使用不同的动词。但随着城市化和机械化的进程，农事中这些丰富、具体、形象的动词终将渐行渐远，淡出大部分人的视野，变成书本上的一个个抽象词汇而已。对那些从未稼穑过的孩子们而言，他们将更难理解这些汉字的神奇与魅力了。

乡村六月好时节，菜籽油香飘万家

早晨打开手机，显示今日是小满节气。小满，即麦类等夏熟作物的籽粒开始灌浆饱满，故宋朝文学家欧阳修曾赋诗《五绝·小满》：“夜莺啼绿柳，皓月醒长空。最爱垄头麦，迎风笑落红。”小满时谷物籽粒开始饱满，但没到收割季，遂有农谚“小满割不得，芒种割不撤（桐城方言，即来不及割的意思）。”

可能是因为江南气候温暖，抑或是农作物改良，家乡的油菜会在小满节气后三五日迎来收割期。两个月前，黄灿灿的油菜花吸引着成千上万的蜜蜂来聚会，现在油菜秆上已结满狭长的荚角，粒粒饱满，剥开会溜出圆滚滚的菜籽粒儿。

割油菜比割小麦要少受点儿罪，因为它不像麦田那样密不透风，也无

成熟麦穗划过裸露皮肤的痒痛，不过在30多度的高温下弯腰割油菜，其实也是件苦差事。我清楚地记得20多年前和母亲、哥哥一起割油菜的情景。山区水田极少，每人摊不到三分地，只有靠开荒贫瘠的山地来弥补欠缺。山地不似水田平整，依山势会呈现倾斜，坡度最大处有30度左右。油菜成熟后若碰上暴风骤雨，其秆子会倒向低处，这给收割带来麻烦。碰到这种情况，母亲告诉我们要顺势而割，这意味着我们必须背向坡上，弯腰向下。站在一米多长的油菜秆前，我们的腰要弯得很低，割完五六分山地的油菜，只觉腰都直不起来，虽然母亲常说："小孩子哪有腰？"翌日晨起，更要命的是大腿沉重酸胀，那一刻连下床都需要勇气。

割倒的油菜放在地头，经阳光暴晒一两天，就可踩油菜籽了，我很享受这一劳作过程。打稻桶是最好的踩油菜籽器具，场大桶深，四周有栏板保护。母亲承担抱油菜秆的重任，我和哥哥轮流站在桶里踩踏，此时不觉得是在劳动，而像在玩游戏。油菜秆在稻桶里一层层地叠加，油菜荚角晒干后极易踩裂，黑黑的菜籽急不可待地蹦出来，穿过裂开的荚角，漏到秸秆的下层，铺满稻桶的底部；有的菜籽好淘气，猝不及防地溜进我们的鞋子里，但一点儿也不硌脚，反而像按摩。趁母亲清理踩踏过的油菜秆时，我们会迅速跳出稻桶，去地埂头摘那红彤彤的大麦泡儿（野草莓），摘一把塞进嘴里，顿感口舌生津。

脱离母体的油菜籽还带着一些潮气，在晴好的日子晾晒两三天，就可送到油坊打油了。可能是受油坊的香气萦绕浸润十来年，我这越来越模糊

的记忆里却依然存有木榨油坊里热火朝天的场景。我对木榨榨油全套工序的了解始于小学一年级，因为去学校的途中要经过一个老油坊。不知是出于好奇还是被吸引，我竟然在放学后多次观察，终于弄清楚油菜籽变成菜籽油（乡亲们喜欢称之为香油）的全过程。

端午节前后三五天，冷清大半年的油坊开始热闹起来。高温闷热的油坊里，榨油师傅和帮工们（轮到谁家打油，谁家必须出一两个劳动力）会在一天时间内完成所有的工序。与现在的机榨相比，木榨是个技术活，更是苦力活。榨油工序十分繁杂，分筛籽、车籽、炒籽、磨粉、蒸麸、踩饼、上榨、插楔、撞榨等步骤，全靠手工完成。

第一步筛籽，将收来的菜籽过筛，除去籽壳、小石子、土块等杂质。

第二步车籽，将菜籽倒入风车的漏斗里，摇动风车把手，借助气流再次将杂质和瘪籽扬弃，剩下的就都是饱满的菜籽粒儿。

第三步炒籽，将50斤左右的菜籽（具体多少我不是很清楚，只记得当时是一稻萝菜籽炒一锅）倒入大铁锅，师傅挥动着超长超重的铁铲，不停地翻炒，灶膛里的码柴（方言，截断杯口粗的树干，用斧头一劈两半，码成堆后风干）燃烧正旺，若翻动不及时菜籽易被炒焦，影响油品和油质。若菜籽炒制“过老”，榨制出来的油会有苦涩的味道，而且颜色特别黑；若炒制“太嫩”，榨出的油会呈现青绿色。不一会儿，榨油师傅已是汗流浃背，他会不时地用搭在肩膀上的毛巾抹擦一下满脸的大汗。炒熟一锅菜籽的功夫，师傅的毛巾都能挤出水来。

第四步磨粉，将炒熟的菜籽放入磨粉机中碾压，压碎后的菜籽粉末呈金黄色，香味顿时弥散开来，浓郁到你的鼻子不舍得放弃做深呼吸。听母亲说以前磨粉用石磨，用黄牛或人力来拉转，更是费力。

第五步蒸麸，这是一道关键程序。蒸锅上搁一个铁架子，再铺一块棉土布垫上，将菜籽粉末放入木桶蒸笼中熏蒸，每锅蒸一个饼的粉，大约30斤。火候和蒸制时间要掌握好，因为粉饼的湿度决定着出油率的高低。

第六步踩饼，将蒸好的粉饼用板斗（方言，木制容器，圆形，高约一尺，有个可上提的把手，用来盛装谷物）舀入铺好稻草的铁圈中，再将稻草翻盖上去，用脚踩压，形成粉饼。粉饼的大小根据木榨的孔径而定，饼厚七八厘米。带着水汽的熟粉温度很高，榨油师傅赤脚踩饼犹如在火盆上跳舞，上下频率极快。

第七步上榨，木榨由四根大树挖空制成，中空部分放饼扎楔。上榨是个细致活，需要两位榨油师傅默契配合，将稻草裹起的粉饼依次排好竖立，校正铁箍，放进木榨，一次要塞进三四十个粉饼。

第八步插楔，木楔由纹理细密、结实坚固的上好檀木制成，这样才能经受得住油锤力若千钧的无数次撞击。榨油师傅挥舞着锤子，将一根根木楔揳入由数十根方形硬木排列成的方阵中，这也是力气活儿。

第九步撞榨，这是最激动人心的时刻。油坊屋梁上垂下两条粗大的铁链，拴住油锤的重心部位，使油锤平衡悬空，人推动时进退自如。只见那油锤恰似放大十来倍呈栗褐色的保龄球棒，有六七米长，油光锃亮，粗的一端箍有一道铁圈，防止撞击时迸裂。榨油师傅双手紧握油锤粗端，掌控着方向和节奏，帮工两人站在油锤两边，抓住垂下来的铁链。三人动作协调一致，喊口令一起发力，随后在“呦嘿呦嘿”的号子声中一次次准确地撞向榨楔，声震屋瓦，气势如虹。榨楔被巨大的油锤撞击，忍不住“呻吟”起来。不大一会儿，奇迹出现了：只见那黄灿灿的菜籽油似水珠般滴落到榨楔下方的木槽里，积少成多，最后顺着木槽汩汩流向另一端早已准备好的木桶中。这时，整个油坊笼罩在浓郁的香气中。油香随风飘出，方圆两三里的山村都被这香气滋润得富足而温馨。

菜籽油

那时，家乡的老油坊只有一个。因为是纯手工制作，榨油每天起早摸黑，工作十三四个小时，只能打两榨油，因此每户需预定。一榨油大约需油菜籽两三百斤，一百斤菜籽出油30~35斤。有的农户人口多，菜籽收成好，自家打上一榨；收成低的农户则要自己找合作对象，两家打上一榨。家乡的村庄不大，有十来个生产小队，五六百户人家，一个榨油季需要四个多月时间。小学五年，除了暑假，每年我有两个多月时间经过老油坊，聆听上一段单调却有韵律的木榨声和号子声，贪婪地闻吸着空气中弥漫着的菜籽油香。

每户主劳力小心翼翼地挑回新榨的菜籽油，孩子们看到大桶的油，好开心，家庭主妇则忙开了。分田到户前，每年每人只分到几两油，蔬菜里难得看见几滴油星。分田到户后，农民种地热情高涨，每户菜籽油足够炒菜用。一为庆祝丰收的喜悦，二为满足挑剔的味蕾，家乡有一食俗：用新麦子磨成粉，加水和面醒上，然后搓成圆面团或拉成长条，放入新打回来的菜籽油锅中煎炸。不一会儿，油锅中的面团膨胀开来，色泽金黄的麦粉圆子、外酥内软的油条闪亮登场。孩时的我，经不住美食的诱惑，无惧麦粉圆子的滚烫，手抓一个就咬。新麦粉配上新菜籽油，那个香入鼻、入口、入胃，滋味绵长，绕身三日，不肯决别。由于各家榨油的时间不同，故炸制面食的时间有先有后，邻里之间会依次分享收获的喜悦……

家乡的木榨油坊在20世纪90年代初被机榨取代，如今我国的乡村已很难寻到承载着百年历史的木榨油坊，传统的手工技艺在轰隆隆的机器声中渐行渐远，谚语“慢工出细活”也逐渐退出舞台。不知是情感上的留恋，还是机械化本身的缺陷，市场上种类繁多的机榨色拉油、调和油，我却怎么也吃不出木榨香油的味道来，虽然不少食品专家指出木榨油暗藏多种杂质，对健康不利。

时光流逝，木榨油坊渐远，我的记忆犹在：乡村六月好时节，菜籽油香飘万家。无论是乡亲们收割油菜的场景，还是榨油师傅忙碌的身影，他们那豆大的汗珠，那粗犷的动作，那浑厚高亢的号子，像从遥远的故乡穿越千山万水的阻隔扑面而来，呼唤着我，震撼着我，更牵绊着我……

明夏，你还会回农村吗？

网讯，70岁的何奶奶为迎接城里9岁的孙子来农村度暑假，专门安装了空调，结果孙子不肯来，理由是："那里没有Wi-Fi，手机玩不了，去了有啥意思？"

何奶奶的遭遇，实际上是很多农村奶奶共同面对的挑战。别说"10后"，就是"00后""90后"，夏天还有多少人愿意去农村呢？愿意去的人可能大多是看尽人间繁华、领略世事沧桑的中老年者。因为此年龄段的人，他们的快乐是农村给的，就像今夏城里人调侃"我的命是空调给的"。

我是"70后"，20岁之前的岁月都是在农村度过的，繁重的农活是我寄希望于读书而逃离农村的主要原因。永远干不完的农活，特别是炎炎烈日下的"双抢"，是众多农村孩子的梦魇。家乡有句刻画懒汉心理的俗语："早怕露水，午怕热，晚上又怕蚊子喝了血。"实际上，这也是我等部分农村孩子的心理写照：我讨厌芒种时麦穗扫在胳膊上的瘙痒，害怕晨起割水稻时因倦怠而割到手指的疼痛，更害怕"双抢"时那浑浊水田中无孔不入的蚂蟥。

经过寒窗苦读十多年，我终于逃离了农村。奇怪的是，城市里钢筋水泥筑起的高楼大厦，将人与人隔开在一个个火柴盒般的房子里，夏天的火热却因空调的发明而将每个人都冰封起来，我感觉我只是游荡在城市里的外乡人。午夜梦回，我那快乐的画面定格在广袤清新的田野上，孩子们像风一样自由地奔跑。苦过，累过，乐过，正如一句歌词："痛并快乐着！"

那时，农村夏天是喧闹的。知了在门前屋后的树上声嘶力竭，只为唱响一夏好声音，不惜在黑暗中等待数年。为躲避午后屋内的燥热，乡亲们会选择在大树下乘凉。老家村口有个池塘，塘埂北面是菜园和竹园，东、南、西三面栽有几棵栎树，树龄在百年以上，树干一个人抱不过来，树冠如伞，树叶常绿。为了在树荫下乘凉，乡亲们就地取材，从50米外的河床搬来石头，选择一块平滑宽厚的做石桌，其他的做石凳，安置在塘埂西、南两面。夏天的池塘水量较为充足，微风吹过塘面，让人顿觉暑气消失一半。

老年人摇着蒲扇，坐在石凳上，或逗邻家牙牙学语的娃娃，或打个盹儿；中年妇女，或纳鞋底，或织线衣，或缝缝补补，两三个坐一排，聊个东家长西家短；精力旺盛的男人们则围坐在石桌边，四个人玩起扑克，主要有升级或争上游类，打牌的人身后少则有一人围观，多则有四五人。虽说“观棋不语真君子”，但总有一两个性急的，不仅指点出牌，甚至埋怨对家不会玩。一轮结束，无论打牌的，还是观牌的，叽叽喳喳，相互指责，只为上局自个儿失误或获胜辩个子丑寅卯来。

孩子们是安静不下来的，他们似乎有使不完的劲儿，两三个人争相爬上栎树，躺或坐在粗壮的枝丫上，玩戏法般地从口袋里掏出南瓜子，边嗑边吐，比一比谁吃得快，吐得远；或者用自制的弹弓，以白籽（一种树上的果实，壳为青色，壳里包裹有四五粒半圆形白籽，如薏米般大小，果实成熟后外壳会自动绽裂）为弹药，瞄准远处另一棵树头，看谁打得准。四五岁的顽童羡慕树上的哥哥姐姐，却不敢当着大人的面爬树，只好与池塘里的鸭子玩游戏。他们找来瓦片或扁石头，身体向后倾斜，手臂与身体大约呈45度，用拇指和中指捏住瓦片或扁石头，呈水平放置用力旋出，瓦片或扁石头擦水面飞行，碰水面后因为惯性而弹跳再飞出，功力深厚的可旋三五个水漂，惊得鸭子满池塘嘎嘎叫唤，不明真相地相互追逐。

农村的夏夜分前、后两场，前半场是热闹的，后半场则是安静的。晚饭后，乡亲们带着烈日下劳作而积攒一天的内热，来到稻场上纳凉。没有风的夜晚，空气中弥漫着燥热，男人们喜欢聊奇闻逸事，或两三人坐在一条长凳上，或一个人躺在竹椅中，一手端着小茶壶，一手摇着蒲扇，吹得不亦乐乎！若一时兴起，还会有黄梅戏爱好者来一段清唱，唱的都是经典曲目，一曲唱罢，引来人们阵阵叫好，或高呼“再来一段”！女人们劳累了一天，一般选择做个安静的听众，还得不时地为躺在竹床上的孩子摇扇驱蚊。

若是月满的夜晚，皎洁的月光将稻场照得通透，孩子们好像不知道热似的，即使刚洗完澡，父母叮嘱不要玩得太疯，可是转身就忘得一干二净，玩起“抢羊子”“斗鸡”“丢手绢”等游戏。人越多，疯得越带劲儿，父母叫喊根本听不见。每个村里总有个把威严之人，若他觉得孩子们嬉闹妨碍他们侃大山，就会大声咳嗽两三下，孩子们顿作鸟兽散，乖乖地回到父母身旁，躺在竹床上，不到十分钟就响起熟睡的鼾声。

九十点后，上弦月悄悄落入西山头，稻场上乘凉的人们感觉露水越来越重，就纷纷卷起凉席或扛起竹床、睡凳（木制的睡床，既可供多人坐，又可供个人躺）回屋睡觉，因为老一辈人说人睡着后淋了露水会伤“元气”，翌日白天会浑身软绵绵的，一点力气也使不上。稻田中、池塘边的青蛙像赌气般，一起聒噪，一起安静；忽明忽灭的萤火虫在稻田、菜地里似繁星点点，无声无息地飞行；角落里蛐蛐“唧唧”的叫声清脆入耳，其他虫鸣在午夜后逐渐消失；院子里有轻微响动，机警的看门犬会视情况吼叫两声，在乡村寂静的夜晚显得格外空灵。银河两岸的星星微微眨巴着眼睛，生怕惊动了修筑天桥的喜鹊。远山黛影，水稻分蘖，瓜果竞长，农村夏夜的后半场人们在熟睡中发出几声梦呓……

农村的夏天是火热的，“太阳当空照，花儿对我笑”，可我不想笑，因为炎炎夏日中的“双抢”，让我在太阳下低头，流着汗水默默辛苦地工作。夏日的太阳起得早，但母亲带领我们兄妹三人起得更早，“双抢”前后一二十天，趁着下弦月斜挂在东山坡，我们就得下田割稻，犁田，拔秧苗……清晨四五点割稻相对惬意，额头不会有大颗的汗珠，微风吹过后背，至少能感觉到一丝清凉。但太阳公公露脸后，我们已经收割了两个小时的稻子，又累又乏，此时头发里、额头上、脖子里的痱子像无数个小虫子爬过，火辣辣的，又戳又痒又痛，让人无比烦躁。不一会儿，后背的衣服被汗水迅速浸湿，额头的汗珠顺着眉毛模糊了双眼，只好用袖子一擦而过，但这还是好过晌午的劳作。有过中午割稻子经历的人都清楚，蹲在田里收割，上烤下熏，热浪袭人，加上稻穗、稻叶扫在胳膊上刺啦啦地疼，像是被施了热水浇身的酷刑。

没有收割机的时代，打稻谷全靠人力，而且一般选择在上午十点之后，割倒的稻谷经过两三个小时的暴晒，脱落自然容易些。打稻谷是重活，要求人双臂要有力气，而且得掌握力道与频率，这活责无旁贷地落在成年人身上，孩子们则扛起来回抱稻铺的重任。打稻谷真是“双抢”中最累的环节，人要双手紧握一捆稻谷，高高扬起再甩向稻桶内壁，稻粒会向四周飞溅，碎烂的稻叶混杂着尘灰，肆无忌惮地散落在打稻谷人的头上、脸上和鼻子里，又呛又痒……孩子们抱稻铺也不易，抱完一亩田稻谷来来回回得上百趟，最可怕的是稻桩子，若光着脚一不小心踩上去，不巧遇到几个硬稻桩，足以戳破你的脚板，但流一点儿血的伤口是不可能助你下火线的，跛着脚，忍着痛也得完成父母交代的任务。

抢收之后是抢种，拔秧苗比割稻子轻松多了，而且有泥水浸润双脚，但朦胧的月色大大影响了视线，恶心的蚂蟥会神不知鬼不觉地钻进小腿，即使尾部还没完全钻进去，但想用手拉出来是不可能的，因为越拉它越往肉里钻，弄不好还会扯断，引起感染。最好的办法是用手使劲地拍打叮咬处，蚂蟥会被震落下来。一想到这，我宁愿在骄阳下割稻子，也不愿大清早拔秧苗。我不解的是乡亲们一旦钻进秧田，就热火朝天地拔起来，你追我赶似竞赛，谁也不把蚂蟥放在眼里。

农村的夏天又是清凉的。改革开放后，一些头脑灵活的外乡人无惧午后的炎热，推着自行车（山路不少地段崎岖不平，根本无法骑车），后座载个木制的箱子，外面用厚棉絮裹紧，箱子里藏着透心凉的冰棒。卖冰棒的外乡人远远地从河对岸小路走来，无需叫卖，只要听到他按铃铛的声音，孩子们就会赶紧回家取搪瓷缸，搜索家中每一个抽屉，寻找被父母遗忘的两三个钢镚，或狠狠心从枕头底下拿出自己卖柴、卖草药积攒多时的零用钱。等到外乡人来到大树下，孩子们一拥而上，将其团团围住，好奇地看他掀开箱子，一股冷气迎面而来。那时的冰棒只有两三种：简易的是糖水冷冻而成的，复杂点的为红豆沙、绿豆沙的，价格三至五分一个。外乡人不慌不忙地一手接过孩子们手上的钢镚，另一只手则将冰棒送到孩子们高高举起的小手上。孩子们舍不得冰棒融化滴落，就将其放进搪瓷缸，迅速飞奔回家。冰棒那透心凉的几口糖水，成为“70后”童年夏天最富有、最高级的享受。

吃冰棍抗高温毕竟是少数孩子才能享有的短暂幸福，农村随处可见的池塘成了孩子们避暑的天堂，但塘深草多的地方不宜去，易发生意外。我和小伙伴们很幸运，家乡村口有一条不知流过多少年的小河，除暴雨季节水浊浪急外，其余时间都是清澈平缓的。河流上游有几处深潭，那是山洪暴发冲积而成的。家乡有“立秋后不能洗凉水澡”的说法，故七月份是孩子们的最佳游泳时间。中午割完稻子一身臭汗，男孩子们跳进河里扎个猛子，或来个水上漂，洗个冷水澡，暑气尽消。“双抢”的日子里洗冷水澡属名正言顺，之后再想洗就得找机会了。孩子们总是有办法与大人们周旋的，趁他们午睡，带个渔网或筲箕偷偷溜出家门，一旦父母追问起来，就以捕鱼改善伙食为由，但实则是想与河水来个“亲密切磋”。那时的小河真慷慨，她不会让孩子们空手而归。只要把渔网下到河里，或寻一水流深处放下筲箕，然后几个小伙伴在深潭中“浪里白条”，击水拍面，尖叫大笑，好不惬意！待到惊觉太阳西斜，赶紧上岸穿衣，再寻下到河里的渔网或筲箕，总有长条子或红嘎儿（鱼的一种）钻进网眼脱不了身，小虾和河豚则密密麻麻地趴在筲箕里。有了这一刻的欣喜和愉悦，孩子们怎会抱怨夏天的炎热呢？

家乡在农村的我，夏天的喧闹与安静、火热与清凉，记录了整个青春时代的生活印迹。回不去的是童年，忘不了的是乡音，扯不断的是乡愁。如果你当前在城市奋斗，而老家在天高地广、空气清新的农村，明夏，你还会回农村吗？

教育篇

今天，你让孩子做家务了吗？

大学假期长，家长怨、学生烦的反思

大学里，我曾带过的家教

留守儿童的日月

今天，你让孩子做家务了吗？

——由西班牙出台“家务法”所思

西班牙青少年不做家务、贪玩、贪吃、贪喝已成为普遍现象，也成为西班牙年轻人的毛病，许多家长对此束手无策。为此，西班牙国会于2014年4月29日通过一项名为《青少年家务劳动法》的提案，希望借助法律来改变这一现象。对于这部法律的出台，西班牙各界争论激烈，父母要求孩子做多少家务、做什么才没有违法，孩子不做父母可以采取什么样的处罚，法律没有明确规定。我们姑且不说此法律的落实有多难，但从立法层面上可以看出，西班牙政府意识到对青少年进行家务劳动教育的必要性和重要性。西方发达国家如此兴师动众，难道不值得我国“421家庭”（即四个老人、一对夫妻、一个孩子）中家长们的关注吗？

自20世纪80年代初实行计划生育政策以来，目前中国诞生了两亿多独生子女。80年代出生的第一代独生子女曾被过分关注并贴上“小皇帝”的标签，长辈们过分溺爱，只要求孩子把书读好，包办孩子成长过程中的一切生活事务，更别说让孩子帮助父母做一些力所能及的家务劳动了，久而久之造成不少“小皇帝”养尊处优，习惯了被人照顾。随着“80后”第一代独生子女成长夹杂着众多对家务劳动教育缺失的担忧，如今一些“90后”“00后”“10后”的独生子女更是“四肢不勤，五谷不分”，他们会因为觉得劳动光荣而热爱劳动吗？

2013年，教育部发布《中共教育部党组关于在全国各级各类学校深入开展“爱学习、爱劳动、爱祖国”教育的意见》。教育部党组决定从当年秋季开学起，在全国各级各类学校深入开展爱学习、爱劳动、爱祖国（以下简称“三爱”）教育。这说明我国教育主管部门已经意识到“三爱”对当代青少年的重要性和必要性，但爱劳动仅仅从学校层面引导和灌输能行得通吗？80年代以前我国的学校教育在教育学生爱劳动方面确实取得了良好的社会效果，因为当时众多学校教室、校舍、操场等硬件设施极为简陋，学校在没有政府拨款的情况下，调动学生发扬艰苦奋斗、自力更生、大干苦干的精神，参与劳动，为母校建设添砖加瓦。然而，90年代以来我国各级学校发展迅速，学生人数激增，后勤实行社会化管理，学生能够参与劳动的机会越来越少。目前中小学唯一保留的劳动是每个学生每周值日一次，班级人数较多的每两周值日一次，小学低年级的学生连这样的机会都被家长代劳，所以仅靠学校唤起学生热爱劳动的意识是远远不够的。作为家长我们要反思：今天你让孩子做家务了吗？你为什么要剥夺孩子劳动的权利呢？

当然，现在家庭规模小，家务劳动在自动化、电器化的今天越来越轻松，家长想让孩子在不同的年龄做点家务的确有些棘手，但孩子从小不参与任何一项家务劳动，他就不可能从劳动体验中获得知识、感受幸福，更不会认识到劳动是一种义务，劳动也是一种美德。如何让自己的孩子爱上劳动，笔者认为关键从家庭开始，从家长入手。

首先，家长要有“劳动不分贵贱，社会分工不同”的思想认识。如今不少家长仍有“万般皆下品，唯有读书高”的想法，在孩子家庭教育中不断灌输“你现在不好好学习，长大只能打工或者扫大街”的思想，以致孩子认为体力劳动不体面，是没有出息的表现，只有从事“白领”工作才是“王道”。有了这样的认识，他们对日常的家务劳动置之度外，认为好好读书是对父母的最好报答。殊不知社会分工需要各行各业，只要是合法经营、诚实劳动都应该受到社会的尊重。更何况每个孩子资质不同、潜能不一、爱好迥异，不是每个人都能走入所谓的“白领”阶层。家长应在孩子成长的过程中，帮助孩子认识不同行业劳动创造了如今多姿多彩的便利生活，每位劳动者都值得我们尊重，对孩子不同年龄阶段的职业理想充分尊重，并鼓励孩子为实现理想从身边小事做起，切记不可将理想分为高低贵贱而打击孩子的志趣。特别是低年龄的孩子有了自己的职业理想，他们往往为此尝试而付出艰辛的劳动，从不同的结果中体验职业所需的技能并提升自己。值得一提的是，家长更不能用做家务来惩罚做错事的孩子，因为那样只会让孩子错误地认为家务劳动是对身心的惩罚，那谁还会喜欢上呢？

其次，家长要清楚家务劳动不仅可以提高孩子的技能，也是每个家庭成员的义务。家务劳动看似简单，但要做好并不容易，它需要大脑、双眼和四肢的协调。通过家务劳动训练，孩子动手的能力会大大提高，思维由感性认知上升为理性思考，并不断总结修正自己。我国宪法第四十二条规定："中华人民共和国公民有劳动的权利和义务。"劳动是一切有劳动能力的公民的光荣职责。由此可知，劳动既是权利也是义务，权利可以放弃，义务则必须履行。"80后"的独生子女如今成为家长，他们中不少人习惯了学生时代只要好好读书，毕业后好好工作，家务劳动基本不沾手。很多"80后"在父母的催逼下结婚生子，一方面感叹初为人父、人母的艰辛，另一方面将繁琐的家务劳动推卸给长辈。他们认为自己工作压力很大，八小时之外就应轻松享受生活，做家务则大可不必。殊不知，家务劳动是我们每天生活的重要组成部分，父母终将老去，不买菜、不做饭、不洗衣服、不拖地，谁来保障生命的补给和健康的维系呢？但家务劳动绝不是某一个人的事情，孩子是家庭的一员，家长都期望孩子成人之后懂得感恩，孝顺父母，可是家长有没有想过：如果不让孩子从小参与家庭的必要劳动，他们怎么会与父母分担，树立责任意识呢？

最后，家长要善于让孩子在不同的年龄阶段承担力所能及的家务劳动。的确，现在的孩子尤其生活在城市的大部分孩子，有众多长辈的呵护，加上科技进步，基本没机会参与家务劳动。当然，中国的家庭大多没有像西方不少国家的家庭一样拥有独栋的房屋、宽大的花园、储物的地下室，更不会像他们一样自己动手装修房屋，所以装修房屋、饲养动物、修葺花草的家务劳动在中国很少见。即便这样，还有众多家长因为担心孩子的安全，不知道如何安排孩子参与不多的家务劳动。其实孩子没有家长想象得那样脆弱，他们在日常生活中会细致观察、模仿父母的行为。要给他们更多的机会尝试一下，第一次不理想，那就来第二次、第三次……在孩子不同的年龄阶段让他们做力所能及的事，如两岁可以整理玩具箱，三岁可以帮爸爸妈妈拿拖鞋，四岁可以洗水果，五岁可以倒垃圾，六岁可以自己刷牙洗脸，七岁可以帮父母摘菜、洗菜，八岁可以整理床铺和书包，九岁可以浇花、整理房间，十岁可以扫地、擦桌子，十一岁可以洗书包和鞋子，十二岁可以帮父母煮饭、刷碗，十三岁可以包饺子、做简单菜肴，十四岁可以做所有的家务。在孩子主动要求做家务时，家长要学会放手、鼓励和赞美，孩子会在劳动中体验成功的喜悦，获得父母的认可，增强自信心，更重要的是在这个过程中促进了家庭成员之间的感情交流，一举多得，何乐而不为呢？

中国的家长朋友们，如果你爱孩子，那就归还孩子劳动的权利吧！

大学假期长，家长怨、学生烦的反思

又是一年寒假时，盘点各大高校最长假期成为大学生们生活的头条。放假了，家长们盼望着在外读书几个月的孩子回家共享天伦之乐，大学生则希望回家享受可口的饭菜，放松一下身心。由于高校课程安排不同，如今寒暑假的假期相对较长，可这却引起家长怨、学生烦，甚至有学生在QQ空间或微信朋友圈晒出回家一周前后的父母脸谱。

家长怨

家长看到上大学回家的孩子没有正常的作息规律：早上父母上班去了，不见孩子起床；中午赶回家，孩子仍然在沉睡中；晚上孩子何时上床睡觉，父母真的搞不清楚，只是自己醒来时，孩子还在电脑前玩兴正浓。不能按时起床，就不能有正常的一日三餐，父母担心孩子饮食不规律会影响身体健康，所以本来上班可以在单位吃工作餐，现在还得回家忙着给孩子做午餐兼顾叫醒服务，有时连叫很多遍孩子依然不起，弄得父母又气又叹。晚餐虽然是一家人坐在一起吃，但孩子边吃边玩手机，没有一家人的欢声笑语，没有家庭成员之间的交流沟通。孩子如此生活方式，让家庭的生活规律被打乱、父母的生物钟全部紊乱。倾尽所能为孩子服务，中国父母向来都心甘情愿。可是面对已成年且是大学生的孩子，自律、自理能力竟然还停留在未成年阶段，父母真是觉得累了！

学生烦

大学生面对太长的假期，心里也很无奈。大学不像中小学有寒假作业，高校一般不会布置各门学科的作业，最多要求学生搞个假期社会实践或调研，且没有强制要求。大学生的自由度很大，没有规划，没有引导，没有监督，很多人误认为假期就是全面放松自己：同学聚会，上网打游戏，好吃好睡。他们在学校期间学习、生活自由散漫，回家面对父母的唠叨觉得心烦，与父母交流沟通又很困难：出去打工锻炼，父母担心安全；在家看书、上网时间长，父母觉得对视力不好；出门和同学聚聚，父母打电话不停地催促回家……总之，父母还是把大学生当成未成年的孩子看管。

作为高校教育工作者，我觉得家长需反思，学生需反省。

家长需反思

首先，要矫正不正确的教育观。在众多家长心目中，从孩子接受教育时他们就认为只要孩子学习好其他都不重要，日常生活起居全包。新闻媒体不断爆料大学生的囧事：大学新生吃鸡蛋不知如何剥壳，大学生将脏衣服快递回家，大学生打电话求问自己的鞋码等，这些让人啼笑皆非的事情，殊不知正是家长不正确的教育观造成的。家务劳动不仅是个人生活能力的表现，也是家庭成员应尽的义务。家长要在孩子成长的不同阶段，尝试放手让孩子做一些力所能及的家务，这样既可锻炼孩子的四肢协调能力，又可提高孩子的自理、自立能力，还可增进家庭成员之间的感情。不少家长一味地认为学习最重要，家务劳动很简单，孩子长大了自然会，其实不然。孩子从小没有树立家务劳动是义务的观念，甚至认为做家务是没出息的表现，成年后根本没有自己动手做家务的意识，理所当然地认为父母是自己的后勤部长。小学因为年龄小、初高中因为作业负担重，家长不给孩子做家务的机会，如今孩子已是大学生，为什么家长就不能放手让他们尝试呢？可能孩子第一次做家务会手忙脚乱，但多让他们尝试几次后他们定会熟能生巧。有条件的家长可以让孩子在假期报个烹饪速成班，既可了解中华饮食文化的博大精深，又能让孩子掌握烹饪技能，体验一日三餐之不易，逐渐走向自理、自立。孩子总会长大，家长也不可能伴其一生，与其抱怨孩子不懂事，不如改变自己错误的教育观。

其次，要学会平等交流。中国的家长制作风根深蒂固，孩子未成年时父母总是把自己的想法和未完成的使命强加给孩子，一旦孩子有抵触情绪，家长往往以不得违抗之命令或以一切都是为你好之爱的名义，让孩子在委屈中完成自己不感兴趣的事情。孩子作为有思想的个体，不是父母的附属物，家长要与孩子平等交流，尤其是在孩子已成为大学生时。社会发展迅速，孩子接触新生事物多，他们可能对一些问题的认知有欠缺，家长以自己的所谓人生经验武断责怪而不是与孩子切磋探讨，只会让孩子觉得父母与自己有代沟，不可理喻，久而久之就拒绝交流。

再次，要懂得适时放手。中国家长总担心孩子离开父母会摔跤，时时刻刻将孩子圈在自己视力可及的地方。大学生已成年，他们渴望走向户外、走进社会，哪怕摔得头破血流也是自己积攒的人生阅历。父母的经验只能是一种参考，时代不同成长的经历也会不一样。虽然现在孩子不愁吃穿，但他们缺少吃苦或受挫的经历。家长若不懂得适时放手，孩子哪有历练的机会呢？假期孩子想做一些磨砺意志的事，如打短工、支教、调研或做公益，家长要帮助孩子分析做这些事的注意事项，若无安全隐患应尽量支持。试问，有哪个人年轻时思想就能成熟如老者，做事就能不摔跟头呢？大学是走向社会的最后一站，大学假期是实践的最好时机。把孩子禁锢在温室里只会让他们弱不禁风，只有在社会摸爬滚打中他们才会走向成熟。

学生需反省

首先，要懂得感恩。如今的孩子给父母的感受是永远长不大，因为他们有时很自我，不理解父母的一片苦心。对此家长其实要负一定的责任，因为他们很少给孩子学会关爱他人或换位思考的机会。但是大学生深受多年的德育教育，当然要懂得感恩。生命中最应感谢的人是父母，是他们把我们带到人间并无微不至地照顾我们十几年。现在我们已是成年人，且不说为父母分忧解愁，难道假期不应该为上班忙碌的父母做一顿可口的饭菜，或打扫一下房间卫生吗？难道天天沉迷于游戏或追剧是对父母辛苦付出的回报吗？父母对孩子的爱是天经地义的，但孩子对父母的尊重也是理所当然的。若视父母的付出于不顾，如何立足社会谈奉献呢？大学生们，感恩其实不在于你为家庭做出多大贡献，而在于学会感知父母的苦心，用行动承担责任。

其次，要学会自我管理。自我管理包含自律、自理和自立，自律是前提，自理是保障，自立是目的。当今电子产品急速发展，上网购物、聊天、打游戏、玩微信、刷微博等，成为“90后”众多大学生喜欢宅在家里的重要原因。没有时间观念，没有作息规律，没有深度阅读，实际生活中生物钟紊乱、跟风追捧、肆意批判，这些都是没有自律的表现。自律是一个成年人做人、做事的前提，也是成熟的表现。假期是可以放松一下，但不能任性而为，作为家庭成员，自律就是要做到生活作息规律正常，不能让家人一直迁就自己。可以给自己制订假期作息时间表，让家人监督，做不到要接受严厉惩罚。自理是当前大学生的软肋，尤其是城市的大学生。每年新生报到时，我总能看见家长拎着行李忙前忙后，而孩子则悠哉享受，根本没有自理意识。自理是一个人走入社会的必备技能，也是自立的重要保障。一个人不可能一辈子生活在别人给你打理好的世界里，大学生要学会在学习和生活上自理，从简单的家务劳动开始，假期向父母学习几项生活技能，无疑是最好的机会。自立是目的，作为自然属性的生物个体——人，最终要走入社会，只有自立了才能为社会做贡献，成为相互依存的社会共同体的一分子。歌德曾说：“我们虽可以靠父母和亲戚的庇护而成长，依赖兄弟和好友，借交友的扶助，因爱人而得到幸福，但是无论怎样，归根结底人类还是依赖自己。”自立者自尊，自立者自强，自立者自信，一旦人具备了自尊、自强、自信之心，成才的概率就会大大提升。大学生通过自律修炼和自理打磨达到自立目的，正是家庭和学校教育的最终意义所在。

再次，要学会规划假期。成功的人生需要规划，现实中不少大学生不知如何规划，认为上大学无非是混张文凭，到找工作时才傻眼：用人单位的要求怎么自己都达不到？如今社会对人才的需求越来越高，不仅看你的学习成绩，更注重你的实际操作能力和综合素养。假期相对集中的时间和宽松的环境有利于大学生将理论学习转化为实践操作，每个大学生可以根据不同阶段需求和学习专业要求，制订短期科学理性的假期规划，按照计划选择打工体验生活，或报一些兴趣班提高人文素养，或参加职业培训课程提升专业技能，或约几个志同道合的同学做一些公益活动，关爱他人，提升自己，或来一次绿色出游走进自然陶冶情操，或做一些实地调研关注国情，了解民生。当然，大学生外出的安全注意事项需与家长交流沟通，争取获得他们的认可和支持。有了丰富详细的假期规划，大学生还会因为觉得无聊而心烦吗？

大学里，我曾带过的家教

家教，原指家庭教育，不知何时成为家庭教师的简称。我对家教的最早认知来源于译制片《音乐之声》：年轻的见习修女玛利亚到退役的海军上校特拉普家中做家庭教师，以童心对童心，让孩子们充分在大自然的美景中陶冶性情，连一贯严肃呆板的上校也被她感化。因此，我心目中的家庭教师是全才，且只有富裕的家庭才请得起。

如今请家教已成为中国望子成龙、望女成凤的家庭提升孩子成绩的重要法宝。我的孩子已上高中，从小学到现在，我经常在各大群里看到焦灼的父母，一旦孩子成绩下滑，首先咨询在哪里寻找家教给孩子开个“小灶”；其次质疑老师上课不认真，私下给学生补课，自己的孩子不去补就听不到重要的知识点。看到家长们热火朝天的讨论，特别是自己孩子考试名次下降时，我也曾反复怀疑自己的教育理念是否发生了偏差，甚至和孩子商量是否请家教。可孩子坚持认为上课认真听讲，课后独立完成作业是最重要的，家教只是辅助而已。在孩子的抵制下，我无法说服他，遂放弃请家教的念头。

其实我一直对家教是持否定态度的，因为大学期间我曾勤工俭学带过家教，四年带过十一个学生，印象最深的有五个。可能是自己的水平不够，或是学生家长的期望值过高，抑或是学生的动力不足，总之请家教者与施教者没有契合，无法达成家教的本意。

第一个学生是我大一下学期带的，是老乡（他高我五届，属优秀毕业生而留校任教）帮忙推荐促成的。女孩上四年级，父母都在我就读的大学从事后勤工作，文化程度不高，出于对本校老师的信任，他们理所当然地认为我的水平很高。女孩需要辅导的是作文，因为老师的批语不是记流水账，就是语言平淡无味，或缺乏细致观察……

第一次课，我向女孩讲述了说明文和记叙文的区别与写作要点，她似懂非懂。随后她将老师布置的观察某一动物或植物写篇日记的作业拿出来，问我写什么好。我问她喜欢什么动物，观察过什么动物。她摇摇头，说父母没带她去过动物园，家里也没有养过鸡鸭鹅或猫狗。对于植物，她说每天放学能看见一些，但从没好好看过，所以没印象。我决定带她去学校东南角的植物园参观一下，出门时与其母亲打招呼，她没反对。孩子很高兴，一路步伐轻盈，还向我诉说她每天的学习和生活：周末都没得玩，做完作业，就是看妈妈买来的优秀作文选，要摘抄优美的词语或片段，有的还要背诵，但一写作文，还是用不上。

在植物园，我带着女孩观察了品种繁多的花卉。女孩不停地问这问那，搞得我很尴尬，因为有的花，我都没见过，更不知其习性。好在我还算机智，让她仔细观察某一棵我熟悉的植物。回去后，女孩很快完成了日记，我觉得里面有细节描写，虽然词语表达不够细腻。

第二次课，我想帮助女孩学习如何刻画人物心理，这需要观察人物动作和表情。正好学校体育馆有一群练体操的小朋友。那里有教练的动作示范、脸色变化、声音高低，更有孩子们不停地翻腾跳跃、摔倒爬起、委屈流泪……出门时女孩母亲很惊讶，面带不悦，从她的眼光里我读出蕴意：我请你教孩子写作文，你怎么又带孩子出去玩？我想等孩子作文有所提高再与她解释，遂带着对作文来源于生活观察的理解，与女孩欢天喜地地赶到体育馆。

结果没等到第三次课，老乡告知我：女孩没时间接受我的辅导，因为周日下午要学英语。我知道这是婉拒，心里还是有些不舒服：第一份家教只上了两节课就被辞退，是我的教学方法有问题吗？暂不能确定吧！当然我还有一丝对老乡的愧疚。

第二次带的学生是兄妹俩，我的教学任务是辅导哥哥英语，顺带辅导一下妹妹的数学。哥哥上初三，妹妹上初一，母亲从纺织厂下岗，父亲在机械厂上班。每次上门，其母亲都很热情，总会削水果或留我吃饭，虽然饭菜朴素简单。哥哥英语薄弱主要是因为记不住词汇。为了让他速记单词，我专门买了本英语单词趣味速记法的书。一次两小时的课，我会花大量的时间分解单词，并带其放声朗读，报听写强化，拿试卷帮他巩固。在哥哥做试卷的时候，我会批阅妹妹的数学作业，若有错误或她做不出的，就帮她一起分析。在我辅导时，其母亲会静静地坐在一旁听。兄妹俩对我的方法还认可，尤其哥哥的英语水平有较大提高。

遗憾的是，三个月后，兄妹俩在南京从事教育工作的大伯，考虑到南京教学质量好，再加上大伯婚后无子，遂决定带侄子去南京读书。在离中考还有一个学期时，哥哥去了南京。本来妹妹还想我继续辅导其数学，但我考虑到自己毕竟没有受过专业的训练，对如何系统化教学无从知晓，更要命的是我的数学本身就不强，遂谢绝了其请求。

结束兄妹俩家教半年后的一个周日，妹妹和其母亲来到学校，并通过宿管阿姨找到我的寝室，原来兄妹俩买了本影集送给我作为纪念。看到她们的那一刻，我的心里有一股暖流在涌动。那天下午，我带着母女俩好好参观了我的校园，孩子的母亲羡慕不已，鼓励女儿要好好学习，争取考上我的母校。那时电话还未普及，之后我们没联系，不知兄妹俩后来是否考上了理想的大学。

学生赠送的影集

第四个让我印象较深的学生是个顽皮的小男孩，他上五年级，语文、数学都薄弱。我上门辅导两个月左右，从未见过其父亲，其母亲打扮时髦。我给孩子辅导功课时，她在客厅看电视或织毛衣，不时地推门进来打探我们是否在学习，顺便唠叨几句：贪玩，粗心，屡教不改，我挣钱也不容易……我一周去两次，每次两小时。十多岁的小男孩，哪能坐得住呢？一会儿去喝水，一会儿拿零食吃，一会儿上厕所。我阻止，他不悦。三周后，我就发现小男孩开始想点子对付我，拿出不知是从同学那里借来的还是自己买的奥数书，尽让我做头疼的车辆追击、水龙头放水、工程队施工等数学题，还必须用他学过的解题方式。我天生没有奥数思维，在他的“刁难”下慢慢崩溃，最后只好辞职走人。其母亲没有问我原因，但我知道她在孩子成绩没长进的情况下，可能早就有辞退我的念头，只是不好说出口而已。

最难忘的是第五个学生，她是个上初三的女孩，我带其家教近一年。她初二的时候因成绩不好辍学半年，到工厂上班觉得很苦遂决定复学。与其说我是去带家教，不如说是去陪伴她学习，还兼有保姆职能。每次去她家，偌大的房子空荡荡的，客厅的饭桌上偶有剩菜剩饭。给她辅导三四次课后，得知其父母离婚多年，母亲是个女强人，从新疆支边后返城的，经营着一家规模不小的企业，每天早上六点出门，晚上经常十点左右回家。女孩有一个姐姐和两个哥哥，姐姐在商场上班，结婚后生了对龙凤胎，四五岁，碰到周末上班就把两个孩子送回娘家，让女孩帮忙看管。两个哥哥均未成家，一大家子住在一起。早饭、中饭女孩都在外面买着吃，晚上基本都是一个人在家。我一周去两次：周三和周六。

周三晚上去，家里很安静，只有我和女孩俩。周六若碰上她姐姐的龙凤胎在家，屋子里凌乱一片。我得先安抚两个小家伙，玩具、零食全放在他们触手可及的沙发上，打开电视少儿频道，任由他们在隔壁的房间里疯。就这样，我辅导女孩作业的时候，还是经常被两个孩子的哭闹声打断，随后只得跑过去，花很长时间让他们安静下来。

我原本觉得四五岁的孩子在家也闯不了大祸，但可怕的事还是发生了。六月室内闷热，那时女孩家没空调。两个孩子趁我报英语单词听写的空隙溜进卫生间，扭开水龙头放水到浴缸，随后爬进去洗澡，结果“水漫金山”。女孩上卫生间时发现此景，气急败坏地打了他们，自己在一旁默默流泪。那个周六，我为女孩难过得流下眼泪：她原本想通过自身的努力找寻未来，可她的家人全都视而不见。

我想与女孩母亲好好谈谈，可惜一直没机会。女孩因为基础差，还是没考上普通高中，最后选择了职业技术学校。

大学毕业之后，我一直没有从事家教，原因不仅是受自己的专业（政教）限制而没有市场，还有我带家教的失败经历。更重要的是，我认为家教需要父母言传身教，帮助孩子树立良好的学习习惯，重视授课老师的课堂教学，让学生学会自主预习和复习。如今请家庭教师给孩子补缺补差，可能是不少家长求得心理安慰而已。我更希望家教能恢复原旨，诚如著名教育学家陶行知先生说过：“教人要从小教起。幼儿比如幼苗，培养得宜，方能发芽滋长，否则幼年受了损伤，即不夭折，也难成材。”学习只是技能的提升，做人才是处世的根本。

留守儿童的日月

江南水乡的夏季从摇曳多姿的荷花中款款走来，带给人们“接天莲叶无穷碧，映日荷花别样红”的诗情画意。经不住朋友圈里众多“荷花仙子”的风姿绰约与顾盼生辉，七月第一个周六上午，我与老公赶往郊区科村去赏荷。

驱车到科村只需40分钟，老公名曰带我去观荷，实则去钓鱼，这是他的爱好。我没有享受鱼儿上钩的耐心，只想到荷塘四周走走，感受“江南可采莲，莲叶何田田”的心境。因是周末的缘故，到达科村不到九点，私家车已排成长龙，不得已我们只好停车步行。微风吹过，荷叶摇曳着弱柳扶风般的腰肢，似乎在欢迎游客的到来。老公直奔目的地——荷塘对面的鱼塘，开启垂钓模式。我却想在绿意盎然的荷塘中，寻找“小荷才露尖尖角”的那一枝。

七月的江南湿热难挡，好在太阳公公不算热情，躲到云后捉迷藏去了。这是我第三次到科村，所以轻车熟路。荷塘中间专为游客修了一条约一米宽的石子路，为遮阳避雨还搭建了木制凉棚，石子路两旁种满藤本植物，长长的绿藤正好爬上凉棚，形成一道天然屏障。

“小跳跳死的，慢点，等一下我！”正当我伸手触摸荷叶中间那珍珠般的露水时，石子路对面飞奔来一个小男孩，带着悟空面具，喊叫并追赶的他是一位头发花白的老人，老人裤脚高高卷起，挎着一个竹篮，竹篮里装满了绿色的莲蓬。孩子似乎没听见，径直向荷塘对面的鱼塘跑去。我猜测他们是当地村民，爷孙俩是趁早上凉快摘莲蓬的。

荷塘四周拍照稍好的角度，游客们排队占领，有自拍的，有全家上阵的，还有专门来拍写真的，只为把人与荷花相映红的照片拍得唯美些。荷塘是人工开挖的，不是无边无际的那种。我取了几个景，用手机拍下，作为到此一游的证据，也算是对江南水乡每年荷花季的一个交代，大约花了40分钟。

天热人多，口干舌燥，观赏完毕，我去车内取水杯，再看老公垂钓的战果。鱼塘周围钓鱼的男人真多，还不怕晒，没有撑大伞的。老公看我走来，惊讶地问："这么快就赏好了？"显然他担心我没耐心看其钓鱼。"不是第一次看荷花，也不是摄影高手，看看就可以了。""那你到那棵柳树下休息，凉快些，再不行我将大伞撑开！""我可没耐心看你钓鱼呢，天气又这么热。我带了本小说，到塘主家看去，他家客厅有穿堂风，凉快！"

我将水杯递给老公，让他喝光余下的水，我正好带着空水杯去塘主家顺便加点水。塘主的房子不远，50米左右，面积也不大，卧室、卫生间、客厅、厨房各一间。我看见女主人在屋东头走廊凉棚下收拾刚摘下来的豇豆等蔬菜，就和她打招呼说要进屋小坐并倒点热水。她回答得很干脆："你尽管倒，水瓶在客厅饭桌上。"

我径直走进客厅，屋内很凌乱，有两只狗躺在地上睡觉，还有几只母鸡在溜达，五六张塑料椅子高高地垒在一起，饭桌上有两个大水瓶，三辆玩具车，其中一辆已被拆得七零八落，还有个翻过来的面具，一本字典下面压着几本书。我倒好热水，翻开随身带的小说，取出椅子放在过道处，享受穿堂风的舒适凉爽。

可能是我在客厅里弄出的声响惊动了卧室里看电视的人，一个瘦瘦的小男孩走出来，约莫六七岁。显然他不怕生，像大人一样问我："你来我家干啥？我爷爷奶奶不在家！""我来倒点水，正好你家凉快，坐一会儿，我和你奶奶打过招呼了！""那你倒吧，水瓶在桌上！""我倒过水了，谢谢你。小朋友，你刚才看什么动画片呀？好认真呢！”“熊大，熊二，光头强。”小男孩熟练地回答。

一问一答，小男孩走到我身边，指着我手中的小说问：“你看的是什么书呀，这么厚，能给我看看吗？”“你还没上学吧，不识字吧！”“认得，我上完幼儿园大班了！”说着，小男孩从我手中拿过书，对着大段文字，口中念念有词：“大，口，一，中。”没想到他还真认识几个字。小说没插图，很快小男孩就把书还给我了：“这书一点也不好看！”“这不是你看的书，你有漫画书吗？”“有，桌上的几本是我姥姥送来的，是舅舅家红红姐姐读过的。”我起身翻阅了桌上的几本书，其中有新华字典一本，初中历史、地理、政治一点通（属于教辅）各一本，这哪是幼儿园大班的孩子能看懂的呢？

“你能帮我将这个车轮装上去吗？”小男孩放弃读书，拿起桌上一辆只有三个轮子的玩具车向我求助。我向来动手能力差，可小男孩真诚的求助，让我只得尝试一下。拿过来一看，我发现车轮掉下来是因为轴承断掉了，无法连接。我问小男孩家里是否有铁丝，他茫然地摇摇头。“那我也没办法呀！你不是还有辆车吗？”我只好安慰他。“修不好了吗？我最喜欢这辆车，一按遥控它就能翻跟斗。”小男孩显然有些失望。

无奈之下，小男孩拿起另外一辆玩具车，以手动模式在桌上来回推，嘶啦嘶啦地响。我想制止他玩车的噪音，但又不好开口，于是从挎包中拿出几颗巧克力和骏枣夹核桃仁递过去。小男孩却不要，说：“奶奶不让我吃别人的东西。”“没关系，我到你家钓鱼的，不是外人，你看我都喝你家开水了。”小男孩可能觉得我的话有点道理，顺从地用双手接过我手中的零食放在桌子上，随后迅速跑进卧室。一眨眼工夫，只见他拿出一个褐色小钱包，认真地告诉我：“这是我的钱包，现在没钱，就装糖果吧。”然后将桌上的巧克力塞进小钱包，自言自语道：“留着慢慢吃！”

装完糖果，发现我又在看书，没理会他，小男孩拿起桌上的面具递给我，说：“你戴给我看一下！”我接过来，面具有些小，很明显那是孩子戴的，遂说：“还是你戴给我看像不像孙悟空。”小男孩听从我的意见，将面具戴在脸上，像模像样地学起孙悟空的各种形态。在小男孩戴上孙悟空面具时，我惊奇地发现，他就是一小时前在荷塘石子路上奔跑的孩子。小男孩卖力地表演，还不停地问："我像孙悟空吗?"看来小男孩太孤单了，好不容易遇到个陌生人都缠着不放。我决定放下小说，陪小男孩玩会儿。

我们一边玩游戏，一边聊天。小男孩早熟，健谈，远超同龄人。虽然他的有些回答不算完整，但我弄清了他六年来的人生阅历，小男孩说爷爷被人称作王老板，奶奶就是老板娘，所以爷爷说他应该叫小王子。

我没问小男孩的大名，就姑且叫他小王子吧！小王子是典型的农村留守儿童，妈妈生下他不久，就将其丢给爷爷奶奶，和小王子爸爸去蚌埠打工。我原本以为小王子的爸爸妈妈会不定时地回来看一下，谁知小王子说他们过年都没回来，他都不记得爸爸妈妈长啥样了。我问他是否想爸爸妈妈，谁知他的回答让我更意外："妈妈不要我，我也不想她。爸爸以前过年回来，就喜欢坐在沙发上看电视，还让我帮他拿手机，我也不想他回来了。现在爸爸回不来了，他要等我九岁才能回来，他在外面和别人打架，坐大牢了。爷爷奶奶不让我想妈妈，爸爸打架是因为妈妈。"小王子还告诉我他马上要上一年级了，奶奶要照顾姑姑家的姐姐（之后我从他奶奶那得知小王子的姑姑和姑父在外地打工，其女儿开学上高中，需要人去陪读，任务就落在小王子奶奶身上），那样的话就只剩下他和爷爷看鱼塘了，不过还有三条狗，特别是小黑，是他的好朋友。

不知不觉，我和小王子愉快地玩耍了一个半小时。日近正午，垂钓者纷纷收工，荷塘四周赏花的游客也纷纷散去，其中不乏跟在父母身后撒娇的孩子，有的还嚷着要抱抱。该和小王子告别了，我一直没向他奶奶问及相关情况，因为实在不知如何开口。留守儿童的日月，缺少父母的陪伴，虽能吃饱喝足，但谁能走进他的小小世界，了解他的渴望呢？他们在孤独中一天天长大，像一颗被随意扔在野外的种子，能否开花结果，完全是个未知数。

看着满池盛开的荷花，我为花儿感到幸福，它们每年绽放一次，竟会吸引众多游客前来观赏，而留守儿童见父母一面都困难，他们何时能迎来关注的目光呢？

“80后”父母，面对火爆的亲子类节目，你们能淡定点儿吗？

2013年10月11日，湖南卫视全新推出父子亲情互动节目《爸爸去哪儿》，该节目一播出就引起收视狂潮，超越娱乐选秀节目人气指数前两名的《中国好声音》和《我是歌手》，成为中国电视银屏收视率的冠军。此后湖南卫视又拍摄电影版《爸爸去哪儿》作为2014年贺岁片，结果票房收入10天超5亿。这样的收视率和票房收入刺激了各大卫视，先后有20多家卫视推出亲子类节目，2014年第一、二季度电视成为“星爸”“萌娃”的“争斗场”。

2014年、2015年湖南卫视随后推出《爸爸去哪儿》第二季、第三季，来自不同行业的明星及萌娃狂“吸粉”，自然成为众多广告的代言人。2015年，国家新闻出版广电总局下发《关于进一步加强电视上星综合频道节目管理的通知》，要求：严格控制未成年人参与的真人秀节目，不得借真人秀节目炒作包装明星，也不得在娱乐访谈、娱乐报道等节目中宣传炒作明星子女，防止包装造“星”、一夜成名。为此2016年湖南卫视推出《爸爸去哪儿》第四季只能转战网络。这一季不同以往，其中有两个非明星家子女阿拉蕾和李奕航的参与，结果出人意料，他们人气特别旺，成就了“萌娃”中的新高度。

据调查，亲子类节目的收视主体是“80后”父母，看着“萌娃”在“星爸”的光环下，领略各地风土人情；看着“星爸”在“坑爹”活动中，展现父亲的完美与不足；看着“萌娃”和“星爸”在互动游戏中，了解彼此增进感情，他们中不少人再也坐不住了，纷纷在微博、微信中吐槽：

哎，我们枉为人父人母啊！宝贝，你何时不再“坑爹”呀？宝贝，走，我们一起去天坑村！娃儿他爹，看看男神是怎样炼成的。小哥，猴年马月攒够钱我们一家来个私人定制呢？……一边是对亲子类节目的渴求，一边是对现实生活的感伤，“80后”父母，你们能淡定点儿吗？笔者建议“80后”父母试着从以下方面来平复焦躁不安的情绪。

首先，要搞清各大电视台制作亲子类节目的意图。这些年来，国内一旦哪个台推出新的娱乐节目创造了较高的收视率，其他台会纷纷模仿，以致观众在某段时期打开电视节目基本大同小异。显然在卫星、网络电视发达的今天，市场蛋糕的份额有限，谁拥有更多的观众谁就有更高的收益。随着选秀、相亲、养生节目的泛滥，加上有些节目粗制滥造、内容低俗，从2011年起国家新闻出版广电总局多次下发“限娱令”。在这样的大背景下，娱乐节目的观众群主要在15～35岁的年龄段，想吸引他们的眼球是很不容易的，为此各大卫视纷纷寻求突破，不惜代价从国外引进版权，再结合本土文化需求，争夺硝烟四起、血不见刃的电视银屏。亲子类节目应运而生，它将“萌娃”的率真天性和童言无忌展示在刚升级为人父人母的“80后”面前，仿佛他们就是自家的“宝贝”。但是“80后”父母要清楚：电视台的目的既然是争夺市场份额，那么亲子类节目的制作无疑要有亮点，就不可能完全是“真人秀”，因此银屏上看到的是被剪辑过、添加了神字幕和抓拍的神镜头。你们完全没有必要将银屏上的“萌娃”和“星爸”带进自己的生活中，幸福从来都是由自己的感受去定义的，名人光环之下有烦恼，凡人简单生活有滋味，何必舍近求远呢？

其次，要明白每个孩子都是与众不同的。一个生命的诞生，是自然界最美好的也是最神奇的事情，因为每个生命都是由不同的基因密码组成的，这也决定了每个孩子都是独一无二的。父母是孩子的第一任老师，在孩子成长的过程中担任着重要的角色。“80后”的父母小时候听到最多的、也是最痛苦的是父母总在夸别人家的孩子如何如何。在众多中国父母眼里，优秀完美、温顺乖巧的永远是别人家的孩子。亲子类节目中的“萌娃”呈现给观众的其实也只是某些方面，那现在你们就不必苛求自己的孩子集电视“萌娃”优点于一身，更何况每个孩子的性格特点、兴趣爱好、生活环境都不一样。特别值得注意的是，某些亲子类节目“萌娃”的家长急功近利，在孩子的教育中灌输成人世界的价值观，有网友担心：“一下从路人变成名人，对于很多大人都无法妥善对待的过度曝光，孩子们能否保持平常心呢？含着金钥匙出生，我猜得出这些孩子的开头，但是猜不出结尾。”现实生活中，我们经常会听到众多父母对孩子永无止境的要求，可孩子为什么做不到呢？其实孩子知道自己努力达到目标后，父母又会提出更高的要求，所以他们大多将自己保持在父母满意但又不用太累的状态。因此，每一个害怕进步的孩子身后，可能都有一对贪心的父母。既然生命各不相同，那么“80后”的年轻父母们不宜拿孩子作对比，而应学会观察、欣赏自己孩子身上的“闪光点”，多给他们一点认可、一句鼓励、一些赞美，相信他们会成为最棒的孩子。教育实践表明，在责骂、嘲讽声中成长的孩子缺乏自信心，性格敏感、脆弱甚至孤僻，这会逐渐影响到他们的未来发展和能力发挥。

最后，要定位好自身的父母角色。当然，亲子类节目火爆的原因很多。笔者认为，“80后”作为主要观众群体的原因是：我国计划生育政策下的第一代独生子女“80后”很大一部分已为人父、为人母，一方面他们很清楚隔代教育不会有多好的效果，另一方面因为工作、生活等压力，和孩子相处的时间很少，尤其是“男主外”的爸爸，加上新手上路——育儿知识缺乏，不知如何跟孩子愉快相处。著名作家六六作为某亲子类节目嘉宾时曾吐槽：中国家长缺乏“上岗证”。亲子类节目需要有一定知名度的“星爸”提高人气，而“星爸”平时工作忙，与孩子相处时间少，两种需求互补加上导演组的精心设计，“萌娃”和“星爸”的合作越来越娴熟，感情越来越深厚，引来众多年轻父母“羡慕嫉妒恨”。诚然，这种感慨无可厚非。

但笔者想告诉“80后”父母：你们是否定位好自身的父母角色呢？虽然没有“星爸”们的知名度和魅力，但你们共同拥有“孩儿爸”的家庭角色。在孩子心目中，自己的爸妈是不可替代的，即使爸妈做得不够，他们也认为最棒。任何一个成年人，作为社会角色，物质财富和社会地位都是由外人定位的；而作为家庭角色的父母，如果孩子认为你值得信赖、亲近和依偎，那就是最高的奖赏。如何让孩子与自己亲近呢？旅游只是一种途径，当前我国大部分家庭还不具备“星爸”们的资本。日常生活中，父母要有合力担当家庭责任的责任心；要有与孩子交流沟通的耐心；要有从孩子反常行为中寻找原因的细心；要有自己犯错后改正的真心；要有探寻、修正教育方法的决心；要有不溺爱、不攀比孩子的爱心，抽出一点时间，在孩子睡前讲个故事，读首儿歌；在特殊节日里，与孩子共同动手制作小礼物或做一顿并不可口的饭菜；在温暖的春天里，带孩子走到户外感知自然界的变化；在孩子参加文艺演出时，坐在台下为他鼓掌；在校园亲子运动会上，与孩子合作完成某一项目；在孩子学骑车、滑板、游泳等技能时给他一点鼓励……时光流逝中，这些琐事看似点点滴滴、平平淡淡，但可以让你和孩子一起成长，共同面对困难迎接挑战，分享合作的惊喜、动手的快乐、鼓励的神奇、互助的欣慰、交流的感动、成功的喜悦……

“80后”父母，如果你觉得自己还不能淡定，最好的办法是从现在起，赶快行动起来，孩子跟爸爸去哪儿并不重要，重要的是孩子能够牵到爸爸的手。别让孩子的成长有遗憾，有些事现在不为孩子做，等孩子长大就晚了。

从《摔跤吧，爸爸》反思当前教育之困惑

印度电影《摔跤吧，爸爸》在中国市场大获成功，原因有多方面，无需一一列举。我想大部分观众看完影片后，都有自己独特的感受。下面就影片中的几个细节，反观当前国内教育的困惑，值得每位家长和教育者反思。

第一，学习凭什么要快乐？当前不少专家、学者从心理学方面呼吁学习要在快乐中完成，只有快乐地学习，学习才有动力。我不反对“兴趣是最好的老师”，但事实上很少有孩子会对某一领域产生浓厚的兴趣而主动去学习，大部分的学习是被动的，且学习本身就是循序渐进、由浅入深的过程，这需要大量的时间来完成。即使有些孩子有兴趣去学习，但其过程中也得付出努力和汗水，正如俗话说的：“台上三分钟，台下十年功。”贪玩是孩子的天性，如果没有成年人的引导和规范，孩子当然会放弃学习而选择玩耍。影片中吉塔和巴比塔对爸爸马哈维亚的残酷训练心怀不满，想尽一切办法来对抗，甚至以长头发易生虱子而拒绝训练。可爸爸看似很专制，为排除阻拦女儿的一切困难因素，立即剪掉两个女儿的头发，这在印度简直不可理喻。

如今国内不少家长受“快乐学习”理论影响，对孩子逃避学习的行为不训诫，结果孩子学什么都只有三分钟的热度。兴趣班报了不少，坚持到最后的寥寥无几。我想试问：家长们在学习的时候没觉得痛苦吗？诚如复旦大学钱文忠教授所言：“如果一个人能够在学习中感到快乐，那就很可能成为大师级人物。绝大多数人是不会的。绝大多数人是不得不学，是为了

某种目的去学。”影片里如果没有爸爸马哈维亚的坚持和对孩子的训诫，她们怎么可能走向成功呢？结果只有一种可能：如印度同龄女孩一样，接受早婚早育的现实，一辈子也掌握不了自己的命运。

第二，朋辈教育很重要。电影中有个片段意味深长：吉塔和巴比塔同所有女孩一样，喜爱美丽的装饰。碰巧村里有个女孩结婚，她们精心装扮，摆脱残酷的训练参加婚礼，不幸的是被爸爸发现，被当众抓回。两姐妹心里特别委屈，觉得爸爸太不近人情，她们向新娘子抱怨。可新娘子的一番话，让两姐妹豁然开朗：“我倒是希望能有这样的父亲，能为我的未来着想，而不是从小就只让我做家务和烧饭，当我一满14岁就匆匆将我嫁给从未见过面的男人，仿佛我从来没有存在过一样，接下来我就要过一辈子与扫帚炉灶相依为命的生活。”在印度，女孩没有选择命运的机会，两姐妹因为年龄小，看不到父亲的用意，新娘子作为朋辈，她也有自己的委屈，与两姐妹交心，一语惊醒梦中人！

当前我国经济迅速发展，大部分孩子衣食无忧，对教育目的的认知越来越不清晰，有的甚至认为自己是为父母学习。我国台湾作家龙应台曾对儿子说：“孩子，我要求你读书用功，不是因为我要你跟别人比成绩，而是因为，我希望你将来会拥有选择的权利，选择有意义、有时间的工作，而不是被迫谋生。当你的工作在你的心中有意义，你就有成就感。当你的工作给你时间，不剥夺你的生活，你就有尊严。成就感和尊严，给你快乐。”这段话有可能孩子到成年后，因学习不努力而导致工作受阻时才会有所领悟。对孩子而言，对教育目的的认知不宜高大上，最好来自对生活的第一感知，即生活本身的需要。湖南卫视早在十多年前做了一档节目叫《变形计》，就是让两个生活在不同家庭的孩子互换身份和环境，朋辈之间的感受会更强烈，相互之间的教育也更容易接受。所以家长不妨带孩子去贫困的地方让他们看看他人的世界，或让他们在艰苦的环境中锻炼，可能苦难真是一所最好的大学吧！

第三，家长要善于发现并挖掘孩子的潜能，培养孩子自尊、自立、自强的品质。影片最大的亮点在于爸爸马哈维亚想做好摔跤手，但迫于生计而放弃，后又把希望寄托在孩子身上，可遗憾的是他一直没有儿子，却有四个女儿，本打算放弃培养摔跤冠军的梦想时，一个意外让马哈维亚发现了女儿们身上隐藏的摔跤天赋，并决定带领女儿们走上一条完全与同龄女孩不同的人生道路。两个女儿与村里男孩争吵打架大获全胜，男孩的父母气势汹汹地上门讨要说法时，爸爸马哈维亚当面教育女儿不应打架，但他很快让女儿表演如何战胜男孩的。两个女儿的表演征服了父亲，他看到了孩子身上的潜能。而一些中国的家长在孩子做错事时喜欢不分青红皂白，上来就是一顿打骂，从而忽略了孩子做错事情的原因，更不可能发现孩子身上的闪光点。从孩子的角度来说，幼年时他们对未来是充满迷茫的，需要父母去挖掘孩子身上的潜能，并给予正确的指导。

当前我国不少家长从孩子出生就处在焦虑中，总希望自己的孩子不要输在起跑线上，于是给孩子报各类教育培训班，全然不顾孩子是否有此能力。更有甚者，误解一些理念，说什么“女儿要富养”，就是满足女儿的各种物质要求，以免孩子走上社会易受金钱诱惑。试问：如果女孩子只会享受，连基本的自尊、自立、自强都没有，她日后能不被金钱俘虏吗？正如影片中爸爸所言：“你要记住，爸爸不可能永远保护你，你要学会自己救自己。”面对女儿的残酷训练，马哈维亚的妻子也曾忍不住抱怨：“现在全村的人都在嘲笑你的女儿，以后谁还敢娶她们？”谁知马哈维亚霸气回应：“我会把她们培养成伟大的女性，为什么要让男人挑选我的女儿们呢？那时候，她们也可以挑选男人。”正是如此自私但又充满爱意的父亲，最终帮助女儿成就了梦想。在女儿夺冠的一刹那，人们为她鼓掌，可女儿却奔向了父亲。冠军之路上，梦想的实践者尝尽苦难，但梦想的保驾护航者——马哈维亚背负的沉重包袱又为谁知呢？家长是孩子的引路人、护航者，只有善于发现孩子的潜能，才能更好地助其实现梦想。

有些事，只能一个人做，有些关，只能一个人过。有些路啊，只能一个人走。

——龙应台《目送》

家长，你如何面对自身失误与孩子考砸？

今夏，长江流域连续半个月37度以上高温，城里人调侃说，自个儿的命是空调给的。生活中，可不是每个人都能24小时享受空调的清凉，至少再热也得吃饭呀，吃饭就得做饭，没有空调的厨房，做饭可是件苦差事。

本人是一名教师，有暑假，做饭的苦差事自然就落在我的头上。特别是角色转换为妈妈后，我经常上网查菜谱，做出新花样，提升做菜技能，自认为厨艺还是可以的。由于天热，加上每天都要面对重复的动作，做菜难免有失误，直接后果是某道菜的味道不尽人意。

饭桌上，孩子会对失误的菜肴点评一二。我很生气，顿觉委屈："天气这么热，给你做饭吃，你要学会感恩，好吃的饭菜，可以多吃；不好吃的，就少吃。你只会挑剔，难道你同学的父母都是米其林酒店的厨师？何况我的厨艺也不差，失误一次，就不能包容吗？如果我偶尔做一次饭菜，味道好，你肯定能记住！"

孩子似乎更委屈："我要是少吃，你又会骂我，说我不珍惜你做的饭菜。其实，就是因为你做得好，我的期望值会高些；如果你不会做，我还会有要求吗？这好比家长对孩子考试的要求。成绩好的学生，一次没考好，家长就会念叨好久；成绩差的学生，一次考好，家长就会不停地赞扬，之后一直以这次成绩为骄傲。这和你做菜的道理一样吧！"

事后，我仔细琢磨孩子的一席话，觉得还真有道理。每个人在失误面前，总会千方百计地找理由为自己开脱，比如我将做菜失误归结于天热，那孩子们考试失利，我们家长为啥就听不进他们的解释呢，甚至武断地认为他们在找借口！

面对考试和分数，学生好无奈："考考考，老师的法宝；分分分，学生的命根！"我想加一句："考考考，家长的晴雨表。"于是有人希望家长能善待考试失利的孩子，并提出"考完了，请给孩子一个大大的拥抱"，因为"这个世界上，最宽广的是海洋，比海洋更宽广的是天空，比天空更宽广的是考试范围，比考试范围更宽广的是看到孩子成绩时家长的胸怀"。可这对大多数家长来说，简直是比登天还难。

在自身失误与孩子考砸之间，家长怎么会如此巧言善辩呢？原因有二：

第一，面子问题。众所周知，中国人爱面子，"面子"是人际交往中最不可缺的东西。有人说：中国人可以什么都不要，但就是不可以不要面子，所以有"打肿脸充胖子""死要面子活受罪"的说法。

环顾四周，家长发现无论从小学到大学的同学，还是朋友、同事，他们的孩子中总有几个"学霸"。特别是女人当了母亲，聊不完的话题由衣服变成孩子。先是孩子身高、体重、说话早晚、饮食喜好、穿着打扮……等孩子上学后，就是孩子的兴趣特长、考试分数、班级排名……总之有无数可比项。一旦发现自己的孩子落后，就会感觉似乎无颜见江东父老，站在熟人面前也矮了一截。所以看见孩子不理想的考试成绩，就像点燃愤怒的导火索，对孩子就是劈头盖脸一顿臭骂，全然不顾孩子的自尊心。而自己做事失误时，觉得自己好歹是家长，要维护长辈的尊严和权威，不能暴露自己的欠缺，以免日后无法管教孩子。

其实，社会赋予"面子"的价值是双重的。一方面，是指由个人经过正当途径取得的社会声望，即名誉；另一方面，是指个人"自我膨胀"的欲望，这种欲望往往得不到满足，需要借助外力来达成。"要面子"不仅是维护个人的声望，可能还有期望达成理想化的私欲。于是问题出现了：个人努力挣来的"面子"是自己可以预料的，但借助外力却是无法掌控的。因为孩子是早已脱离母体的个体，家长怎能糊涂地认为那是自己的一部分呢？所以"要面子"还得靠自己，切不可将重任压在孩子身上。

第二，未了的心愿寄希望于下一代。当被问及"为什么要孩子时"，很多家长回答："孩子是自己生命的延续。"从孩子出生那天起，他们集万千宠爱于一身，也成为家长实现自己未竟事业的接班人。虽然家长花费大量精力去培养孩子，希望他们成为自己心目中的模型，可有时却事与愿违。一旦看见孩子考得不好的成绩单，家长心里的期望一下子从高空坠入大海，深不见底，碎不可拾。

此时，家长可反观自己成长的道路，或许当初由于各种外在因素制约了自己成长与成才，但内在又做了多少努力呢？当前中国人口压力空前巨大，竞争无处不在。孩子每次考试，都是一次长跑，何况长达十几年周而复始的长跑，哪一次孩子不是疲惫不堪？即使是大部分家长认为的改变命运的高考，也不过是人生中的一次长跑检阅而已。正如网络调侃：文凭不过是一张火车票，“985”的软卧，一本的硬卧，二本的硬座，民办的站票，火车到站大家都下车找工作，才发现老板不关心你是怎么来的，只关心你会干什么。

随着高科技、智能化发展，机器人正昂首阔步地向人类走来，未来社会对个人技能的要求绝不是通过简单的试卷考试来体现的。马云在一次演讲中说过，过去的200年是知识、科技的时代，未来100年是智慧、体验的时代。知识可以学，而智慧是学不来的，所以教育要更注重孩子的艺术修养、心理素质、生命体验、思维创新等。教育实践表明，在责骂、嘲讽声中成长的孩子缺乏自信心，性格敏感、脆弱甚至孤僻，这会逐渐影响到他们的未来发展和能力发挥。

可能家长以“爱的名义”拼命将孩子推上高高的舞台，可每个人的人生如何完美谢幕，还是由个人来表演。黎巴嫩诗人纪伯伦在《孩子》中，早就给了我们答案：“你的孩子，其实不是你的孩子，他们是生命对于自身渴望而诞生的孩子。他们借助你来到这世界，却非因你而来，他们在你身旁，却并不属于你。你可以给予他们的是你的爱，却不是你的想法，因为他们有自己的思想。你可以庇护的是他们的身体，却不是他们的灵魂，因为他们的灵魂属于明天，属于你做梦也无法到达的明天。你可以拼尽全力，变得像他们一样，却不要让他们变得和你一样，因为生命不会后退，也不在过去停留。”

作为家长，曾经的理想未了，只能说明自己本身努力不够，不要总把希望寄托在孩子身上；更不要说自己年龄大了，因为做你想做的事，任何时候开始都不晚。当自身失误时，不必着急忙慌地去辩解；当孩子考砸了，更不应面目狰狞地去责怪。真正的舐犊情深，是陪伴，是倾听，是理解……

从“冰花男孩”到“下雪放假”看教育之纠结

2018年的元月注定不同寻常，冰花与雪花都成为网民们热议的对象，不曾想二者的关联竟然是教育的纠结点。

1月9日，云南昭通一名头顶风霜上学的孩子照片在网上引起广泛关注。照片中的孩子站在教室里，头发和眉毛已经被风霜粘成雪白，脸蛋通红，穿着并不厚实的衣服，身后的同学看着他的“冰花”造型大笑（小孩子到班级后做了怪怪的鬼脸）。有网友表示，看着好心疼，并送他“冰花男孩”之称号。

此照片一经发出，“冰花男孩”意外成为“网红”，既“招”来了媒体追踪，又“引”来了政府关注。深挖得知事情真相：照片是班级老师在2018年1月8日8：50左右拍的，拍完发给校长付恒，后流传到了网上。付校长表示，出于保护孩子的考虑，不透露孩子姓名。2018年1月8日，正值学校举行期末考试，上午考的是语文，因气温已经降到零下，加上路程较远，“冰花男孩”在零下9度的低温下赶路上学，这才变成了照片里满头雪白的模样。

网友们在各大媒体微信、微博上纷纷留言，鼓励这位不惧严寒坚持上学的“冰花男孩”：

@Hedgehog–茜：孩子，你吃的苦将会照亮你未来的路。

@qwedfgvbn123098：努力读书，改变命运。

@人民u6KUJ：为人父母的人，看着好心疼。

@照亮来时的路：挺有同感的。学习这条路不容易，想起自己高中时每天早上4点起床，6点天还没有亮就赶到了学校，大门还没有开，看着地上蒸腾的晨气，心里告诉自己一定要对得起父母，一定要加油！

@身体是革命的本钱：我小时候上学，很多小伙伴都是这样，天天白头翁。

@人民NNg5a：做了个鬼脸说明孩子心态还挺好。孩子，心疼但也鼓励你，求学路不容易，坚持下去。

但也有些网友不淡定了，开始责怪孩子的父母，甚至上纲上线，搬出“再苦不能苦孩子，再穷不能穷教育”的名句，来指责我国教育资源的不均衡、当地政府的不作为。一时间，网友众说纷纭，各抒己见。

究竟该如何看待这幅照片？西方媒体也有话说，没想到外国媒体的标题是：看到“冰花男孩”，终于知道中国为什么强大了。

外国网友们立马也喜欢上了这个红脸蛋的小伙子，看到他的故事纷纷留言：

J216a

A real trooper, all those hardships and he carries on unlike other kids his age.

（一个真正的士兵，他承受了其他同龄孩子所不能承受的困难。）

Mng

I have tears in my eyes reading this…Wish the little boy all good things in life. Hope he become a brilliant adult and success in life and happiness.

（看得我眼眶湿润……祝福他一切都好。希望他长大后能获得成功和幸福。）

还有很多网友被“冰花男孩”打动的同时，还怼起了自己的同胞。

Andy

You won't see him complaining. A lesson for all us westemers there!

（他没有任何抱怨，给我们西方人上了很好的一课！）

John

It wouldn't happen here because the schools would be closed by wimpy heads in case their young snowflake teaching staff got cold or hurt themselves.

（我们这里就不会发生这种事，因为学校怕那些脆弱的教职工被冻感冒或伤到自己早早地就关门儿了。）

Honest John

If he did that in the UK he'd arrive to find the school closed.

（如果这是在英国，他到了以后会发现学校关门了。）

MrWrighty

I hope our kids and teachers read this. 0.5 cm of snow and the UK schools stop functioning. We don't understand or see a fraction of what other kids around the world have to put up with to get an education.

（真希望我们国家的老师和孩子们能读一下这篇文章，下0.5厘米的雪，英国学校就停课了。我们不了解，或者根本看不到世界上其他国家的孩子为了获得教育而需要承受什么。）

看到这里，国人不禁诧异：以前一些西方媒体喜欢抨击中国经济发展与教育不均。但没想到的是，面对“冰花男孩”坚持上学，他们却能反思本国的教育。

“冰花男孩”走红不到半个月，一场大雪自北向南影响我国的东部地区，安徽大部分地区24号下午开始飘起今冬的第二场雪。家长们坐不住了，不是因为家里没有储备足够的粮食蔬菜，而是为即将停课在家的孩子苦恼不已。全国下大雪地方的小学、初中、高中基本都接到教育局的通知：因暴雪天气，学校从即日起停课，何时恢复上课时间，届时另行通知。

无论是“冰花”还是“雪花”，都是大自然给予人们意志与毅力的考验。可是相同的环境在不同的地区，上学的孩子待遇为何竟有如此大的反差呢？难道物质生活水平提高了，就不应该让孩子吃点苦，经历一点风霜雨雪吗？如果这样的话，“不经历风雨，怎能见彩虹”“梅花香自苦寒来”等名句岂不成了纸上谈兵吗？

我没记错的话，“下雪放假”的通知是在2008年那场雪灾之后。为什么家长同情“冰花男孩”，却反对“下雪放假”呢？这值得深思！

高尔基曾说：“苦难是人生最好的大学。”可现在生活条件好了，又有多少人愿意吃苦呢？而且有些家长认为自己当年吃苦的目的就是为了下一代过得更好，为啥还让自己的孩子吃二茬苦呢？可是一些家长发现，自己节衣缩食，尽心尽力，却没教育出懂得感恩的孩子，更有甚者偷拿父母的钱去享受自己的美好人生。比如，微博上一个叫“一位失业父亲等待女儿归”的账号，引发了大家的关注，这位父亲在微博上痛斥留学加拿大的18岁宝贝女儿。这位父亲称，自己含辛茹苦把女儿养育成人，女儿提出要出国到加拿大留学，他二话没说就答应了女儿的要求，已为女儿出国留学存了300万人民币，并规定一年费用30万人民币，不够的话再追加，存钱的银行卡由自己保管。但在女儿出国一个星期后，他发现银行卡不见了，到银行询问才知道女儿把300万全部转到她的卡上，而且没有到学校招生办报到，又在她的微博上看见她炫耀到处吃喝玩乐、买奢侈品，十分高调嚣张。接着父亲对女儿进行了一番控诉……

“小棉袄”坑父亲，父亲开微博控诉女儿为“白眼狼”，实属互害模式。从现象看本质，还是孩子的教育出了问题，家长的责任是主要的。如今物质生活水平有了很大的提高，苦难的童年很少有了，但教育不是仅满足孩子的各种需求，而是给孩子提供一些机会面对磨炼和挫折，同时还要引导孩子形成抗压的能力。雏鹰没有在风吹雨打中多次试飞，长大后怎会有翱翔高空的本领?

伟大的教育家陶行知先生说“教育即生活”。真正的教育，是在生活中学会成长，比如：第一次走路的磕磕绊绊，第一次写字的歪歪扭扭，第一次开口唱歌的跑调，第一次游泳呛水的惊恐，第一次淋雨的懊恼，第一次滑雪的摔跤……但奇怪的是，这些不完美的第一次，总会留在我们成长的记忆里，不易被忘却，甚至成为高分作文的素材，或是平凡生活中津津乐道的话题，还有可能成为人生的重要转折点。

邻国日本、韩国其实给了我们很多的震撼：日本幼儿园严寒中举办“裸跑”，孩子被冻哭家长仍要求其继续比赛；韩国女孩们的“残忍军训”——泅渡，游泳，越野，在泥浆中摸爬滚打，在寒风中赤膊相对，她们常常被弄得青一块紫一块的。

“冰花男孩”，是生活给予孩子的考验，更是孩子面对困难的坚强；“下雪放假”，是学校对学生的娇惯，更是社会对教育的妥协。如何处理好教育中的挫折，给孩子以适度的磨炼，不仅是家庭的责任，也需要学校、社会共同承担。如果家长、学校和社会不能齐心协力，长此以往，教育将失去其本真意义，那才是整个民族的悲哀!

后续报道：1月20日，“冰花男孩”和自己的父亲、姐姐一起，在志愿者的带领下，带着自己的梦想走进了中国人民公安大学，与这所公安最高学府来了一次亲密接触。受中国人民公安大学党委书记樊京玉、校长曹诗权委托，犯罪学学院院长任士英代表学校师生向他表示热烈欢迎并鼓励他好好学习、健康成长，争取将来以优异的成绩考上中国人民公安大学，成为共和国预备警官。

在此真诚祝福“冰花男孩”：脚踏实地，实现梦想。

哲思篇

家教

等

一棵榆树

那年·那车·那人

家 教

当今实实在在地做一个人，还真不容易。

冰已大四，课少，双休日空闲，想想可以做点义务家教。冰的家境并不富，他想早点接触社会，锻炼一下自己。

冰的义务家教牌在书市一亮，立马招来陌生的面孔议论纷纷，冰如置身沙漠。

“义务家教，天下有这种好事?”

周日下午，一半百老者拍了拍正在“摆摊”的冰，和冰交谈了许久，最终决定请冰做家教，教他正在上初三的儿子。

半百老者姓杨，在市文化馆工作。小杨明年要参加中考，成绩一塌糊涂。冰到杨家不久，小杨的成绩就上去了，从三十名一下子提高到十一名。老杨夫妇感激涕零，说啥也要给冰辛苦费。冰说话向来一诺千金，坚决没有收费。

老杨那幢楼共六层，住了二十几户人家。冰的事很快家喻户晓。

“怕是冲着小婷来的，现在的人啊，哼!”小婷是小杨的姐姐，年十九，漂亮文静。说这话的是三楼的老李，老李说他见过的事多了。

“说不定是先来熟悉地形，然后……”和老杨同住四楼的刘婶忽觉不妥，把话打住。

老杨不在乎这些，可小杨妈妈有点动摇，害怕哪一天会飞来横祸。

冰渐渐觉出异样。当冰走进那幢楼时，谈得兴致正浓的人们便戛然而止，且一齐挤着眼睛看他。

“小婷还没回家呢。”有人拖长了腔调说。

“回家看书!”有人厉声命令自己的儿子。

冰有些愕然。

偏偏凑巧，五月最后一个周日晚上，一楼出门度蜜月的小何夫妇家被破门而入，电视机、微波炉和小冰箱莫名消失。

“我就说嘛，这下应验了吧。”刘婶先知先觉般地说。

“肯定与那小子有关！……”楼道里议论着。

老杨有口难辩。

冰再走进那幢楼时，有人吼：“出门时，一定要把门锁好!”有人见了冰，用恶狠狠的眼神瞪他，有人干脆甩手“嘭”地将门关上。

冰感到不寒而栗，于是决定中止家教。

六天后，冰被叫到系办公室。一个高个子正诡秘地向系主任打听着什么。

“那事与我无关……”冰平静地说。

“既然与你无关，为什么事发后你不去了?”高个子盯着冰，推理着。

只剩下冰很愤然。

一个月后，那幢楼的案情有了眉目，派出所查出是小何的酒肉朋友干的。

半年一眨眼过去了，冰即将毕业，可周围已是厚厚的一道墙，他再也无法穿透……

后　记　本文创作于1997年，故事是由师兄无偿带家教遭人误解改编而成，希望世人“勿以小人之心度君子之腹”，更期望主人公坚持走自己的路，让流言蜚语随风去吧！

等

邻村吴婶小儿子义顺年底没回家，可急坏了吴婶和媳妇秀枝，因为秀枝的预产期在开年的正月下旬。

吃完腊八粥，秀枝每天挺着大肚子到三里开外的小镇上：那里有汽车站、邮局等。村里外出的人都从那儿下车回来，或从那里捎回好消息。每次去都让秀枝失望：且不说丈夫身影，连封信也没见着。

义顺是“双抢”结束后走的，和他同去的还有本村的义新、冬石、四九。秀枝婆婆本来拦着儿子不让他走，理由有俩：一是义顺没手艺，二是秀枝怀有身孕。可秀枝与丈夫一合计，认为孩子出生还早，农闲时出去赚点钱，也是为了孩子的到来呀！正好冬石一远房叔叔打来电话说他所在的煤矿缺人。于是，冬石邀上义顺、义新、四九一起走。

走后第一个月，义顺打来一个报平安的电话，紧接着捎来两封信，说下矿采煤很辛苦，收入还行，让秀枝放心。

自打第二个月起，秀枝再没接到义顺的电话和信件。她想：肯定是义顺采煤太忙了，身子累。但每次碰上婆婆疑惑的眼神，秀枝不由自主地颤抖，怕婆婆认为义顺的走与自己有关联。

秀枝的肚子一天天大起来，冷不防地被小宝贝踹一下，秀枝觉得很幸福。大雁南飞，秋叶落尽，仍没义顺的消息。秀枝有点生气：“这个小冤家，再忙，打电话的空也抽不出吗？是不是有小妖精缠身了？”秀枝虽没出过远门，可听说不少人出门就变坏了，同村喜英丈夫外出后不久，一回来不就闹离婚了吗？“不，我家义顺不是这号人。”秀枝心里一直为丈夫辩解。新婚半年多，秀枝和义顺好着呢！

无奈之下，秀枝跑到镇上邮局，给义顺所在的矿上打了几次电话，好不容易接通一次。接电话的人，嗓门大，震得秀枝耳膜痛，可对方说，他们矿上根本没有叫义顺的。秀枝的心跳得厉害，眼泪悄悄地流。她不明白，义顺去了哪儿，即便走，也该给家里捎个信儿。

腊月二十三，义新、冬石、四九披着一身雪回来了。秀枝得知消息，挺着大肚子，一巅一颤地赶到义新家。义新与义顺同宗，五服以内。义新告诉秀枝：九月份义顺就不见了，后来有人说他跟四川人走了，大概是到四川贩橘子。贩橘子活儿轻，赚钱快。末了，义新还安慰秀枝不要急，说不定过两天，义顺会带着大把的钞票回来过年。说这话时，冬石、四九也在，他们一起附和。秀枝听后更气义顺："你出去还是熟人带的，就算贩橘子赚大钱，也该打个招呼再走，义顺，你怎能如此无情无义呢？"

秀枝只好回家，耐心地等。年味越来越浓，村子里不时有鞭炮的声音，屋里飘着炖肉的香气，到处可见活蹦乱跳的小孩。直到腊月三十下午，义顺仍没露面。公婆听到墙上的座钟敲了八下，才起身去做年夜饭。望着桌上简单的几个肉菜，四方桌缺一方，秀枝感觉自己快撑不住了。但在公婆面前，秀枝不能流泪，过年流泪是不吉利的。丈夫是家里的小儿子，公婆疼爱有加，这几天，公婆指桑骂槐，秀枝明白，他们也是急红了眼。

年夜饭一吃过就是新年了，秀枝想：丈夫说不定这两天会回来的。听说年前坐车特挤，车票得提前一星期买，而且票价贵得很，不少人为省几个钱就在外过完年，初一、二再往家里赶。也许义顺就是这么盘算的。秀枝在心里为丈夫编了无数个没回家过年的正当理由。

秀枝在焦急等待中送走元宵节，义顺依旧杳无音讯。连夜的失眠，让秀枝几近崩溃，可一想到肚里的孩子，秀枝就强忍着吃几口饭。

正月十七，村里突然来了三个年轻的公安。公安进村后，逐户了解民工外出的情况。秀枝急切地将丈夫过年未归的事告诉了公安。三个公安看着秀枝的大肚子，交换一下眼神，只说了句："我们帮你查查。"随即离开秀枝家。义顺哥哥义孝也在场，他觉得公安的眼神好像不对劲，赶忙跑出来，带着三个公安回自己家。三个公安问义孝："与你弟弟一起去山西煤矿的还有三个人吧，他们是不是你们村的？"义孝回答："是。"三个公安让义孝领着他们去找义新。在义新家，一帮人正在打牌，冬石、四九也在。看到公安进屋，他们脸色瞬时煞白。公安分别核实了三人的姓名，迅即给他们戴上手铐，宣布三人被刑事拘留。一屋子人都惊呆了……

在义新家，公安向义孝叙述了事情的真相。去年九月份，义顺在矿下被落石砸死了。人被砸死后，矿上本应通知死者家属，但矿长吩咐和义顺一起来的几个人不许声张，只要悄悄把义顺埋了，他们每人可以得到三千元。矿长还说，反正人是被落石砸死的，属自然死亡，就是死者家属知道，也救不活。本以为这事神不知鬼不觉，哪料在年底，义新、冬石、四九回来后，矿上发生了重大事故。由于煤矿塌方，几个留守的河南民工命丧黄泉，矿长还想隐瞒不报，激起了矿上知情民工的怨愤。他们向公安局报案，并揭发了义顺被砸死的事。

公安的话刚说完，义孝猛地站起来，好像被人狠狠捅了一刀。屋外一声凄厉的惨叫，刺破了平静的山村，紧接着又一声重响，秀枝倒在义新家门口……

后　记　本文创作于1998年，当时煤矿塌方事件频繁发生，一些私营矿主为隐瞒事件买通矿工。古人云："君子爱财取之有道"，"多行不义必自毙"，期望人与人之间友好相处，不能因一时之利而蒙蔽了双眼。

一棵榆树

郝大爷最近总从噩梦中醒来，梦中屋后的那棵榆树有点阴魂不散，记不清有多少次被大风吹倒砸在自己的脑门上，鲜血直流。醒来，郝大爷一摸，额头上汗津津的。

那棵榆树可有一段历史了，郝大爷记得它是分田到户第四年栽的。小时候村上闹饥荒，郝大爷不会忘记母亲从很远的地方采摘榆钱叶，给他们兄弟姐妹做菜、煮粥或蒸窝窝头，榆钱叶虽谈不上多美味，但它是一家人生活中不可或缺的食材。

郝大爷因患小儿麻痹，有条腿使不上劲，走起路来一瘸一拐的，再加上家里兄弟姐妹多，他又是老大，一直没姑娘看上，如今已七十有三，鳏夫一个。分田到户后，郝大爷凭着起早贪黑、勤劳苦干，终于摆脱了吃不饱的日子。因榆树的种子榆钱外形圆，薄如钱币，故而得名；又因是“余钱”的谐音，因而有吃榆钱会“余钱”的说法。郝大爷在除草回家的路上，发现河沟里有棵小榆树，就顺手拔回来，栽在屋后的空地上。当时弟弟反对，说榆树没什么经济价值，还不如栽果树。但郝大爷仍坚持种下，不曾想多年之后竟成为自己的梦魇。

栽榆树那年侄子才三岁，郝大爷从弟媳进门后就分家单过，但对侄子疼爱有加。20世纪90年代，农村人发现种田没盼头，人多地少，一年的经济收入只不过能吃饱穿暖而已，没有余钱。村里的年轻人若不读书，初中毕业就外出打工了。郝大爷因腿不便，加上年逾五十，哪个工厂会收留老年残疾人呢，所以只有老老实实在家当个农夫了。

侄子对读书没兴趣，十五岁初中毕业在家闲逛，十九岁时随舅舅出去打工，只有过年才回家。等侄子带回一姑娘时，郝大爷才意识到侄子长大了，要成亲了。弟弟上门说娶儿媳妇得做新房子，他想在屋后空地上给儿子另建一栋二层小楼。自家的宅基地给侄子做房子，郝大爷当然无话可说。

郝大爷一开始以为那棵榆树有点碍事准备锯掉，却遭到弟弟和侄子的反对。侄子的二层小楼只用两个多月就拔地而起，没想到的是侄子房前屋后各箍了一个大院子，那棵榆树成了侄子后院内的风景树。

十年树木，百年树人。榆树长得可真快，三十多年开枝散叶，夏天遮挡住炎炎烈日，给郝大爷带来一丝清凉。若碰上大风暴雨天气，榆树的枝条狂扫郝大爷的屋顶，沙沙作响。郝大爷的房子应该是村里最古老的建筑，还是与弟弟分家时建的，一晃三十多年了。他原本想重建，可是想到自己单身一人，又觉得没那个必要。屋顶上的部分小瓦因年久破损已换成大瓦，最怕下大雨，大小瓦接缝处会漏水，弄得地上湿漉漉的。

自国家提出精准扶贫政策以来，村里扶贫干部曾多次去郝大爷家，告知国家对农村危房改造有两万元补助，望郝大爷自己再拿点积蓄，拆旧屋建新房。郝大爷考虑再三，犹豫不决，最后还征求弟弟和侄子的意见。虽然二人并未反对，但侄子却说了一番意味深长的话："建房子有啥用，不能动的时候还是去养老院舒坦!"

郝大爷明白他们的意思，自个儿没技能，无法外出打工，一直在家侍弄庄稼，前几年生场大病，本没多少的积蓄花去一大半，剩下的以备年老不时之需。村里有三位老人住在镇上的养老院，郝大爷去看过，虽说衣食无忧，但总觉得每天缺少了劳动，吃饭没啥滋味。两难之际，郝大爷权衡好久，觉得还是故土难离，最终放弃危房改造的念头。

可一旦刮风下雨，榆树枝条扫过瓦片的沙沙声，总让郝大爷有一丝不安。他向村干部反映，希望他们能做通侄子的工作。可村干部认为这属于家庭矛盾，外人不便插手。就这样，郝大爷与榆树共处多年，被榆树扫下的瓦片，郝大爷只能一次次重新加盖。

2016年冬至后，村里突然来了一群大学生，说是省里下派来监测脱贫攻坚工作的。郝大爷被大学生问到“住房是否安全”时，愣了一下，随口答道：“安全，就是刮风下雨的时候，屋后的大榆树有点危险！”站在屋外陪同监测的村干部耳朵真灵，听到郝大爷的话，马上打电话联系到几个村民，让他们火速带来电锯。

几分钟后，村干部就在郝大爷侄子的院内有序地指挥村民锯榆树，郝大爷没敢入内，电锯刺耳的轰隆声掩盖了他侄子的骂骂咧咧声。几分钟后，挺拔傲立多年的榆树缓缓倒下。这一刻，郝大爷内心无法平静：这倒下的不仅是榆树，还有……

那年·那车·那人

作为法院人民陪审员，我最近参与了两起交通肇事案件审理：一件是卡车司机违反交通规则，撞死骑自行车横穿马路的人；另一件是骑电动车的小伙子，因车速过快撞死横穿马路散步的老人。肇事者属过失，行人有过错，两条鲜活的生命就这样戛然而止。

庭审后，我一直在想：机动车、非机动车驾驶者和行人怎么啦？儿时知晓的“红灯停、绿灯行”“一慢、二看、三通过”的行路原则去哪儿了？难道人、车不能和平共处吗？回想刚学会开车那阵子，一次在校园停车，我误将油门当刹车致追尾，左膝盖撞青，幸好车速较慢，才没对自己和前车造成重大伤害，事后惊恐两个月，没敢动车。有人说：“女魔头”（女司机+磨合期+头一年）伤不起呀！果真是！

记忆在回放中清晰，有车的历史开始鲜活起来。家乡地处崇山峻岭，绵延数里的盘山公路令人不敢直视：一半是悬崖峭壁，另一半是深不可测的水库。父母担心孩子们的安全，不让骑自行车，学校距家十几里，对山里的孩子来说，步行算不了什么。

1997年7月，我大学毕业参加工作，不会骑车是件麻烦事。那年春节，借亲戚拜年骑来的女式自行车（当时村子里拥有自行车的人家极少，且为男式的，中间有大杆，女生个矮，不易上下），我在打谷场上苦练一天，全凭自己摸索，没让人帮扶。七八个小时的上下、踩踏、滑行、跌倒、爬起，傍晚时分，我终于能够沿打谷场摇晃溜达几圈。当天晚上浑身酸疼、半夜发烧，早晨起床，嘴角全是水泡，可心里美滋滋的：我会骑自行车啦!

7月份报到,9月份上班,学校放暑假,休息两个月,一上班领三个月工资。那时一个月工资才325元钱,但三个月工资加上高温补贴,一下领到1035元,觉得自己很富有,这可是我人生的第一桶金啊!要添置的物品很多,拨来算去,除去必需品,还有200多元结余,一狠心,我决定买辆自行车。跑了好几家店,看了很多款车,综合比较,最后买了辆188元的中低档自行车。从此,我拥有了人生第一辆车,再无需忍受公交车上罐装鱼般的拥挤和汗酸味的熏陶。

晨钟暮鼓时,朝霞夕晖中,街头巷尾里,公园桥头畔,我会骑着车,丈量脚下这片陌生的土地,追赶城市日新月异的变化,搜集江城古老的印记,感受追风少女的激扬惬意……我骑行一月之余,车曾被盗走。幸运的是,一周之后,我在校公共浴室旁发现了她的芳影。在校保卫处的调查协助下,自行车失而复得,我喜极而泣,倍加珍惜,直到它2002年秋天光荣退役。

2009年搬新家,我想与旧车告个别。可怜的自行车,被打入冷宫已七载,孤零零地躲在车棚一角,已无昔日风采,只见灰尘满面,锈迹斑斑,遂作废品卖掉。保存十二年,只为追忆那五年:青春是一湾七彩的霞,自行车是一首欢乐的歌,少女是一条自由的鱼。

婚后新居离单位很远,单程最快得40分钟,碰上早晚高峰,或下雨等车，需要一个多小时，着实不便。当时大街小巷尽是电动车，看得我心痒，攒下三个月工资，于2002年10月买了一辆霹雳豹电动车。

电动车车速过快，加上新手对车的性能不熟，天生胆小的我，没敢立马上路，在小区里慢悠悠练习一周，才敢骑着上班。炎炎夏日，凉风习习；一到隆冬，却是寒风刺骨。

电动车伴随我在家、校之间穿梭七年，其间，有过两次惨痛经历。一次是在安徽师范大学老校区东大门十字路口附近，窨井盖被雨淋湿，车行至此，突然打滑，我无法控制，摔倒在地。身后一辆三轮车从旁急驰而过，车轮距我的左手只有两三厘米，好险呀！我惊慌失措地爬起，两手心、胳膊肘火辣辣地疼，一瞧，两手心和胳膊肘全蹭破皮了，渗出血丝。费好大劲，我才将车扶起，检查发现只有车左把手摔断一小块。这次经历给我敲响警钟：雨天路滑，一定要放缓车速。

另一次是在九华山路和利民路环岛处，那天过往车特多，车流较缓。不巧的是，一辆从北向南的出租车因躲避行人急打方向盘，导致其右侧轿车急刹车，我紧随其后，来不及反应，电动车直追轿车的尾部！反作用力令我踉踉跄跄，好在电动车却没倒。司机下车，满脸怒气地瞧了我一眼，然后径直走向车尾，检查是否有损坏。庆幸的是我车速不快，轿车尾部没留印记，倒是我的车筐撞瘪了。本不是我的错，司机也没好意思再责怪我。我呆呆地将车推到人行道上，想想好后怕，追尾可是我全责。自此，我明白一道理：骑电动车一定要与前车保持合适车距，否则易追尾。

这七年，岁月如静静的溪流，冲刷掉我性格里的焦躁，沉淀下做事谨慎的性格，积攒起生活中的五味杂陈。

时间一滑，到了2009年年底。新住小区物业贴出告示：地上停车位招租，剩余不多，先到先得。环顾四周，不知何时，小区已挤满了车，我惊觉等买轿车的钱攒够了，会不会却无停车的地儿。在物业紧急告示、老公极力忽悠下，我掏空家底买了辆轿车。

有了汽车，回老家探亲，随时出发，无需苦苦排队买票，更不要忍受火车的拥挤不堪，雨天也没有了戴眼镜骑车的烦恼。有车两年后，看见同事相继拿驾照，我萌发了学驾驶的念头。报名、交钱、理论考，等到上车实训已过了大半年。在教练的猛烈训斥下，第一关倒车入库、移库，轻松通过；第二关坡道起步、侧方位停车、单边桥，有惊无险；不幸的是，最后一关路考，着实紧张，一次加速没加挡，一次溜车，没通过。路考的阴影，让我自觉停训半年。后因驾校实行电子考，教练多次来电催，我硬着头皮再次参加路训，四个月后终于通过了。当我拿到驾照时，惊奇地发现，盖戳日期和报名日期同日，时间已过两年。

千辛万苦拿到驾照，内心却激不起快乐的涟漪。老公多次陪驾，我开了数百公里，可就是不敢独驾。从生疏到熟练，一次擦碰，一次追尾，我曾对自己的驾驶能力产生怀疑。半年后，我克服心理障碍，终可独驾。

坐在舒适的车内，享受空调的清凉，感受音乐的动感，总觉得缺点什么：是清新的空气，是自然的美景，还是流动的人群？更多时候，我喜欢看大街上骑自行车的少男少女：意气风发，衣角飞扬。

细想来，从拥有第一辆自行车至今，已过20多个春秋。这些年，车子带来便捷舒适的生活，也曾让我多次目睹车毁人亡之惨景。是谁给人带来了伤害，是人还是科技？我们为什么不能从一次次车祸中有所反思？在此，我想对有车一族说：“请放缓疾行的车速，遵守约定的法则，只有这样，那年，那车，那人，才能奏响和谐的乐章……”

跌宕岁月里经营生活的高个女人

早上去菜市场，迎面碰见胡同里卖煎饼的高个女人，我很惊喜。她像往常一样和我打招呼："买菜呢?""对啊，你回来了，春节后一直没见到你，还以为你改行了呢。""哦，没有，我家那位生病了，才耽搁这么久!"没等我询问什么病，她已风风火火地走向那一排卖早点的摊位，熟练地操作起来：一手夹饼，一手拿刀，剁、夹、塞、封，行云流水；收钱、算账、找钱，一气呵成。

买好菜回家，再次经过她的摊位，我忍不住多看了她一眼。卖煎饼的女人又瘦又高，1米7左右，身材凹凸有致，只是被肥大的工作服罩住显不出。她的头发高高挽起，用发卡拧成一个发髻，将脖颈衬托得更加修长，素净的瓜子脸上洋溢着恬静的微笑。可能是长期在室外工作的缘故，她的皮肤呈小麦色，如同晒过阳光浴般。

我与她相识在六年前，那时小区的菜市场开业不久，胡同里卖早点的没几个，最吸引我的就是她家的煎饼，有两种口味：原味与香辣味。薄薄的煎饼，原味的有着白芝麻和香葱混合的脆香；香辣味的则抹有调制均匀的辣酱，色彩鲜艳且辣味正宗。随着小区业主的陆续入住，高个女人的早点除了主打煎饼外，后来又增加炒面、阳春面、炸酱面、雪菜肉丝面、豆浆、虎皮蛋、油煎荷包蛋、豆腐果等。为了让顾客看到食材新鲜，豆浆是现磨的，除了黄豆，顾客还可选择加入黑芝麻或红豆，混合的味道更浓郁，有营养，白糖是由顾客随个人口味自由添加。

卖过早点的人都知道，这是小本经营，工作强度大，利润却微薄，高个女人似乎预知这一切。半年后，她支起一把大伞，配上手推车，架起一个新摊位，下午至傍晚在菜市场附近开始卖面粉加工类的食品，如各式面包、馓子、炸麻叶、烘糕、小米锅巴、各式饼干、蛋糕等。碰上端午、中秋等节日，她制作的节日点心一点也不亚于超市、面包房的那些。

我对高个女人的初次了解始于五年前，端午节的前一日，她的摊位上罗列着节日江南特色食品：绿豆糕（桂花、芝麻味）、糯米卷（以桂花、芸豆、红豆、黑芝麻等为馅料）。这些食品粉质细腻，软硬适中。端午节我准备回老家看望父母，想带点地方特色食品。父母年岁已高，牙齿下岗不少，曾经对糯米、绿豆糕点情有独钟，无奈甜食对健康不利。看着一盒盒切割均匀、排列整齐的应节食品，我有些发愁，不知如何取舍。高个女人似乎一下看出我的心思，指着几盒没有装点的绿豆糕、糯米卷解释道："我知道老年人不宜吃甜食，这些都是无糖的，你可以尝一下，要是觉得甜，就不要花冤枉钱。"我用她提供的牙签挑起绿豆糕、糯米卷各尝了一小块，果然没那么甜腻，仍保留着谷物原有的醇香。

我惊讶于她对不同人群需求的了解和对市场行情的掌控：本是卖早点，为何多面经营，甚至能抓住节日经济。于是随口问起她是否专门学过面点制作，她淡然一笑："没有，这些都是我从网上看视频自学的。"接着她叹了口气："没办法呀，只卖早点赚不了多少，我得还债。""哦，还债？借钱啦？"我本以为农村建房资金短缺，借点债也正常，话赶话，就多问了一句。这一问，竟不小心走进了她的故事。

高个女人的老公原本在老家做建筑工程，虽不是大生意，但手下也有十几号人，养家不成问题。这一做就是十来年，没有风生水起，却也波澜不惊，没想到命运转折在烂尾楼上，这可是建筑行业的死穴。楼盘不能开，银行不贷款，开发公司断了资金链，老总拍拍屁股走人，可害惨了建筑工人，辛辛苦苦大半年，就是拿不到血汗钱。高个女人的老公为接这项工程，按照开发公司的要求先垫了部分资金，而建筑队又是亲戚拉人组成的。自从楼盘烂尾，之前的垫资和建筑队的工资全由其老公负担。这一记重拳，打得高个女人及其老公措手不及，全家辛辛苦苦十来年，一下回到解放前，更可怕的还背上沉重的债务。为及时还清这笔债，高个女人从淮北老家来到江城，决定另起炉灶。由于没有专业技能，她只能从简单易学的卖早点做起。

我很难想象：通过卖早点偿还近百万元的债务，那要经过多少个风吹雨打的日子？听完高个女人平缓的叙述，仿佛在说别人的故事，那一刻，我感受到她瘦弱的身体里蕴含着坚不可摧的力量。

平淡的日子在高个女人和、揉、捏、团、烘、焙、煎、翻中一滑五年，我不知她的债务在辛苦操持中减轻了多少。面对南来北往的顾客，她那高高挽起的发髻不见一丝凌乱，她那微微扬起的嘴角未有一点刻意。偶有闲暇，我曾见她拿着手机看歌词，小声哼唱流行歌曲，不时用脚打着节拍，似有“大隐隐于市”的宁静，更有“坐看云卷云舒”的豁达……

我对高个女人的更深了解来自她婆婆。去年春节前夕，我到美发店做个新发型，美发师建议再染个色。染发的过程很漫长，等待中，我闭目养神，耳旁飘来熟悉的声音：“师傅，给我妈剪个头发再染个色，大概需要多长时间？”我一睁眼，只见高个女人带着一位头发花白的老人站在美发店门口。“两个小时左右吧！”美发师答道。老人一听，急切地说：“我只要剪个头发，不染了！”“妈，你不要急，还是染一下吧，我去接孩子，两小时后让小豆子来找你。”高个子女人安慰道。老人似乎安心些，但又追问了一句：“那染发要多少钱呢？”美发师回答：“那看您选哪个价位的，我这里最低98元。”一听98元，老人立马说：“那我不染了！”高个女人立马从口袋里拿出一张百元大钞，塞给美发师，不容置疑地说：“别听她的，染个98元的吧，染好后再结账！”说完一转身离开美发店，没给老人一丝商量的余地。

老人只好坐上理发椅，乖乖地由美发师打理头发。共同的等待中，我和老人拉起家常，夸她女儿孝顺又能干。结果老人说她不是女儿，是儿媳。她这一解释，美发师和另外三个顾客都不约而同地夸赞老人好福气，如今这样的儿媳真是打着灯笼都难找。在众人的赞叹中，老人说起儿媳的不易。

高个女人姐妹三人，她排行老小，23岁结婚。婚后在老公的工程队为十几号人做饭，在农村人看来也算是风不吹雨不淋的好日子。没想到老公失算，背上沉重的债务。为偿还债务，年过30岁的她操持起卖早点生意。因她表姐在江城做塑钢门窗，她老公投靠其门下打杂，而高个女人决定跟老公一起闯天涯，孩子则一直在老家跟着爷爷奶奶生活。转眼孩子到了上学的年龄，高个女人不想耽误孩子的学习，遂从老家接来孩子。一个人卖早点，本身就是件很辛苦的事，更无法正点接送孩子，只好请孩子奶奶来帮忙。

老人说儿媳从没时间给自己买件衣服，身上的衣服大部分是她表姐淘汰下来的。别看儿媳平时说话大大咧咧的，走起路来两脚生风，做起事来更是风风火火，其实人勤劳，心眼儿又好。老人说当年儿子背上债务时，孩子还没出世，许多人劝她儿媳离婚，可她儿媳就是不肯，说两个人在一起过日子，好日子能过，苦日子也能过，好歹都要一起扛。这些年真是苦了儿媳，过年回家都没得清静，虽然两个人省吃俭用，但一年挣的钱还是不够偿还所有债务，还得给那些上门追债的人泡茶递烟，有时还要赔不是。多亏儿媳吃苦耐劳，现已还清一大半。

故事叙述至此，老人的语气里充满着怜惜和自豪，高个子女人的形象也变得立体生动起来，我的脑海里瞬间闪过罗曼·罗兰的一句名言："世界上只有一种真正的英雄主义，那就是在认清生活真相后依然热爱生活。"

春节后，我几次去高个女人摊位买煎饼，可一直没见其人影，她在菜市场楼梯处租用的低矮小房子也是"铁将军"把门。送走正月，仍不见她的摊位开张，我寻思她是不是改行了。没有了高个女人的薄脆香辣煎饼，我必须另择别家。人的味觉有时很挑剔，有时又很宽容。渐渐地，我接受了不同口味的煎饼，高个女人的身影也开始慢慢淡化。

没想到清明节后，高个女人又闯回我的视线，她依然在菜市场经营小本生意：卖早点。忙碌的身影，麻利的动作，整齐的发髻，恬静的微笑，一切如同当初。若不是我多言追问，谁能想到她肩上的担子又加重了呢？

平常岁月，生活不易。然而，高个女人却在跌宕岁月中毅然撑起一个家，用善良和勤劳经营着辛苦忙碌的每一天。没有怨天尤人，更没有轻言放弃，这是一种品质，更是一种精神，我肃然起敬。

买房，买烦？

自去年6月份各地房价暴涨以来，安老师一直心神不宁。三年前，他硕士毕业，专业是文科中的冷门，有人戏称此专业适合家境富裕且真正感兴趣的人，因为穷学工，富学文，富二代学经营。本系同学都曾调侃：若是日后在要饭的路上碰上了，互相接济一点……

安老师还算幸运，竟然挤进一所本科高校，成为一枚“青椒”（青年教师的简称），其特征为：工资收入低，科研、教学压力大，职称评定竞争激烈等。

一入职场，日子如春雪似跑马，倏忽之间又一年。春节回家，家人、亲朋好友最关心的话题是：“什么时候喝你的喜酒？”安老师无法回应，虽说工作、结婚、生子是正常人生的必由之路，可现实是缘分还没到啊，真是“年关易过，逼婚难防”啊！

同事们也很热情，熟悉的，给安老师安排相亲；不大熟悉的，辗转托人来介绍。安老师在被动的几次相亲中，体会很直接：有的真没感觉，有的三观不合，有的经济差距太大，终究无法成功牵手。看着那些与自己同年毕业的同学和同事们，纷纷加入购房大军，接着迎娶新娘，完成人生大事，安老师有些焦虑。

经不住同龄人的游说：先买房，再引金凤凰，安老师决定周末有空看看单位周围鳞次栉比的新楼盘。售楼部的工作人员特别热情。一问开盘价，那也是如火般炙热，燃尽了青年人购新房的最后一丝冲动。新楼盘买不起，安老师只得去看二手房。两个月下来，安老师跑遍大大小小的房产中介二三十家，无疑，没合适的，毕竟个人经济能力有限。

可房价并没有在安老师的焦虑中下跌，反而一路飙升。六月份看过远离市区的一个新楼盘，当时均价6000元／平方米。可暑假过后，安老师听本校外院的“青椒”说自己刚定的一套房，已涨到7500元／平方米。心里那个痛哦，安老师已无法言语。

房价涨得着实厉害，省会合肥不少小区已翻倍。安老师再也无心听取专家、学者对房价的预测，还有政府为了阻止炒房出台的政策了。在工资原地踏步的情况下，再不出手买房，可能日后要付出更大代价。

从一个楼盘到另一个楼盘，比较优劣势，安老师好不容易相中一套90平方米的两室一厅的房子。如今小区都是高层，除去公摊，套内面积实在不算大，可总价也得68万元。首付至少三成，那是20多万元，可安老师一个人公积金贷款最多贷25万元，剩下的就得用商业贷款。安老师说国庆节回家和父母商量一下，可售楼小姐说要付定金一万元。

安老师怕自己看中的房子易主，只好交付了定金。可回家与父母商量后，他们觉得还款压力有些大，更让人忧心的是房子要等到2018年年底才可交付，当然还不包括延期等特殊情况。父母的话有道理，安老师返回学校，实地考察了相中的那套房子，与售楼部的模型相比，缺陷明显：一梯三户，左右都是大户型，占尽先机，自己相中的那套三面不透风，唯有的南阳台还缩进去三分之一，光线显然不足；客厅与餐厅相连，而餐厅狭小，仅够放一张餐桌，四个人吃饭而已；卫生间的那扇窗户不仅小，而且还正对一面墙。

安老师痛下决心不买此房，损失定金一万元，两个半月的工资拜拜啦！

可房价不等人，每天都是一个字“涨”，安老师必须尽快找到合适房源，下手还需趁早。因为之前在中介看房登记过信息，中介可谓是尽心尽职，不断为安老师推送二手房信息。千挑万选，一是考虑房价，二是考虑户型，安老师最终敲定充满诗情画意的雅居——林海花苑。难得的是房子是多层楼房（六层以下，属城市稀缺楼房）中的四楼，三室一厅，面积108平方米，价格65万元。中介说房主因去外地发展，急于脱手，否则这个价格不可能。

几次实地考察发现，小区成熟，又是现房，安老师觉得此时若不下手，更待何时？于是安老师掏空家底，再贷款35万买下了房子，一下子尝到了当“房奴”的滋味。房子拿到手，装潢的钱没着落，好在凤凰也没栖枝头。安老师想到银行每月的还贷，决定先把房子租出去，赚点租金补贴一下。

转眼两个月过去，江城的冬天湿漉漉的，房客打电话告知安老师：卧室、卫生间的墙都渗水，要退租。安老师赶紧去查看，果然如房客所说，墙面渗水的地方还真不少，有的已发霉。购房时自己没经验，加上十月份秋燥，竟没看见瑕疵。

怎么办？安老师决定找物业，三番五次，物业经理终于答应查看能否维修。他查看后答复：要想彻底解决此渗水问题，须四层以上业主都同意，因为这涉及整个楼层的外墙及顶楼。安老师只得找五楼和六楼的业主，希望他们携起手来，共同治理楼层渗水的顽疾。可五楼的房子总是铁将军把门，一直无人居住。六楼的业主在合肥做生意，把房子租给一办公司的，公司老总说问题不大，没解决的必要。

再找物业说明情况，物业经理摊摊手："那我也没辙！"安老师只好托人找熟悉建筑行业的人士，看外墙渗水能否维修，可没有满意的答复。几经折腾，安老师想通过法律来维权，可是咨询了几个律师，答复大致相同：退房不大可能，除非你的房子有重大瑕疵，已涉及居住安全不能保障，即使对方有隐瞒的过错，也只能让对方出些维修金。

修不好，退不了，怎么办？春节回家，父母说要给房子装潢，以便早一点住进去。安老师不敢向父母说清这一切，只能找借口搪塞，好在父母没再坚持。

春节后，安老师赶紧逃离父母每日嘘寒问暖的家。送走冬日的寒意，悄然将至的是春天，江城多半迎来阴雨连绵的日子，渗水的房屋维修在即！安老师只得又去找物业，没想到物业经理突然来了个剧情反转："你不要维修了，把房子卖给我吧！我不会让你吃亏，在你原价上涨个万把块，这样的交易可以不？"

这下安老师彻底蒙住了：物业经理明明知道房子渗水，为什么要买呢？一想，不对呀！自己去年买的时候65万元，昨天看小区中介，房价每平方米又涨了600元。如果自己脱手，除去二手房交易费，自己哪能买到相同面积的房子呢？更可怕的是，物业经理是买房还是炒房？若是炒房，下一个倒霉蛋会是谁呢？

安老师为此愈加不安：自己哪是买房，分明是买烦呀！

真诚到永远

“酒香不怕巷子深”表达了古人对自己产品的自信，如今卖产品，更多的是借助广告宣传。打开电视，创意无限的各类广告扑面而来，我却只对“海尔”品牌的广告语——“真诚到永远”记忆深刻。

1999年春天，新房装修完毕，老公最需要的电器是电视机，他特别爱看足球赛。在新百大厦挑选电视机时，我们的确花了不少时间，因为国产彩电如雨后春笋，功能更如豆腐坊里的石磨——道道儿就是多。最终在众多品牌中选择了“海尔”，凭良心讲，它并没有与其他品牌对比胜出的充分理由，只不过是海尔电视银灰色的外壳有点与众不同而已。

海尔电视购回后，正常运转了5年。2014年5月的一个早晨，我们全家正在客厅吃饭，忽然电视机自动打开闪出画面，紧接着不停地跳台，强行关上，它又自动打开。无奈之下，我们只能将电源拔掉。事后，我拨通海尔售后服务部的电话，并将具体情况告知，对方迅速回答：“我们马上派人去检查。”“马上来可不行，我们还得上班呢！”“那你们什么时候在家？”“我们只有中午12点至下午2点和晚上6点以后才有空。”这两个时间段是午休和下班时间，条件有点苛刻。但对方没有讨价还价，回答依然温柔平静：“可以的。”

果然中午12点半，我家门铃响起。开门，只见一位穿着浅蓝色工作服的“灰领工人”站在门口。他向我出示工作证，我赶忙请他进来，并客气地说：“不要换鞋……”令我万万没想到的是，他已熟练地从工具包中拿出一双淡蓝色鞋套，套在鞋上。

进来后，他仔细地询问电视机的故障表现，随即开始拆机检查。时间过得真快，转眼就一点半了，可是检查仍没有结果。这下我可着急了，因为两点钟我得上班。“灰领工人”意识到我的不安，迅即将电视机的外壳装上，用商量的语气说：“我想将电视机带回维修部检修。”“这怎么行呢？”“你不放心是吧？我将工作证号码留给你。”“不，这么大的电视机你一个人能搬动吗？”“哦，行，我去叫一辆出租车。”由于时间紧迫，我听从他的意思，电视机由其带回维修部。晚上家里缺少了电视机，顿觉有些冷清，老公更是祈盼电视机能早日修好送回。

翌日中午，我匆匆赶回家，生怕耽误维修工人送机时间。虽然昨天“灰领工人”并未承诺次日中午能够送回，可我的心里似乎有一丝预感：今天中午定能完璧归赵。果不其然，刚吃过午饭，“灰领工人”与一名司机抬着电视机来敲门。

“灰领工人”把电视机放回原处，接好电源，电视机工作一切正常。除却内心的感谢，我赶紧泡茶，丈夫递烟，可都被“灰领工人”拒绝了，我们不明其故。他解释：“这是公司的规定，禁止在顾客家喝水、抽烟、吃饭，甚至卫生间都不许用。”“你们公司太严了吧！天热喝口水又不是什么大事。”我还是第一次听到这么严格的规定，心里有点打抱不平。“我们是海尔的员工，必须遵守公司的规定。上次，我和同事到繁昌县的一个农村检修，修好后正赶上吃午饭的点儿，主人一再挽留吃饭，被我和同事拒绝了，我们赶到芜湖吃了份盒饭。”“灰领工人”看我们不能理解，就叙述起曾经的“小插曲”。

看到一切正常，我问维修费用多少，“灰领工人”却说：“不急，看你家的电视机后壳内灰尘很多，我顺便帮你清理一下。”这一清理就是半个小时。在他清理之际，我随口说中央九套节目收不到。谁知说者无心，听者有意，清理完毕他又开始调频，不仅收到了中央九套，还外加其他三个频道。

经过这一折腾，我想维修费一定不低，因为之前我家一台某知名品牌热水器不知何故打不着火，于是我按照购买时留下的维修电话打过去，对方竟说这两天没空，等周六再派人来检查。星期六下午一名维修工人的确如期而至，令人尴尬的是，维修工人来后什么也没看，顺手竟将火打着了。他解释说因为前两天下雨湿度大，影响电子打火。临走他向我“索要”十元交通费，当时我认为这是情理之中的事。

正当我思绪万千之际，“灰领工人”说：“维修费九十块。”我拿出一张百元大钞递过去。“你没有零钱吗？”“什么，九十块，算零钱？”“不是九十块，是九块。”“九块？”“对，收你九块，是换零件的材料费。”我实在不敢相信，这么长时间的“折腾”只收九块钱的材料费。正好钱包里有张十元小钞，我递给他：“一块钱不要找了。”“不行，一块钱也不能多收，这是公司的规定。”“灰领工人”固执地将一元硬币和收费发票递给我。

瞬间，“真诚到永远”五个大字不断在我的眼前闪现……市场经济中，这样的售后服务，既是上帝的需求与信赖，也是品牌的内涵与承诺，更是企业的责任与担当。我期望更多的民族企业同“海尔”一起前行：立足质量，完善售后，只有这样，我们的大国制造才有更好的未来。

迟到的物业费

南江市江北区人民法院陪审员办公室主任老姜最近有点上火，雨后春笋般拔地而起的高楼让江城每天都有新高度，但随之而来的是小区物业纠纷案件呈几何级数增长。

为有效解决此类纠纷，基层法院开启人民陪审员参与物业纠纷诉前调解模式，老姜在此大背景下果敢地挑起物业纠纷诉前调解的重任。半年下来，凭借自己多年的人生阅历和工作经验，加上自己认真研读《中华人民共和国物权法》《中华人民共和国合同法》《中华人民共和国侵权责任法》《安徽省物业管理条例》等内容，成功调解一百多起业主拖欠物业费的案件。对当事人双方存在信息不对称和应有的权利、义务不明确，调解时常面对“公说公有理，婆说婆有理”双重夹击的局面，尤其是多年欠费的业主，往往心存积怨，调解过程中情绪激烈，与物业公司人员水火不容，老姜总是很耐心地倾听当事人的抱怨，告知双方换位思考，待其心平气和之后再析理说法，一个调解有时要三四个小时，甚至需要多次调解，但他从不气馁，坚持以诚待人，直至双方握手言和。

一路前行，虽有曲折，可老姜对自个儿的调解甚是满意。可没想到最近碰到块硬骨头，给业主多次打电话，对方态度很强硬。老姜接连三天每天打一次电话，男业主终于接电话了，还没等老姜开口，对方生硬地问：“你是谁？找我有啥事？”老姜听出对方是急性子，也就不拐弯抹角了，说：“你是××吗？你住世纪名流小区吧，你的物业费……”还没讲完，对方反应神速：“你打错电话了。”随即电话传来“嘟嘟嘟”的挂断声。

老姜知道对方不待见自己，只好耐心等待一周后，再次给男业主打电话。这次老姜先发制人：“××你好，我是××区法院的，你欠交物业费已被物业公司告上法庭，请你到法院来一趟。”男业主可没买老姜的账：“骗子，我举报你！”电话挂断，再打，就是一阵忙音。

之后老姜又打了几次，对方都不接，这下老姜有点无从下手了，他只好从世纪名流小区物业经理处了解男业主的相关信息。令老姜没想到的是，物业经理告知男业主是××区农水局局长，其妻是××区教育局局长。物业公司打电话，一开始他们总以各种理由拖延，打多了，不接；后来上门贴催缴通知，对方置若罔闻。

老姜心想：“业主肯定有委屈，但拒交物业费又不能解决问题。”解决问题的关键还是让业主与物业公司坐到一起，老姜必须想办法。两业主是国家工作人员，理应了解相关法律。思来想去，老姜有了新妙计。

老姜通过政府网站查询到××区农水局局长的办公电话，直接拨过去。对方很快接听，问老姜找谁，老姜说找×局长，对方答曰：“局长在开会。”老姜说：“那就麻烦你告知×局长，他欠交物业费，物业公司已告到法院。如果他愿意应诉，那江北区人民法院择日会把起诉书寄到贵单位；如果他愿意调解，那请他明日来一趟江北区人民法院陪审员办公室。”这段告知，老姜一气呵成。对方认真听完后，答应一定告知局长，并连说两声“谢谢”。

第二天上午，老姜在办公室静等×局长的到来。电话铃响了：“姜主任，您好！我是世纪名流物业公司经理，×局长的物业费昨天傍晚托人送来了，真的很感谢您！”

老姜愣了半天，没缓过来：迟到的物业费，就这样解决了？

生命的杀手

坐在沙发上追剧，不知不觉三个多小时，心清发现右眼皮跳得厉害，该休息了。她拿过茶几上的手机，想给儿子打个电话：都过十二点了，怎么还不回家？但又怕儿子接电话后嫌弃："我都上大学了，又不是三岁小孩！"还是再等等吧！儿子早上外出时好像嘟囔了一句："今晚老板请客，我回来要迟点！"

心清对儿子还算满意：虽然儿子学习成绩一般，但脾气温顺，从不惹是生非，高考发挥正常，进入某职业院校学汽车维修。老公担心心清接受不了，因为他朋友、同事的孩子考的至少是个二本院校，于是安慰她："这个社会，只要掌握一门技术，人不懒，都有饭吃。"

儿子上职业院校后，也没发现他对自己的专业不满意。这不，大一暑假刚回家，就跑到县城一汽车维修部进行实战演练。儿子说："老板人好，每天管两顿饭，还给基本工资，每天六十元呢！"

比起那些暑假窝在家整日追剧、打游戏的大学生，心清觉得儿子真的很棒，自然也不好打电话查岗。老公出差在外，心清关闭电视，决定不去卧室睡觉，就躺在沙发上等儿子回来。

迷迷瞪瞪中，茶几上的手机突然响起来，黑夜里铃声格外清脆。心清慌忙抓起，一看来电显示，是儿子打来的，说话的却是陌生的声音："你儿子骑车出事了，快到人民医院急诊室。"心清脑子一下子蒙了，怎么可能呢？难道儿子手机被盗，骗子吧？"我是处理事故的交警！"不忘自报家门的交警补了句，心清彻底慌了：儿子不会出大事的吧？

来不及换睡衣，攥着手机，心清冲出家门，噔噔噔地下楼，跑到小区门口拦出租车。可凌晨打出租车真不容易，心清等不及，只好一路狂奔。好在人民医院不算远，横穿三条马路，心清都没顾得上看红绿灯。二十分钟后，心清赶到人民医院急诊室，看见头上裹满纱布的儿子，她一下子瘫倒在地。

医生尽力抢救了一天一夜，还是没有挽回儿子年仅二十岁的生命。儿子走了，心清的魂也跟着走了。

一个月后，心清从床上起来，这些天她一直想不通：交警调查事故责任后说儿子全责。没有车撞的痕迹，那么宽的马路，儿子怎么就撞上护栏了呢？偏偏后脑勺又撞上坚硬的水泥路牙子。她要找那天晚上坐在儿子摩托车后面的同学一问究竟。

老公担心给儿子的同学带来影响，因为那孩子受伤也不轻，而且一直很自责，没有阻止喝了两瓶啤酒的心清儿子骑摩托车。

三个月后的傍晚，心清决定去事故现场查个明白，老公怕她出事，紧跟着一起去。两人在儿子出事的路段来来回回走了十来趟，没有看出任何端倪。此时，心清真希望不停地走下去，只有累到极点她才会暂时忘记儿子帅气的脸。

暮色渐浓，老公劝说心清回家。正当心清和老公走到距离儿子出车祸二十多米远的路段时，只听身后传来一阵急刹车声，接着有人爆粗口：“他妈的，找死啊！”心清回头转身，只见护栏右侧一货车停下来，爆粗口的是货车司机。离货车车头不到一尺远处有个年轻的小伙子呆呆地站着，自行车摔倒在地。好险，差点就酿成一场车祸！

心清这才注意到马路中间的防护栏被人为地卸掉几根铁杆，此处原本是个十字路口，因坡度有点大，前两年旧城改造，马路拓宽，遂将十字路口向后移了大约五十米。可不少人喜欢抄近道，横跨护栏到对面。可能骑车过不去，于是有人将护栏卸掉几根。看到这，心清猛然明白儿子出事的原因了。

那天晚上，维修部一员工过生日，正好与老板的儿子同一天，于是老板请大家一起聚餐。年轻人喜欢热闹，一高兴就喝了几瓶啤酒。儿子喝完酒后，可能觉得没事，骑着摩托车，后座还带着同学，正赶上电闪雷鸣，天欲降雨，两人急速赶路。因为出事路段是儿子每天必经之路，他对拆卸的防护栏一定很熟悉，为抄近路，儿子骑着摩托车横穿豁口。不幸的是，对面正好有车疾驰过来，儿子为避让，急忙向右转车头，结果车速过快，冲向护栏，人飞出二十多米，后脑勺又撞上马路牙子……

那个拆卸护栏的缺德鬼，抓到真该千刀万剐，心清愤怒极了。

知道真相后回来，心清辗转反侧，只好吞了两片安定片，才昏昏睡去。梦中，心清骑着自行车送儿子上学，到十字路口时，信号灯显示为红色。心清不管不顾地往前骑，儿子在后面紧紧拉着心清的衣服，稚嫩地喊："妈妈，不能闯红灯！"心清没理会儿子，还说："妈妈在，没事的！"心清带儿子坐公交车，公交站台有些远。有人为抄近路，将距离公交站台不远的小区围墙栅栏毁坏，心清也选择从破洞处钻过去。儿子几次阻止，说："妈妈，我们为什么不走小区大门，非要从这破洞里钻呢？"心清解释："别人也从这里走，可以少走一大段路呀！"

晨醒，心清悔恨不已：自己才是儿子生命的杀手呀！

可这一切明白得太晚了！

失 算

陈青站在审判席上，面对主审法官的要求作最后的陈述，往事如梦魇般涌到眼前：要不是轻信网络上发财致富的捷径，自己还是三尺讲台上的人民教师呢，如今沦为阶下囚，既对不起那些被自己伤害的朋友和同学，更对不起年逾八旬的父母、相濡以沫的妻子和花样年华的女儿。陈青悔恨交加，可世上没有后悔药呀！

陈青的前半生可谓顺风顺水，20世纪90年代初师范大学毕业到市重点中学当教师，五年后结婚生子，妻子在设计院工作，父母退休赋闲在家帮着带孙女。虽说没有大富大贵，但日子过得还算有滋有味。

可是同学二十年的聚会改变了他人生的轨迹，望着不少同学中年发福的“啤酒肚”，陈青深感青春易逝，庆幸的是自己守着教师的清贫，虽头发暗藏数根银丝，但身材至少还没走样。可是聚会归来，陈青总觉得心里憋着一口气：且不说那些能力较强的同学改行混得有头有脸，就是当年班上最不善言辞的男同学竟然改行从事保险业务，从销售做到部门经理，年薪超过50万。另外几个有过“补考”经历的同学有投资眼光，买房卖房赚得一大桶金。自己虽是重点中学的教师，可惜不教数理化和外语，没有补课的外快，只能死守那一份不好意思“晾晒”的工资。

看着手机银行里涨势平稳而缓慢的积蓄，陈青想找个利率高一些的投资渠道。小额担保公司不可信，因为本市前几年红火的担保公司一夜之间悄然蒸发，好多投资人要钱无门，落得个血本无归；炒股票更不靠谱，自己不懂其门道，更何况股市一直低迷；买基金也得看手气，而且哪怕运气好也赚不了大钱。倒是同学聚会中理财高手们大谈网络理财经验，这给陈青指了一条明路。

陈青决定先利用网络学习积累点理财知识，可是几天之后，电脑和手机里就不断弹出各种理财窗口。一开始陈青拒绝点击查看，可日子一长经不住内心的好奇，陈青开始浏览相关推送的理财信息，终于有个关于维卡币的增值消息进入他的视线。陈青抱着试一把就走的心态投资了1万元，没想到次日返现200元，一周后收到利息500元。陈青按捺不住内心的激动，想当年自己在学校因预测几个同学恋爱的胜算概率而获得“神算子”的美誉，他决定再投资10万元到维卡币，因为投资越多，返现越多，利息也越多。一个月后，陈青投资收回的利润高达1万元，对方还说维卡币的升值空间很大。按照对方的介绍：维卡币与比特币一样，是一种虚拟货币，但是它不能随意增发，买家通过“挖矿”来生成新的维卡币，分为五个等级，即入门级、进阶级、专业级、高管级、大亨级。每一级拆分可挖出可观的维卡币，回报率高达3～10倍之多。

尝到两次甜头后，陈青每天按照对方设计的要求“挖矿”，半年时间投入资金300万元，其中大部分是从父母、亲戚那里借来的。因为陈青担心失去信任，一旦从维卡币中获得回报就归还一些借款，而且还向对方承诺利息是银行的三倍。可是随着陈青的投入越多，回报的时间越长。对方声称需要时间来提升增值，如果陈青能做到大亨级，无需再投资就可以坐享收益数年。陈青为了早日成为大亨级，又向同事、同学、朋友借来200万元，终于圆梦成为最高级别。陈青想：回报时间拉长没关系，只要一直有收益，且增值空间大，最终还是有钱赚的。可令陈青万万没想到的是，他升为大亨级三个月后，对方就不再支付收益了。陈青与对方交涉，对方回答因国家供给侧结构性改革，暂时冻结资金。陈青无奈之下，要求撤回一些投资，可对方说投资期限没到，不可撤回。

开弓没有回头箭，陈青被繁重的债务压得喘不过气来，更加感觉上班的日子是煎熬，上课要么迟到，要么被学生“吐槽”丢了魂。重压之下，陈青开发了另外一条生财之道：自己在重点中学，如今家长发现孩子成绩进不了重点中学，就想利用花钱借读的办法进去。虽然市里多次下文不允许同城借读，但总有个别情况发生。陈青想自己好歹在学校工作二十多年，至于以前有关借读的操作还是门儿清的。正好有次饭桌上一朋友的同学打听此事，陈青决定“帮”他们一把，但必须先付“打点费”一万元。几天后，陈青告知对方事情办妥，再付“借读费”五万元。就这样，一个暑假陈青利用自己在重点中学的身份，先后给四个学生办了所谓的“借读”，还“成功”帮助两个幼儿上某师大附属幼儿园，一名儿童上某师大附属小学（未满六周岁，按照规定不允许入学）。这期间，陈青还编造自己是省纪委的工作人员，“帮助”醉酒驾驶的周某某免于刑事处罚，获得15万元的“打点费”。

纸包不住火，无论是陈青信誓旦旦地给学生家长承诺的办借读、上附属幼儿园和附属小学，还是天花乱坠地吹嘘帮助别人免于刑事处罚，最终当事人发现都是竹篮打水一场空。可再打陈青的电话时，不是关机，就是拒接，再后来就是空号。百般无奈之下，当事人报警，陈青为躲避而逃到外地，但法网恢恢，疏而不漏。

四年前，陈青记得自己站在讲台上，给学生打预防针：谨记天上不会掉馅饼，不要沉迷于虚拟的网络，幸福是需要努力奋斗的。可自己却在网络快速致富的吹嘘下沦陷，被骗走资金上百万元，为了扳本，他四处借钱，越陷越深，最后铤而走险，利用自己特殊或虚构的身份来欺骗他人，获得不法钱财40多万元，结果换来十年的牢狱之灾。

这一刻，陈青唏嘘不已：虚荣的攀比，盲目的致富，失算的却是整个人生。

让　座

2015年夏天去蚌埠访老友，回程虽路途不远，但为了能订到有座的票，我还是提前在网上订了票。

蚌埠是我省重要的铁路枢纽站，途经车次较多，我选择了K593次列车（阿克苏—杭州），因为它停靠蚌埠的时间为上午11点20左右，到达芜湖约是下午4点，正是适合午睡的时间。上车后，我发现车厢里基本客满，虽然离终点站杭州只剩8站了，一些乘客面容憔悴，不少小孩儿焦躁不安，一看就知道他们乘坐时间较长。过道上零散地站着几位年龄在50岁以上的乘客，显然他们无座，我推测为短途乘客。按着票面上的座次，我倒没费什么力气，顺利地找到自己的座位。

落座后，我原本靠窗，和我坐一起的是一位50多岁的大妈，带着三岁多的小孙女，孩子好动，大妈担心她在过道中乱跑，与我交换了一下座位。我对面是两位中年妇女，斜对面是精力旺盛的四个年轻人，正热火朝天地打扑克，有个小伙子脸上贴满了白纸条，看来输得较惨。与年轻人同坐的两位中年大叔正闭目养神，与热闹的场景格格不入。

火车刚出站，广播响起用餐通知："旅客朋友们，大家中午好，本次列车为广大旅客准备了丰盛的午餐，有需要用餐的旅客请去餐车用餐，餐车在列车中部的7号车厢。"旅客们不为广播通知所动，但这一提醒倒是让不少人开始了"自助餐"，纷纷拿出备好的方便面、八宝粥、火腿肠、面包等各式各样的零食，车厢内充满着食物诱人的香气……

火车上用餐简单，速度自然快。半个小时后，旅客们就开启午睡模式，打扑克的四个年轻人似乎还没过瘾，但吵闹的音量有所降低。我一直有午睡习惯，火车有节奏的“咔嚓、咔嚓”声正好催眠。一觉未醒，耳边就响起列车员的播报：“合肥站到了，有下车的旅客，请做好下车准备！”

车厢内开始骚动起来，下车的旅客拉着行李，迫不及待地涌向车门。不一会儿，上车的旅客拖箱挎包，迅速填满了原有的空隙。待我睁开眼，发现对面两位妇女已换成一家三口：年轻的夫妻和他们四五岁的女儿，小女孩对火车里的一切都很好奇，对父亲不停地问这问那。

从合肥上来的旅客真多，看来座位不够，有几人拖着行李箱在过道中穿行，两眼四处张望，打量是否有空座位可寻，没有寻到座位的旅客想碰碰运气，继续走向下一节车厢。火车停靠十分钟后再次开动，我睡意全无，还有两个多小时才能到芜湖，遂拿出一本杂志来打发时间。

新上车的旅客安顿好，车厢里安静了些。可是列车员的小推车又开始了新一轮“骚扰”，偶尔有一两个旅客问价，列车员就停留一会儿。待列车员走到我身旁，我抬头扫了一眼，竟见其身后紧跟着三位白发老人，每个人肩上都斜挎着一个帆布包，一位后背有些驼，一位看上去倒还硬朗，竟然还拎着个军用水壶。待列车员走过后，他们站在过道中，没有继续跟随。

我对面的青年男子反应迅速，放下腿上的女儿，令其站在过道一旁，伸手去搀扶那位驼背的老人，让他坐在自己的位置上。小女孩不乐意，倔强地扑向母亲的怀抱，青年男子急切地提示：“哎呀，秀儿，不能碰你妈的肚子！”小女孩突然意识到自己的不对，乖巧地斜靠在妈妈怀里，我这才发现小女孩的妈妈已怀有五六个月身孕。

驼背老人见状，坚决推辞不坐，但青年男子很执着，驼背老人感激不尽，落座。三位老人不停地说“谢谢你，那我们轮流坐会儿吧！”三位老人没有座票，见此我随即站起来让座。两位大爷连忙解释：“姑娘，我们路不远，两个多小时就到了，不坐是可以的！”“没关系，我也只有两站路，天气这么热，你们先坐会儿，休息一下吧！”看我坚持，身体硬朗些的那位大爷让同伴落了座，自己斜靠着椅背，站在过道里。

我瞄了一下打扑克的四个年轻人，他们仍然沉浸在自己的游戏中，丝毫不顾自己对面站着一位老人。从内心情感来说，我希望他们能主动为老人让个座，但我也清楚，从法律上来讲，车票是个人花钱买来的，理所当然可以不让。何况你若好心提醒，弄不好会被人质问：“用道德绑架他人，凭啥?”

我正纠结中，青年男子与三位老人攀谈起来，原来三位老人前一晚接到芜湖知青战友女儿的电话，说其父亲重症晚期，这次真的挺不过去了，最后的愿望是与老战友见上一面。他们的孩子都在外地工作，不想给孩子添麻烦，就匆忙赶到合肥火车站，结果没买到有座票，但为了满足战友的最后愿望，他们站两个多小时也心甘情愿。接着他们又向青年男子叙述起当年下放时那段同甘共苦的岁月，仿佛就在昨天。

三位老人沉浸在对往事的追忆中，却没忘记之前的承诺：大家轮流坐会儿。火车还没到巢湖站，落座的两位老人先后站起来，驼背老人让靠在妈妈怀里的小女孩坐。小女孩急忙招呼爸爸过来，青年男子没动，朝着女儿耐心地解释：“宝贝，我不累，还是让爷爷坐吧!”坐在我位置上的老人则邀请站在过道中的同伴来坐，身体硬朗些的同伴推脱道：“老哥，你又不是不清楚，我可是当过兵的，身体素质比你们好，站会儿不碍事的!”

大爷话音刚落，与打扑克年轻人同坐的中年大叔倏地站起来，邀请站在过道中的他落座。三位老人止不住地道谢：“今天我们运气真好，尽遇到好心人了!”

不知何故，当过兵的大爷落座后，四位打扑克的年轻人停止了游戏，其中靠窗的两位视线移向了窗外，另外两位则趴在小桌子上睡觉，一直没抬头……

花盆里种萝卜

我本非护花使者，2017年夏日多高温，导致阳台上几盆娇气的花儿成了“标本”。夏去秋来，除去“标本”，花盆里空荡荡的，我有些不忍。祖母曾说过“只有废人，没有废物”，我怎能让那些从十几里外荒郊弄回的土壤如此荒废呢？

花儿不好伺候，我打算种点菜，何况本人有种菜经验。可去哪里寻找蔬菜种子呢？好在我记得超市的一角有卖绿植和盆栽花卉的，周末我专门实地探寻，意外发现那儿也有花籽和蔬菜种子。经过我对蔬菜种植季节和难易度的比较，最后决定种上几棵萝卜，理由有三：萝卜因营养价值高，对某些疾病有食疗作用而被冠名“小人参”；萝卜成长快，其叶子可腌着吃，可与雪里蕻相媲美；最重要的是萝卜埋在土里，指不定长成啥形状，给人一种神秘的期待感，当然萝卜缨子也给视觉带来葱绿的享受。

农家谚语：“处暑萝卜白露菜。”考虑到城市的“热岛效应”，加上我家阳台有玻璃封闭，温度相对要高些，我觉得白露后种萝卜较为适宜。为了让萝卜种子顺利发芽，白露后的第二天，我将几盆花土倒出，然后分离出一部分，又加入一些新土，捏碎土疙瘩，再将从老家带来的菜籽饼肥拌入其中，然后重新装入花盆。两块钱一袋的萝卜种子只有三十来粒，我小心翼翼地分撒在四个花盆中，再用铲子扒拉着将土薄薄地盖在种子上，之后对着花盆均匀地喷洒一些水，目的是让萝卜种子能够充分吸收水分而早日发芽。

适宜的温度、湿润的土壤，萝卜种子破土而出一般需要五天左右。自从播撒下萝卜种子，我每天早晨起来都要到阳台上观察一番，下班回家第一件事就是对着花盆喷洒适量的水。五天后的早晨，我看见破土而出的萝卜秧苗：两片叶片从籽壳的包裹里拼命地伸出头来，皱巴巴的。待傍晚我再查看时，它们已平整地绽开，圆润而厚实。一周后，萝卜秧苗充分吸收了淘米水和菜籽饼的养分，叶子从两片变成四片，圆叶开始拉长为椭圆形。半个月后，萝卜秧苗争先恐后地挤占着逼仄的花盆。看着水灵灵的嫩叶，我不忍心成为“刽子手”，可如果不间苗，只能有两种结果：其一是瘦弱者先亡，其二是待空间不足后共亡。相比之下，只有舍弃部分秧苗，以谋长远利益，即以收获果实为重。

阳台横跨东南两面，阳光甚是充足，虽无夜露，但雨天我尽量拉开窗户玻璃，好让雨水打进来，让萝卜享受大自然的恩赐。隔上十来天，我就给萝卜松一次土，用积攒下来的淘米水沤上四五天来施肥。在我的精心照料下，萝卜缨子茁壮成长。可泥土里究竟长没长出萝卜呢？若长出，萝卜又该有多大呢？答案无从知晓。我将无尽的期望藏在心里，静待收获之日。

一晃到了立冬，早晚温度明显较低。为防止萝卜受冻而糠心，农民们开始拔萝卜回家贮存。我看阳台上的萝卜缨子依然水灵，推测其营养充分更有利于萝卜的生长。冬日午后的暖阳，透进玻璃封闭的阳台，晒得人误以为是“小阳春”，惬意而慵懒。如此得天独厚的生活环境，我幻想着泥土下的萝卜不辜负主人的期望，每天都在勤奋地钻挖，开拓着更为广阔的疆域。

“三九”随着呼啸而来的西伯利亚寒流悄然而至，萝卜缨子开始“萎靡”：嫩绿的叶面似乎染上一层白霜，颜色由深变浅，最底下的数个叶片变得枯黄。我知道萝卜缨子能抗寒，冬天只会减缓其生长速度，但只要其存活，泥土下的萝卜就有依托之所。

萝卜属秋冬蔬菜，冬去春来，迅速的升温会促使萝卜缨子走向生命的巅峰，即开花结籽，而泥土下的萝卜需反哺给花、叶营养而干枯。我不能再发善心了，多日的侍弄与等待，终于迎来收获的季节。我信心满满地拔起最粗壮的一棵萝卜缨子，耳朵里响起“拔萝卜，拔萝卜，嘿呦嘿呦拔不动”的儿歌。可惜现实反差太大，哪有儿歌中的拔不动，轻松一拎，映入眼帘的是一个瘦小且形状怪异如生姜般的小萝卜。我不死心，接着拔第二棵，更是小到只有拇指粗，第三，第四……一共九棵，最终收获的只有三个勉强入得了眼的萝卜，其余的都“惨不忍睹”。满心的喜悦、神秘的期待，顷刻间荡然无存……之前设想收获后的几种烹饪方法：萝卜烧肉、萝卜炖排骨、糖醋萝卜，如今也无一能兑现了。

四个月的培育，没有期待的收成，但也不能浪费了到手的萝卜缨子。好在本人手巧，我将脆嫩水灵的萝卜缨子洗净，沥干水分，切碎，加上细盐、姜末、蒜末、辣椒粉，搅拌均匀，装入玻璃瓶中，用石头压实，盖严。静待二十天左右，略带辛辣却爽口的萝卜菜将出炉，无论是与肉末搭配，还是与鸡蛋、米饭混炒，都将是人间美味！

回想自己有心在花盆里种萝卜不成，却无心收获了一瓶萝卜菜，不免令人感叹：苦心经营有意外，随意料理有惊喜。如果我们在人生的旅途中，少一些预期，多一些淡然，就可以减少心理落差，自然不会大喜大悲了。心藏暖意花自开，意到浓时彩自来……

中年男人的尴尬：头发都去哪儿了？

一眨眼，我已步入中年，无论在大街上、办公室，还是在朋友圈里，谢顶的男性似乎占据视野的一半。难怪有人惊呼：谢顶是21世纪男人的标配。据我粗略统计：40岁以上的男性谢顶的比例已超过25%，主打发型为三种，一是“地中海型”，被戏谑为“四周铁丝网，中间溜冰场”或“地方支援中央”；二是“谢顶光型”，即前面秃后面密；三是“光秃秃型”，又称为“聪明绝顶型”“不毛之地型”“自带光芒型”。

为此，曾经拥有如杂草般茂盛浓密头发的男人，无法自视今天的“颓败荒芜”，有人花重金植发，有人买个发套或帽子戴上，有人用尽洪荒之力将四周的头发梳向中间，企图掩盖真相，当然大部分人置之不理，更有乐观之人干脆整个光头。无论哪种做法，都无法掩藏其内心的苦恼和尴尬。头发都去哪儿了？有解的是答案，无言的是尴尬，以下场景最为常见：

一是同学聚会之时。回想青春年少，哪个少男不钟情，多年后见到初恋女友，竟以此惨状示人，心中甚是懊恼，结果还遭其他同学调侃：“看你这样，几婚啦？年纪一大把，要悠着点，注意身体哦！”这一刻，若不擅长自嘲，那只能偷偷地后悔参会了！

二是同事相处之间。人到中年，很多人是单位的中层领导，上有高层，下有小兵。你若得罪领导，也许他会在公众场合不阴不阳地来上一句：“有些人自认为聪明绝顶，那是拿着碾盘打月亮——不知天高地厚。”你若不能使小兵满意，他们在背后总有些怨言：“也不拿个镜子照照自己，啥人呢？”“英雄迟暮，还好意思出来蹦跶！”对此，若无较强的抗纷扰能力，那定会是瓮里烧木炭——有火没处发。

三是妻女共处之际。曾几何时，妻子挽着你强壮的手臂出入各种公众场合，女儿会拉着你的大手在同学面前炫耀老爸的英俊帅气。可如今沦落到妻子不愿和你一起逛街，因为她的解释很委屈：“我们走在一起，好像我傍上了大款，你说冤不冤？”女儿在你描述当年如何迷倒她妈妈时，眼睛里充满了质疑：“就你这样，能迷倒谁？除了我妈，睁眼瞎。”

四是在公共场所。无论你搭公交，坐地铁，乘火车，还是坐飞机，那狭窄的空间，难免有些肢体触碰，若碰的是美女，迎接你的极有可能是一巴掌：“多大年纪了，还要流氓？”顿时所有乘客向你投来鄙视的眼光，此时你觉得真的好冤枉！大街上、商场里，偶尔看见身材曼妙或五官精致的女人，你也许会情不自禁地多瞅几眼，一不小心对上女人的眼神，顿觉寒气逼人。

笔墨至此，我想起以前用手机刷到的一篇好文，即姜文的《狗日的中年》，印象颇深。姜文是演员又是导演，名人一枚，他对中年的尴尬充满了无奈，唯有用幽默戏谑的语言调侃自嘲，其实这不失为排解烦恼的好方法。

我虽为女性，但恰逢中年，也有痛苦，即不断“膨胀”的身材，正应了那句：“一白盖百丑，一胖毁所有。”为此，余生我的最高志向是与减肥死磕到底，虽然明知那是一场拉锯战，消磨的不仅是时间，还有难以把控的意志，纯属内耗。当然这仅仅是构思而已。

姜文说，中年是个卖笑的年龄，既要讨得老人的欢心，也要做好儿女的榜样，还要时刻关注老婆的脸色，不停地迎合上司的心思……中年更要懂得敬畏，敬畏生命，敬畏生活，敬畏阅历，敬畏年龄。中年有两种事应该尽量少干，一是用自己的嘴干扰别人的人生，二是靠别人的脑子思考自己的人生……话糙理不糙！

正因如此，我想对中年谢顶男人说上几句：“谢顶并不可怕，自卑才是心魔。如果你有发散思维，就会发现谢顶的好处也是多多的，一是省洗理费；二是没小辫子可捉；三是能知冷知热；四是有虱子一眼就能看到；五是看起来像佛陀一样慈悲为怀；六是不会被‘削发为民’；七是怒而发不冲冠；八是长寿如龟。当然更重要的是要珍惜余下的日子，少一些烟酒应酬，多一些体育运动。因为每天锻炼一小时，健康工作五十年，幸福生活一辈子，这既是对自己负责，更是对家庭负责。”

中年白发几多愁

前些日子，我写了篇《中年男人的尴尬：头发都去哪儿了》引发了中年男士对头发的关注，随后又有人倒苦水：如今中年白发也愁人哪。第一，心理认为宝刀未老，但生理凸显饱经沧桑；第二，不服老，不甘老，但岁月不依不饶；第三，有奋起直追之志，但满头白发暗示：心有余而力不足；第四，与同龄人相聚，掩饰不了满头银针，深感无力回天。

未生白发前，我对白发仅是脑补画面，这得益于李白的诗词，即“白发三千丈，缘愁似个长。不知明镜里，何处得秋霜”“高堂明镜悲白发，朝如青丝暮成雪”。记得语文老师讲解这些诗句时，我很难想象一夜白头是怎样的愁苦，却能将“白发三千丈”对应梁羽生小说中的“白发魔女”。李白，才华横溢，留诗词千余首，被尊称为“诗仙”，却因屡屡被贬不得志，终用豪放不羁的诗词做“冯唐易老，李广难封”的感慨。作为常人，我是如何看待岁月染白头的生理现象呢?

画面一：我带三岁的孩子回老家，碰见同村一长辈，他与我同龄。我让孩子喊“爷爷好”。可孩子就是不叫，弄得我好尴尬。事后问其原因，孩子回答得好诚实：“他没有白头发，怎么是爷爷呢?”我恍然大悟。

画面二：2007年，办公室搬进新校区的图书馆五楼，学生需从二楼设立的门禁刷卡进出，老师除外。记得有一次，门卫看我没刷卡进入，连忙喊叫：“同学，请刷卡！”环顾四周，空无一人，我有些懵：门卫误认为我是学生！是我太年轻？还是门卫眼神差？待我回眸一笑，门卫连说：“不好意思，我错把你当成学生了！”门卫误认背影的那一刻，我心中是窃喜的。

画面三：2016年冬日周末，我去超市购物，偶遇一退休同事带着孙女，老同事看到我，连忙让孙女喊“奶奶好”。小女孩很听话，甜甜地叫了我一声，我只好应答。其实我内心很崩溃，不惑之年就升为奶奶级，原因难道是我有数根白发？

仅仅十年光阴，岁月将我拉入“白发魔女”行列。痛定思痛，我决定向白发挑战。首选食补，以黑补黑，遂挑选黑芝麻、黑豆、黑米、何首乌为主打食材，外加核桃仁补脑，桂圆干、红枣补气，将这些食材混合磨成粉，每天早晚冲着喝一杯。问题是一日容易，数日难，更难的是数年如一日地坚持。不知坚持者效果如何，反正我已“三天打鱼，两天晒网”，疗效不明显。

其次是染色。好在商场里染发剂应有尽有，只有你想不到的，没有买不到的。问题是按照百度里众多医生专家的解释，染发剂属化学产品，有致癌的可能。染还是不染，用哪个牌子的染发剂，成为我的纠结所在。在美丽和生命面前，大部分人还是选择年轻些，拼了命也要染，但我很快发现“白发染不尽，月末现头顶”，更加恼人。

推算李白写白发的诗词时，不应在人生的壮年。而放眼当下，无论是菜市场，还是办公室；无论是银屏内，还是大街上，白发者甚多，有的还是少年白。难道人类提前进入衰老期了？可现实是国人人均寿命已超76周岁，远比61岁的李白活得久。为何中年多白发？按医学解释：有遗传，有后天等诸多因素。遗传无法改变，除非基因突变，但后天的原因是多方面的，如饮食习惯、生活规律、诸多压力……

改变饮食习惯和生活规律不易，但有志者事竟成。可压力是无处不在的，有人调侃中国人一生为奴：孩奴，车奴，房奴，卡奴……结果，不到不惑之年的自己却倒在了“白发线”上。不知何时起，越来越多的人心为物役，将幸福定义为物质的获取，稍有缺失，顿觉不安。亚里士多德说：“幸福还是不幸福，取决于人的自我灵魂。”这对渴望幸福的人们来说是一种有益的提醒。人的幸福感，既要靠社会创造的各种条件，也有赖于个人内心的积极营造。不要无端给自个儿加压，直至愁白了头。

相对而言，虽是白发，但总比谢顶强，对中年男性而言，你若白发，携妻不妨昂首挺胸；对中年女性而言，你若白发，有人喊奶奶，至少有孙子辈呀，与那些天天催子女结婚抱孙子的大爷大妈相比，是不是应淡定些呢？

若这些办法仍不能解忧，告诉你，如今有个时髦的发色，叫“奶奶灰”。不妨去美发店，以灰白头发做底色，来个新潮的发型，说不定还能成为潮男型女呢！

与扁平疣抗争的日子

女人到中年，烦心的事真多，保温杯放不下，护肤品少不了，因为与岁月抗争，肯定是一场不见炮火却有刀光剑影的持久战。刀光剑影还在你来我往中躲闪，影响面部工程、比色斑更可怕的扁平疣（一种皮肤病）又赖上了我，为此我打了近五年的拉锯战，庆幸的是最后的胜利属于不屈不挠的我。今日回顾其间的心路历程，总结战斗经验，为爱美的女士们提供一点参考，也算不枉我曾经的职业梦想——医生，因为俗话不是讲“久病成医”吗！

那是2011年9月的一天，一位已经毕业的学生返校顺便来看我，她一见到我，反应有点强烈，面部表情很夸张，语气充满了惊讶：“黄老师，您今夏去晒日光浴啦？两年未见，您黑瘦了好多！”我好尴尬，因为在镜子面前曾多次端详过自己的全貌：哪有瘦，分明就是黑而已！尴尬之余我只得向她解释：暑假陪孩子去游泳晒过十几个下午，倚仗颇为白皙的皮肤，就没把防晒当回事，结果惨遭紫外线的戏弄，更可恶的是面部呈现不均匀的黑。因为戴眼镜的缘故，眼圈四周黑白对比更强烈。

学生在医院药房工作，在我们落座十来分钟后，职业的敏感促使她说出心中的担忧：“黄老师，我看您的眼睑上有褐色凸起的斑点，不像晒斑，有点像脂肪粒。”我顺手摸摸眼圈四周已凸起近一年的“小米粒”，恍然大悟：“这个小东西是脂肪粒啊？我正奇怪，怎么这个年龄还长青春痘呢？不过我的左腮骨处有个疙瘩好烦人，我抠掉后又冒出来，本来一个，现在演变成三个了。”“脸上的疙瘩千万不要用手抠，一则伤口易感染会留疤痕；

二则有些病毒传染会形成新患。”学生的解释果然好专业！“我来帮您看看！”学生仔细端详了我左腮骨处那如同黄豆大且微凸的丘疹，有些不安地告知我：“黄老师，这可不是脂肪粒，像是扁平疣，您最好到医院皮肤科看一下，这个皮肤病倒不会危及健康，可是会影响容貌呀！”

当时我还没把学生的话当回事，可晚上又忍不住上网百度一下，特别查找了扁平疣的照片，真是惨不忍睹，顿生厌恶；又看见不少人为治疗扁平疣抗争多年而不胜苦恼，心里开始发毛：“这下半辈子可能要与扁平疣长期共存，但绝不可能和平相处了！”

有病就得治，我查找了本市三甲医院皮肤科的专家。如今三甲医院患者太多，我想通过激光治疗尽快根治，故利用国庆期间去挂号。拿号排队，候诊排队，诊室外一大群患者焦灼不安，都在竖着耳朵听护士叫号，不时地与自己手上的号码对照，生怕漏掉。主任医师两点钟上班，快四点时才轮到我。皮肤科主任医师观察了一下我主诉的患处，清楚地告知我：确实为扁平疣，这是一种常见的皮肤赘生物，病毒可通过污染器物感染损伤皮肤而间接传染，还有自身抓挠皮肤而导致自身接种感染。原因是个体免疫力下降或情绪波动所致，目前可用药物或激光治疗，但时间短则一年，长则六七年，个别甚至十多年。无论哪一种治疗方法，都只是暂时性地阻断病毒，更重要的是要提高自身免疫力。切记不能抓挠，食物宜清淡，不要吃辛辣食品，还要加强体育锻炼。考虑到国庆期间气温还较高，不宜采用激光治疗，我接受了主任医师的建议，随后他开了四种药，一种是提高免疫力的（转移因子胶囊），一种是抗病毒的（重组人干扰素），还有两种外用搽患处的软膏（维A酸软膏、阿昔洛韦软膏）。

病情弄清楚了，医生又对症下药了，我抱着侥幸的心理，不求似年轻时“满脸胶原蛋白”，只希望皮肤早日光滑如初。每天我按时服药，早晚交替搽药膏，晚上继续跳广场舞一小时（虽然此项运动一直不为一些人接受，但我已有一年多的舞龄，觉得其最大的好处是人多易坚持），以出汗达到排毒的效果。家里大小镜子被我承包，一有空我就仔细观察扁平疣是否有褪去的迹象，可是结果不如我意。最可恶的是疣体出现死皮，褪去一层又长出一层，呈现咖啡色。

一个月，口服药吃完；两个月，药膏搽完，丝毫不见皮肤有起色。我想西药治标不治本，改为中要调理吧！这期间遇到好心人的指点，说吃薏米粥可治此疣。我赶紧打电话给老父亲，暑假回家探亲时我曾看见家里一块田里有种植薏米。老父亲接到我的电话时，正好薏米已收获在家，第二天他就背着一袋薏米去加工厂脱壳，两天后托长途客车司机带给我。薏米实在不好吃，木渣渣的，还有些硬，老家的食用方法是将切好的腊肉放入浸泡的薏米中，再放入锅灶罐煨数小时，有腊肉味浸润的薏米，口感柔软，香气四溢。可是医生说食物宜清淡，我也不可能天天用腊肉熬薏米粥。

薏米

那个冬天，我的早餐基本都是寡淡无味的薏米粥，偶尔加点红豆、花生、黑米，吞咽下去倒也没大碍。冬去春来，我想总该熬到头了吧，可惜镜子不是魔镜，镜中那些扁平疣仍牢牢占据着地盘，并有扩张之趋势。无奈之下我在网上收集各种中药治疗偏方，并咨询了中医，随后到药房抓了一个疗程十五副的中药，开启熬药喝药的艰难之旅。为了容貌，早晚各一大碗褐色的汤药，我不嫌苦，一口气喝个精光。中药重在长期服用，我毫不犹豫地进入第二、三、四个疗程，两个月过去了，脸还是那张脸，疣还是那个疣，本来性格乐观的我，此时心底甭提多郁闷了！

不行，我还得求助皮肤科医生，得知本市最强的皮肤科是我校另一所附属医院，遂到此医院挂专家号，结果被告知专家门诊只在固定的两三个上午或下午才有。反正不是急病，于是我放弃了第一次去医院看病的机会，改到专家坐诊那天再去。下午一点半去挂的号，不曾想皮肤科诊室外的狭小空间已挤满四五十人，为患者候诊准备的椅子已被抢坐一空。漫长的等待，我只好在那层楼的走廊里来回徘徊，将墙壁上粘贴的各种皮肤病的临床表现、发病机制及治疗方案看了不止三遍。五点半医生下班，五点十分左右，我终于见到了主治专家。他的诊断及建议治疗方案与第一位主任医师的并无差异。可能看透了我内心的焦灼，他叮嘱我一定要学会放松心情，并举例他也有患扁平疣的同事，每个人的抗体不一样，治愈的时间就会有长有短。

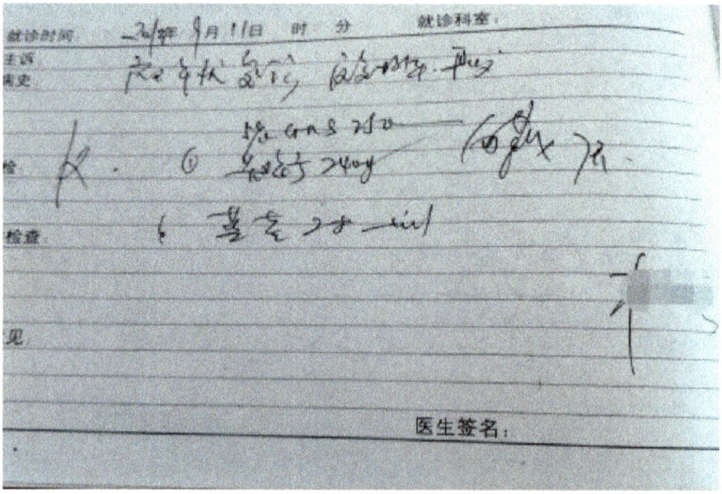

他没有开增强免疫力的药物和外用的软膏，而是开了抗病毒的阿昔洛韦药片和有清热解毒、化瘀消斑功效的复方青黛胶囊，并配了两小瓶五毫升的氟尿嘧啶药水，让我每天晚上涂抹患处。我又开始了新一轮与扁平疣的战争，饮食尽量不吃辛辣和油腻的，锻炼更是不曾间断。十天之后，我惊奇地发现药水涂抹处，扁平疣的凸起开始脱落，颜色变淡，皮肤变得光滑多了。第一次看见效果明显，我感觉胜利在望。

然而事情并没有出现良性循环，等药水涂完后半个月，我气愤地发现原处又冒出疣体来。我不想放弃能见到效果的方案，坚持再来一个疗程，可是情况又出现反复。在拉锯战中，我坚持了大半年。看着厚厚一沓药费单据，当时还没有医疗保险，完全自费，我不知何时是尽头。

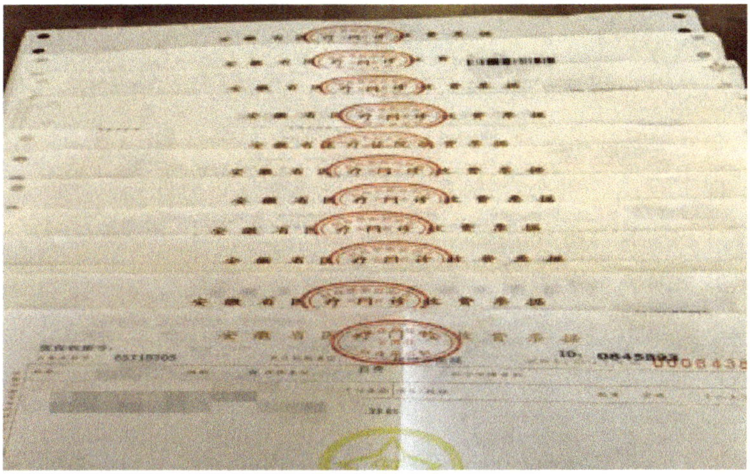

等我第六次去医院复诊时，碰巧是秋日周五的下午，主治医生告诉我氟尿嘧啶药水有副作用，不宜再涂，可改用激光治疗看看效果。好在隔日是周末，加上我周一没课，手术后有四天可以不出门，我就听从了医生的建议。对于激光治疗，我是目睹过的，十多年前曾陪同事做激光除痣，虽然手术时间短，但激光打在痣上钻心地疼，还有皮肤的焦煳味好难闻。今天激光手术即将在我脸上上演，我心里有些发颤。主治医生安慰说：“这是小手术，等会儿给你涂抹局部麻药，你放心，不疼的！”听说有麻药，我的心平静多了。平躺在手术床上，灯光特别耀眼，医生吩咐我戴上眼罩，然后在较大的疣体上涂抹麻药。十分钟后，激光打在疣体上，我真没感觉到疼，可是闻到了皮肤烧焦的怪气味，有些恶心。疣体太多，医生并不能每处都涂到麻药。有几个小疣体被激光打到后，火辣辣的，我感觉疣体旁边的肌肉都在跳动。好在时间不长，大约花了一刻钟，激光手术在我安静的配合中顺利完成。医生叮嘱我晚上回去可用冰袋敷一下患处，千万不要着急抠到新痂，否则容易留下疤痕。

走出医院的大门，我生怕熟人看见我坑坑洼洼且伤痕累累的脸，赶紧戴上电动车的专用头盔，一路风驰电掣赶回家。局部麻醉的时间很快过去，脸上像一群蚂蚁在啃噬，火辣辣的，嘶嘶地疼。我记得医生说用冰袋敷可缓解火辣感和疼痛，可家里冰箱里哪会存储冰袋呢？那天晚上我在身心俱疲中睡去，梦中时而感觉患处的肌肉在兴奋地弹跳，东几下，西一阵……果然是小手术，激光打过的疣体第二天就结了痂，第四天痂基本褪掉。虽然患处的新生皮肤颜色比四周略红，但至少手感很光滑，不再凹凸不平。我心中窃喜，终于摆脱了这个恶魔。

为了标本兼治，我还坚持吃薏米、喝中药。半个月后，疣体凸起完全消失，患处的皮肤逐渐与四周吻合。可谁知两个月不到，疣体又顽强地冒出来。虽然当时真有些崩溃，但我清楚地记得毛主席在《论持久战》中指出，武器是战争的重要因素，但不是决定的因素，决定的因素是人而不是物。看来我必须调整心态，辅以激光、中药、食疗和锻炼。

接下来的日子，我不再每天照镜子，反正自己又不靠颜值吃饭。好在同事、朋友、舞友每次看到斑痕累累的我，都要热心地安慰一番，我心里的那个梗也慢慢解开了。太阳每天都是新的，我要以坦然的心态迎接每一天。既然激光治疗有短期效果，我就抱定决心再做，利用节假日的三四天连休，一年半的时间，前后做了五次。

奇迹出现在2014年的五月下旬，学校派我外出培训20天。去培训之前的五一节，我做了第五次激光手术，正好利用难得的悠闲时光好好疗伤。那段日子，我好像又回到了学生时代，一日三餐在食堂，白天在教室听课，傍晚在校园散步，与培训班的同学交流学习、工作和生活。没有了琐事的羁绊，没有了工作的压力，心灵一下子得到了放空。

培训归来，我惊奇地发现脸上疣体完全脱落，皮肤变得白皙光滑起来，比起之前那几次，效果明显好转。虽然一个月的考验期还没过去，但我有足够的信心认为我夺取了战争的胜利。结果证明我的判断是伟大而正确的，从这之后，可恶的扁平疣再也没光临“寒脸”了。

回想五年多的斗疣征程，我感触颇多：人到中年，身体各项机能都会逐渐下降，首先要多一些体育锻炼，增加器官零部件的润滑剂，可缓解不必要的磨损；其次要保持良好的心态，心宽了，妥协就成了从容，坚守就成了优雅；再次要健康饮食，饮食淡些，保温杯就可放下，护肤品则成摆设……

旅途篇

丝绸之旅

贪心受骗，一条手链

丽江之行维权记

长途车上，惊魂一幕

丝绸之旅

早在中学历史书上，我就熟悉了丝绸之路。它是指西汉时期，由张骞出使西域开辟的以长安（今西安）为起点，经甘肃、新疆，到中亚、西亚，并联结地中海各国的陆上通道。因为由这条路西运的货物中以丝绸制品的影响最大，故得此名。其基本走向定于两汉时期，包括北道、南道、中道三条路线。北线由长安沿渭河至虢县（今宝鸡），过汧县（今陇县），越六盘山，沿祖厉河，在靖远渡黄河至姑臧（今武威），路程较短，沿途供给条件差，是早期的路线。南线由长安沿渭河过陇关、上邽（今天水）、狄道（今临洮）、袍罕（今河州），由永靖渡黄河，穿西宁，越大斗拔谷（今偏都口）至张掖。中线与南线在天水分道，过陇山，至金城郡（今兰州），渡黄河，溯庄浪河，翻乌鞘岭至姑臧。南线补给条件虽好，但绕道较长，因此中线后来成为主要干线。南、北、中三线会合后，由张掖经酒泉、瓜州至敦煌。

丝绸之路历经千年，由于当时运输条件落后，加上气候、地理环境恶劣，多少为了生活而奔波在沙漠之中的商人、驼队消失在无尽的疆域之中。硕大红润的落日、错落有致的驼队、叮当悦耳的铃声、虚无缥缈的蜃楼、随风乱舞的黄沙如今渐行渐远……只有历史，如一页页翻开的书昭示着后人：不要忘记那一段苦涩，那一段辉煌，那一段易货，那一段融合。

2012年7月16日下午3点10分，我怀着激动、喜悦的心情，踏上杭州—乌鲁木齐的K594列车，追寻丝绸之路的历史，领略古道雄风的苍劲，感受风土人情的意趣。列车飞速行驶北上至合肥经蚌埠到徐州后在陇海线上一路西行，曾经地理书上陌生的地名：砀山、商丘、开封、郑州、洛阳、灵宝、西安、咸阳、宝鸡、陇西、兰州、武威、金昌、张掖、清水、嘉峪关、玉门、柳园等，如今都在轰隆隆的火车声中变成眼前的城市。一路前行，我透过车窗，中原大地的绿色荡漾、秦岭山区的俊俏挺拔、黄土高原的淳朴厚重、河西走廊的大漠戈壁、祁连山脉的皑皑白雪依次展现在面前，我真实地触摸到祖国母亲的脉搏，感受着疆域地貌的宽广，惊讶于自然气候的变化……

此次丝绸之旅的第一站是甘肃的敦煌，这里是丝绸之路的南、北、中三线会合后的终点站。因为敦煌位于甘肃的西北角，列车不能直达，需要通过柳园站转汽车近三小时才能到。列车在白天黑夜的交替中前行了约42个小时，18日上午9点一刻，我们终于到达柳园站。

虽然一路风尘仆仆，下车时大家满脸倦容，但地导热情洋溢的笑容和对敦煌附近名胜古迹的含蓄介绍，还是激起了我们对莫高窟壁画的膜拜，对鸣沙山的向往，对月牙泉的好奇。汽车在颠簸的“三跳路”上蹿下跳，导游解释：“三跳路就是车在路上跳、人在车中跳、心在胸中跳。”我们没被“三跳路”吓倒，却以此为乐，自称是享受免费的身心按摩。公路两旁是寸草不生的戈壁荒滩，偶尔见到一簇矮小枯黄的草：它们是耐旱的泡泡刺、膜果麻黄、黑柴、骆驼刺等。导游说虽然这些在我们的视角里不是美景，可这里却蕴藏着丰富的石油、天然气、金属矿等宝贵资源。由于该地区属大陆性气候，地势平坦，人烟稀少，全年少雨，白天时间长，年平均气温8.5℃，相对湿度为35%～55%，每年约有300天可进行发射试验，我国著名的卫星发射基地酒泉就在附近。

一谈到酒泉，我心中的自豪感陡然升起。因为我们知道，酒泉卫星发射中心是中国建设最早、规模最大的卫星发射中心，也是各种型号运载火箭和探空气象火箭的综合发射场，拥有完整、可靠的发射设施，能发射较大倾角的中、低轨道卫星。中心自1958年创建以来，曾为中国航天事业的发展创造过骄人的十个第一：1970年4月24日，我国的第一颗人造地球卫星在这里升起；1975年11月26日，第一颗返回式人造地球卫星在这里升空；1980年5月18日，第一枚远程弹道导弹在这里飞向太平洋预定领空；1981年9月20日，第一次用一枚火箭将三颗卫星送上太空；随后第一次为国外卫星提供发射搭载服务；第一艘载人飞船从这里顺利升空……难怪古人曰："天生我材必有用"，"一方水土养一方人"。戈壁荒滩成就了中国航天航空人的梦想，实现了国家自力更生的愿望，塑造了民族自强不息的脊梁。

三个小时的车程中，我们途经戈壁荒滩上神奇的绿洲，那是绿意浓浓、瓜果飘香的富庶土地——瓜州。导游告诉我们：瓜州县，原名安西县，地处河西走廊西端。瓜州境内有两条源于祁连山的河流。一条是疏勒河，另一条是榆林河。正是河流的存在，造就了瓜州的绿色和繁荣。它东连中国石油城玉门，西接国际旅游名城敦煌，南北与肃北蒙古族自治县毗连，西北与新疆哈密市接壤。瓜州历史悠久，早在四千年前，这里就有先民繁衍生息，汉武帝"列四郡据两关"时为敦煌郡所辖，隋置长乐郡；唐武德五年，因盛产美瓜故称瓜州；清雍正年间取"西方安定之意"设安西卫；民国二年（公元1913年）改为安西县；2006年3月经国家民政部批准，更名为瓜州县。由于气候原因，瓜州形成了西棉、南牧、东粮三大农业区域格局，享有"粮棉基地"和"瓜果之乡"的美誉，是"中国蜜瓜之乡"和"中国锁阳之乡"。当然更重要的是，这里曾是丝绸之路上的重要补给站，否则到敦煌的玉石路会让更多的人不复返。古书记载：取玉最难，越三江五湖至昆仑之山，千人往，百人返；百人往，十人返。

下午一点汽车驶进敦煌市，我们短暂休整就餐后，驱车前往久负盛名、心中膜拜的莫高窟。十分钟的车程后，展现在我们面前的是一幅巨大的画卷：浑黄厚重且寸草不生的悬崖断壁上开凿出一孔孔类似窑洞的屋舍，上下排列，高低错落有致、鳞次栉比，形如蜂房鸽舍，壮观异常。

车刚停稳，我们就快速下车，来参观的游客可真多，相机的咔嚓声不绝于耳。地导介绍：莫高窟又称千佛洞，以精美的壁画和塑像闻名于世。它始建于十六国的前秦时期。前秦苻坚建元二年（公元366年）有沙门乐尊者行至此处，见鸣沙山上金光万道，状有千佛，于是萌发开凿之心，后历建不断，遂成佛门圣地，号为敦煌莫高窟，俗称千佛洞。莫高窟在漫长的岁月中受到大自然的侵袭和人为的破坏，至今保留有十六国、北魏、西魏、北周、隋、唐、五代、宋、西夏、元等十个朝代的洞490多个，壁画45000多平方米，彩塑像2000身，是世界现存佛教艺术最伟大的宝库。若把壁画排列起来，能伸展30多公里，是世界上最长、规模最大、内容最丰富的一个画廊。

在导游的介绍中，我们在莫高窟的外围边走边看边听，令人无法解释的是古人没有现代的机械化工具是如何创造出如此宏伟工程的？太阳当空照，无树荫遮挡下的空气炙热无比，极强的紫外线照射到没有防护的皮肤上令人疼痛。我们疾步走到参观莫高窟的检票入口，迎面是1935年重修的檐角突兀的九层高塔。由于世界各地来此参观的游客太多，敦煌文化研究院的工作者为了保护这一世界遗产，首先对日常参观人数加以限制，其次是开展治沙工程，再次是积极利用数字化技术和其他技术来加强保护工作。

进入景点，接待我们的是解说兼研究保护敦煌文化为一体的美女导游，在她的解释与示范下，我们戴上景点特制的无线耳机（缘由是防止解说的声音过大而影响洞内壁画），追寻她的脚步走进神秘的735个佛洞之一的75号洞。导游轻轻开锁推开洞门，洞内光线很弱，只有借助导游的手电筒才能观察一二。洞内为一佛二菩萨组合，佛为佛教的始祖释迦牟尼，二菩萨为其两个弟子：一老一少，老的是摩诃迦叶，少的是阿难陀。每尊塑像人物体态各异，有的体态健硕，有的慈颜善目，有的神情端庄宁静，有的笑容憨态可掬，整体风格朴实厚重。最令人赞叹不已的是洞内四周及洞顶的壁画，处处可见漫天飞舞、千年不变、颜色艳丽的飞天舞女。飞天是侍奉佛陀和帝释天的神，能歌善舞。墙壁之上，飞天在无边无际的茫茫宇宙中飘舞，有的手捧莲蕾，直冲云霄；有的从空中俯冲下来，势若流星；有的穿过重楼高阁，宛如游龙；有的则随风漫卷，悠然自得。画家用特有的蜿蜒曲折的长线、舒展和谐的意趣，呈献给人们一个优美而空灵的想象世界。艳丽的色彩、飞动的线条，在画师们对理想天国热烈而动情的描绘里，我们似乎感受到了他们在大漠荒原上纵骑狂奔的不竭激情，或许正是这种激情，才孕育出壁画中那样张扬的想象力量吧！

缓步离开75号洞，导游带领我们走进莫高窟中保存最大佛像的96号洞。它的外面有一个九层的遮檐，正处在崖窟的中段，与崖顶等高，巍峨壮观。其木构为土红色，檐牙高啄，外观轮廓错落有致，檐角系铃，随风作响。洞内有弥勒佛坐像，高35.6米，由石胎泥塑彩绘而成，是国内仅次于乐山大佛和荣县大佛的第三大坐佛。容纳大佛的空间下部大而上部小，平面呈方形。楼外开两条通道，既可供人就近观赏大佛，又是大佛头部和腰部的光线来源。这座窟檐在唐文德元年（公元888年）以前就已存在，当时为五层，北宋乾德四年（公元966年）和清代都进行了重建，并改为四层。1935年再次重修，形成现在的九层造型，即我们在正门外看见的九层高塔。令人百思不得其解的是：大佛如此高大又在洞内建造，古代的名工巧匠是如何做到的？当然最遗憾的是由于佛洞在千年的风沙侵蚀中，人物造型缺少了一些身体部位，壁画的艳丽色彩也有部分黯然褪色。

紧接着导游带领我们参观了各具特色的几个洞窟，并用博大精深的敦煌文化向我们逐一讲解了洞窟的历史。令人心酸不已的应该是光绪二十六年（公元1900年）道士王圆箓发现藏经洞后外国强盗掠夺壁画经卷的史记：1907年、1914年英国的斯坦因两次掠走遗书、文物10000多件。1908年法国人伯希和从藏经洞中拣选文书中的精品，掠走约5000件。1910年藏经洞中的劫余写经大部分运至北京，交京师图书馆收藏。1911年日本人橘瑞超和吉川小一郎从王道士处，掠走约600件经卷。1914年俄国人奥尔登堡又从敦煌拿走一批经卷写本，并进行洞窟测绘，还盗走了第263窟的壁画。1924年美国人华尔纳用特制的化学胶液，粘揭盗走莫高窟壁画26块。这群人掠走的不仅是中华民族灿烂的文化，更是向世人昭示保护古老文明需要国强民智。今天的中华民族用强盛捍卫着主权尊严，用智慧保存住文化血脉，以宽广的胸怀送走寒来暑往，以甜美的笑容迎接八方友人，古代丝绸之路上的文化交流在今天得以延续……

整个参观游览时间只有短短的两小时，我们沉浸在导游柔美详尽的解说中，直至导游要求我们卸下耳机归还她，方知我们已该与世界文化遗产——莫高窟说再见了。回望身后大大小小的洞窟，我猛然想起余秋雨先生的那篇《莫高窟》：……莫高窟可以傲视异邦古迹的地方，就在于它是一千多年的层层累积。看莫高窟，不是看死了一千年的标本，而是看活了一千年的生命。一千年而始终活着，血脉畅通、呼吸匀停，这是一种何等壮阔的生命……如果仅仅为了听佛教故事，那么它多姿的神貌和色泽就显得有点浪费。如果仅仅为了学绘画技法，那么它就吸引不了那么多普通的游客。如果仅仅为了历史和文化，那么它至多只能成为厚厚著述中的插图。它似乎还要深得多，复杂得多，也神奇得多……

时间定格在2012年7月18日下午4点30分，这一刻，我的心灵接受了敦煌文化圣洁的洗礼，穿越千年历史，走进神话、寓言，与艺术、宗教无声地交流……

离开莫高窟，我们驱车来到位于敦煌市西南5公里处鸣沙山月牙泉风景名胜区——“沙漠第一泉”。月牙泉与鸣沙山共存，她们是大漠戈壁中的一对孪生姐妹。鸣沙山下，泉水形成一湖，在沙丘环抱之中，酷似一弯新月而得名月牙泉。这是古往今来著称于世的“山泉共处，沙水共生”的奇妙景观。

下车已是下午5点10分，太阳仍旧炙热无比，沙漠里吹出燥热的风，令人口干舌燥、如芒在背。为了防止赤脚被滚热的沙灼伤，我们穿上约有一尺深的橘色布脚套。第一次看到一望无垠的沙漠，虽然没有深深的热爱，但也被自然界的鬼斧神工所震撼：那些白细柔软的沙在风的雕琢下，形成流线柔美的山脉，蜿蜒曲折流向远方。随着旅游开发的深入，游客们可以骑着骆驼走在沙漠里，聆听驼铃的悠扬清澈，感受古老驼队的缓缓前行。导游介绍：鸣沙山在晴天或有人从山上滑下时会发出声响，所以叫鸣沙山。游客可以骑着骆驼攀登到鸣沙山的高处，再乘坐木制的滑沙板飞速下滑，在惊险刺激中聆听沙鸣。

穿过百余米的沙漠，我们走进沙漠深处的奇观——月牙泉，远看她最像初五的一弯新月，落在黄沙里；近看泉水碧绿，如翡翠般镶嵌在金子似的沙丘上。泉边芦苇茂密，微风起处，碧波荡漾，水映沙山，蔚为奇观。她在沙山的怀抱中娴静地躺了几千年，虽常常受到狂风乱沙的袭击，却依然碧波荡漾，水声潺潺，是当之无愧的沙漠第一泉！我们轻轻地靠近月牙泉，生怕惊醒了她那千年的睡梦，扰乱了她那如歌的情思……久久矗立凝视那一汪碧玉，我的心清澈宁静，我的爱流光溢彩。

置身在无垠的沙漠中，我不忍离去。远处沙漠里的游客骑着骆驼，组成了错落有致的驼队，在红润的太阳下变幻出丝绸之路上“大漠孤烟直，长河落日圆”的仙境。深藏的情感澎涌而出，阮文生先生那五彩的文字跃至心头：

阳光推倒一片影子，无辜的寂静碎了一地。散开的荒凉，一望无际。呼吸染上了红云。简单的格局重新赤裸，露出的深浅，都是戈壁的表情。

细碎的世界在蹄瓣上聚拢，好比所有的背囊，紧贴同一种使命。背负青天抬腿跋涉，坚忍的精神在戈壁上磕碰。

就像一支多足的神物，驼队缓缓地爬行着，一步步地领会慢的提醒。生命的重量，将戈壁的味道从每粒沙子里细细地稳稳地踩中。

丝绸之路的艰辛，传递着希望的火种，延续着千年的神韵，诉说着如歌的牵引。

（2012年8月5日）

贪心受骗，一条手链

冯小刚导演的影片《天下无贼》讲述了发生在一个民工和两个贼之间的故事，最终民工的纯朴、善良感化了那两个贼，故事的结局寄予美好希望：天下不再有贼。如今贼不常有，但骗子却无孔不入，令人防不胜防，痛恨异常。为什么骗子能大行其道呢？综合所有骗局，有百分之七十来源于受骗人的贪欲。

我有两次受骗经历：一次是被商品诱惑而贪心，另一次是因同情心泛滥所致。当然前者更有教育意义，为此写下那段经历以作警示。

大三那年（1996年）十月末，我和一位爱好摄影的同学相伴去北京旅游。当时我们班三十八位同学还没人去过北京呢，临行前的晚上，我征求女同学们的意见：在有限的五天时间里，我该参观那些精品景点？毕竟那时还没有如今旅行社一条龙服务。也许是因为课文《香山红叶》的缘故，女同学们一致认为除天安门、故宫、长城等名胜外，香山倒是值得一游的，顺便可带几片红叶回来让她们饱饱眼福。

到北京旅游，累并快乐着。前三天，我参观了天安门广场、故宫、颐和园、北海公园，还走进两大著名高等学府：北京大学和中国人民大学。第四天，我和同学转乘两路公交车去香山，在车上听到今年寒流来得早，香山红叶遭洗劫之类的话。

等我们来到香山脚下，放眼向上看去，果然如此。杨朔笔下的香山红叶荡然无存，只剩下满地的枯黄，其中一部分夹杂着少许的淡红，让人顿生悲叹与苍凉。我有点失望，不再有登高远眺之遐想。同学见状，鼓励我“既来之，则登之”。正好那天是九月初十，重阳节后的一天，登山的人还真不少，我想就算凑个热闹吧，何况还有女同学们交代的任务呢！

香山的海拔并不高，只有五百多米。沿途的山路两旁却布满了人，有卖饮料的，有卖各种风味小吃的，大部分是卖旅游纪念品的。也许是第一次出远门，尤其见到如此丰富的物品，心里夹杂着莫名其妙的兴奋，以致每见一种精致的小挂件，我都要驻足许久。若不是同学不停地催促，我想我定会淹没在那无边的叫卖声中。

挡不住的诱惑令我走走停停。突然眼前一暗，一群人挡住了我的视线。好不容易挤了进去，发现原来是卖漂亮饰物的，品种多，式样新，颜色亮。围在地摊周围的人都在挑选。一刹那，我的视线落在一捆银光闪闪的手链上。那可是我有生以来见过的最美丽的手链——绞丝状的链条上，有星星、月亮、地球形状的饰物间隔穿插，最令人称奇的是地球饰物内有个小铃铛，手一动就发出清脆的响声，金属的质感很强，我一看就爱不释手。我询问价格几遍也没人应答，地摊老板正忙着收钱找钱呢，老板娘不厌其烦地为顾客佩戴首饰。还是一位热心人听到我的问话，指了指立在一旁的纸牌，那上面标有价格："手链，1.2元"。我欣喜若狂，一条如此漂亮的手链只要一块二，太便宜了！我按捺不住心中的"窃喜"，挤到老板娘面前："给我剪一条手链，就是那种银白色带星星、月亮的。"

老板娘熟练地将绕在木轴上的手链一点点拉下来，缠在我的手腕上，待长度合适时，她又大方地说："再给你放长一点，以免日后胖一点戴不上。我这手链不褪色，包你几年没问题。"此时我的内心已因如此周到的服务而充满了感动。手链"咔嚓"一下剪好，但没有搭钩可不行。老板娘从一纸盒中拿出琳琅满目的小搭钩，温柔地说："你尽管挑，挑自己最喜欢的。"左看右看，我挑了一个很别致的歪8字形搭钩。老板娘待我选好，将搭钩安在手链的一头。我欲让其帮我戴上，她却将手链拿到刚才剪手链的木轴边比照起来。我不明其意，随即站起来想看个究竟。结果只听见她说："19厘米，22块8，加上搭钩2块，一共24块8，8毛去掉，收你24块。"

老板娘算账真是一气呵成！我蒙了。"什么？一条手链24块，你那牌子上不是写着一块二吗？"我的心在沉，语气却很"硬"。要知道我从阜阳到北京的火车票才38元呢！"哼，你是什么眼睛，牌子上写得清清楚楚，你再好好瞧瞧！"老板娘倒觉得自己有点冤枉，指着纸牌向我发难。我顺着老板娘那带着四个黄灿灿金戒指的手看去，果然在"1.2元"后面有个极小的括弧，里面有个"cm"，当然cm和括弧的另一半被一个大纸箱给遮住了。此刻，我如醍醐灌顶，他们竟然用如此的伎俩欺骗游客。"对不起，我不想买了，我的钱不够。"我唯有用如此低劣的理由来"赖账"。"你不买，那剪好的手链卖给谁，哪有你这样买东西的，没见过世面吧？"老板娘不依不饶，一副江湖霸主的语气。"我，我……"平时口舌也算伶俐的我不知该说什么，真是气愤难当，百口莫辩。

更糟糕的是，我发觉同学也不见了。此时我多想其他游客能帮我说句公道话，可他们像什么也没发生一样，竟自顾低头挑选。置身在陌生的香山，我能赖账而逃吗？"真对不起，我没看清楚，我是个学生，钱带得不够，手链的搭钩不要了，大婶，你看行吗？"我的语气里充满了"恳求"。"没有搭钩怎么戴呀？看你像个学生，就收你手链的钱，19块8，就算20块吧，搭钩送给你。”老板娘是个明白人，她知道再敲诈也没用，顺势就收。最终我极不情愿地掏出20块钱，买下那条曾经银光闪闪而如今已褪色但仍被保存下来的手链。

抓起手链，我迅即逃离，好不容易追上同学。同学见到我劈头盖脸一顿讲：“怎么搞的，老是单溜，走散了怎么办？香山这么大，我到哪儿找你？”我实在控制不住内心的委屈，向其倾诉刚才的噩运。谁知同学竟这样调侃：“吃一堑，长一智嘛！”

还未登香山就被此事烦扰，我的心情就甭提了。看着路边用红药水浸泡过才鲜红欲滴的红叶，我已丧失购买的欲望。红叶本是大自然的恩赐，为什么偏要人为掺杂造假成分呢？直至下山走完最后一级台阶时，我才痛下决心买几张“人造”的红叶，全当完成使命而已。

大学毕业后，我到芜湖工作。当时最繁华的路段是人车并流的中山路，那会儿步行街还没有规划呢！刚工作要添置些生活用品，同事玲玲欣然陪我前往。她可算是“老芜湖”了，虽不是土生土长的，但在芜湖读了五年医科大学。当我们步行到中山路第一百货大楼附近时，碰巧遇见一群人围着地摊上的首饰讨价还价，我不明白为啥有如此多的人热衷地摊货。

玲玲不为所动，还拉着我逃离现场，说那些人是媒子，也称托儿，专门欺骗路人的。此时，我的眼前瞬间飘过我在香山购买手链时人头攒动的场景，简直如出一辙！

古人云："天下熙熙皆为利来，天下攘攘皆为利往，"这本是人之常情，可如果老想着天上掉馅饼，就可能掉进骗子的陷阱，所以控制内心的贪欲很重要。当然我更期望天下无骗，商家都能诚信经营，那才是为人立世之本。

检法部门让汇款，
不予理睬别给转；
自称老板要打款，
多次核实谨慎转；
陌生来电需谨慎，
花言巧语别轻信；
陌生链接别点击，
木马窃取您信息；
亲属出事莫着急，
反复沟通识破易；

中奖退税要警惕，
蝇头小利莫中计；
机票改签有猫腻，
冒充客服来演戏；
卡号密码要保密，
一旦疏忽钱财去；
各类骗术心中记，
莫贪钱来莫贪利；
劝君事事多留意，
咨询110要牢记。

丽江之行维权记

2016年11月11日网络报料女游客在丽江被暴打毁容事件，给宛如待字闺中的丽江美景蒙上厚厚的雾霾，全国游客的心都在打颤：去还是不去？似乎要用生命为饱览祖国大好河山下赌注，值还是不值？

2016年12月初，我去昆明参加小型笔会，会后我们一行十人，选择昆明—大理—丽江三日游，只为一睹玉龙雪山的圣洁与宁静。2009年夏天我曾去过玉龙雪山，可惜当时天气不好，无法领略她的美。

从昆明石林到大理苍山洱海再到丽江古城，每到一处换一个地导，考虑到成本，行程没有全陪导游。好在游览丽江之前，我们一路皆顺利，地导的服务也能给个四星好评。

我们是下午五点抵达丽江的，晚饭后，地导把我们送到丽江古城，说是自由行，之后交代翌日六点起床吃早饭，七点奔赴玉龙雪山，由纳西族地导全程解说，他的任务到此结束。

第二天天蒙蒙亮，我们按照地导的要求奔赴早餐酒店（离住宿的酒店要步行15分钟），七点钟，在纳西族地导阿布的指挥下，我们十人分成两组，搭上破旧的五菱之光汽车，在凛冽的寒风和熹微的晨光中，向我们心中的圣地——玉龙雪山进发。阿布和妻子各开一辆，此时我们才知：他们既是司机，又是导游。

在恍惚与期盼中，我们抵达玉龙雪山脚下，竟然是第一批游客。因我们有观看大型演出《印象丽江》的诉求，阿布匆匆向我们交代如何乘坐景区观光车及相关注意事项，并强调下午一点我们自行乘车赶往演出地，演出两点开始。

清晨，太阳还没有完全升起，天蓝得纤尘不染，雪山像美丽圣洁的东巴女子，静立于蓝天之下，一绺白云缠绕在雪女的脖颈，高贵典雅，我们朝着圣女走去，带着一颗虔诚的心。山间丝丝寒意，地上浓浓白霜，丝毫抵挡不住我们陶醉其中。

玉龙雪山脚下的蓝月谷，四周植被繁茂，远处雪峰背衬。湖水是透明的蓝，近乎凝固的湛蓝中，些许绿意点缀其间。于湖心四顾，白云连横，浮于山际，倒影在湖面，如梦幻影，疑为仙境。

在蓝天、雪山、翠湖、五彩的植被浑然天成的山水油墨画中，我们不停地拍照，唯恐错过每一处独特的风景，但我们没忘记还有令人震撼的演出在等待。

一点半，我们如约赶到甘海子，剧场海拔3000多米，是世上最高的实景场地。两点钟，《印象丽江》在气势磅礴、鼓声震天的民俗表演中一幕幕展开。坐在容纳2000人左右的露天剧场内，沐浴着温暖的阳光，眺望蓝天下的雪山，我们似乎忘记了自身的存在。整场演出由《古道马帮》《对酒雪山》《天上人间》《打跳组歌》《鼓舞祭天》和《祈福仪式》六个部分组成，汲天地之灵气，取自然之大成，以民俗文化为载体，用大手笔的写意，让生命的真实与震撼贴近每一个观看演出的游客。视觉的冲击、情感的跌宕、心灵的涤荡，正是这场文化盛宴吸引着来自世界各地游人之处。

一小时的演出结束，阿布驱车带我们赶往丽江市区。按照阿布之前告知的行程，我们应该去吃午饭。可车子七拐八拐，半个小时后我们下车，竟然发现这哪是餐馆，而是玉器展览馆。展览馆前，两位等候多时的引导员立马迎上来，带领我们去室内参观。这一刻，同行的几位老师有点愤愤不平，但还是顺从了他们的引导。有两位老师就是不进去，这引起阿布的极大不满，他恶狠狠地放言："今天不进去，车子就不走！"看大伙儿僵持不下，领队严老师劝大家出门在外，还是配合点好。

同行十人中，一位老师已年逾六旬，还有一位老师怀孕三个月。早餐六点至下午三点半，我们没进食，只补充了一些水，大家饥肠辘辘，哪有心情再去欣赏所谓的玉器呢？如果阿布能按约定安排我们吃午餐，我想大伙儿也能体谅他的行为，可是问题就僵持在此。

同行年龄最长者看此场面，就走进玉器馆，向工作人员说明情况，希望他们能理解。对方说可以向领导汇报下，然后拨通领导电话。三分钟后，他说可走个流程，但我们必须看一下玉器。三个展馆，我们只用了十分钟，走马观花地领略了其所有展品。

从玉器馆出来后，阿布带我们去吃午餐，到餐馆已是四点。简单的午餐后，我们要求按照行程再参观两个景点，可阿布却说："两者只能选其一。"离晚上九点多去昆明的火车还早，因为电视剧《木府风云》的热播，我们选择了木府景点。

阿布和妻子送我们去木府售票处，每人发张票，并让我们自行参观，八点半在景区对面的某酒店集合，然后送我们去火车站。我记得行程上有纳西特色晚宴安排，忍不住问了一下："我们没有晚饭吗？"阿布的妻子白了我一眼："你刚吃过午饭，晚饭还吃得下吗？"

十人自由组合，心情相当郁闷，我们只得跟在其他导游后面听解说，领略了木府建筑的独特之处：既有明代中原建筑的风采气质，又有唐宋中原建筑古朴粗犷的流风余韵。难怪有人发出感叹："北有故宫，南有木府"，果然名不虚传。当然，相比故宫的广袤，木府的建筑还是要逊色得多。

个把小时后，我们游览出来，看时间还早，就在景区的小巷子里随意闲逛。一天下来，我们感觉有些累，想找个歇脚的地方，可是没有。唯一的办法只有走进小餐馆，消费点食物，则可名正言顺地享受椅凳的伺候。就这样，我们选择了一家面馆，每人一碗馄饨，花去四十分钟，让酸胀的双腿得到片刻休息。

不断有食客进入面馆，我们不好久留，随即转战一大型超市。说是逛超市，买点土特产，但实际就是想找个温暖的地方歇歇脚。闲逛中，我的手机响起，号码陌生，显示为昆明的。一接，原来是昆明旅行社导游，她的语气很温柔，其一是问我此次旅行是否满意，其二是问几点火车到昆明，是否要接站，其三是承诺如果我们在昆明游览一天，可带我们免费逛鲜花市场，离开昆明时会送我们到机场。我正委屈呢，回答的语气有点生硬："谢谢你的好意，我看还是免了吧。昆明如此打包游客，是行业规矩，还是欺骗消费者？"随即挂断电话。

在超市待了半小时，我们又得赶路，因为阿布所说的集合地有些远，我们唯恐不能准时赶到。可到达集合地后，没有阿布的身影，因为距出发的时间还有二十分钟。站在寒冷的丽江街头，我们前所未有地感受了流浪的滋味。

八点半，阿布的妻子开车来接，她说阿布还要等会儿到。考虑到团队中有老人和孕妇，于是让她们先上车，我们年轻点留下来等。八点四十分，我们在望眼欲穿中等到了阿布，谁知一上车就发现车上已坐三人，原本这车只有六个座位（包括司机），行李箱挤得满满当当的。我们五人只得挤上去，阿布吩咐没座位的乘客拿出藏在后备厢中的折叠小板凳坐。行李箱没地儿放，我和另一位老师只好将其架在腿上。幸运的是，到火车站只用了二十分钟。

下车后，我们向阿布索要火车票，可他竟说车票还没取。又等了十分钟，我们终于拿到晚上九点五十分的火车票，抵达昆明是早上七点四十八分。找到相应的车次，我们终于可以安心地找个座位等候。突然我的手机显示有信息，一看，已有三个连发的短信，全是道歉的话，最后一个短信内容是："黄女士，您好，我是小焦。很抱歉打扰您了，您刚才说对丽江的行程不满意，是哪里不满意呢？您具体和我说一下，我这边会给您解决好的，好吗？”我看对方很诚恳，考虑到火车站嘈杂的噪音，就用短信的方式回复，将白天的遭遇大致告知她。

因为手机电量不足，又没带充电宝，上车后，我关闭了手机。按车票的位次，我们十人在相邻的卧铺。大家都很疲倦，简单地洗漱后就爬上卧铺休息。我正准备躺下时，领队的严老师走过来，一脸严肃。她用不满的语气责问我：“是你投诉阿布的？你为什么要投诉？出门在外，我们只要平安。我告诉你，这事你和旅行社交涉，不要来烦我！”接着她讲了一大堆道理，中心意思是：我没事找事，她不想掺和，她也不要旅行社的道歉，后续的事由我来负责。同行的四位老师都觉得领队做得过分，就过来劝说。既然投诉是我发起的，而且是真实的遭遇，我来承担又能怎样。我告知领队：你嫌麻烦，可以不接对方电话。

火车晚点，到达昆明已是早晨八点半，我直奔预定的酒店，放下行李，第一件事是给手机充电。打开手机，七个未接电话，全是发短信的小焦导游打来的。可能是看我不接电话，她又发了一条短信：“黄女士，您好，打扰了。您反映的问题，我已跟丽江旅行社交涉，车队的驾驶员和导游也深刻认识到自己的错误。他们不敢给你们电话，怕你们想起那些不开心的遭遇，所以由我来向你们说一声抱歉，对不起。我们旅行社决定给你们每人退200元。然后你们看看喜欢什么云南的土特产，我们可以帮你们买。方便的时候，我加您微信，以便退款。”

看到对方如此有诚意，而我并无刁难导游的意思，只是给他们旅行社提个醒，遂发条短信：“谢谢你的及时处理，这件事就翻篇了。我们不是投诉要个道歉的结果，只是反映一下真实情况，希望昆明的旅游有更好的服务，笑迎八方游客，我是第二次到昆明，当然我希望还有第三次。你的心意我们已领。”之后我与小焦电话交流，她一再请求退款，因为这是对丽江旅行社违规操作的处罚金额。

到达昆明后，一行十人就地解散，我也没有他们的微信。最后，我只好让小焦联系此次会务组的张老师。最终丽江之行维权一事圆满解决：张老师建立微信群，把我们一行十人拉进来，以微信红包的方式，退还每人

200元。

回家一月有余，2017年1月，网上对女游客在丽江被暴打毁容事件进行后续报道。我回顾自己的维权之路，心有余悸：如果我在阿布强行要求去玉器店时，控制不了情绪，也许换来的就是一顿恶打。难怪领队严老师对我的维权行为不满，她可能是担心我们全团人的生命安全。幸好我是在离开丽江之后，并且是向昆明旅行社投诉的。更庆幸的是昆明旅行社对此很重视，至少给了我们一个相对满意的处理结果。

今记此文，一是呼吁国内一些旅行社真诚服务，只有这样才能获得游客的认可；二是提醒广大游客，维权之路需要勇气和智慧，千万不可意气用事，但我更希望此类事件不要再重演。因为旅游既是领略大自然风光的最佳选择，又是愉悦身心的最好休闲，带着一份美好，带着一份感恩，记忆才会因景而生动，因人而感动，因缘而心动……

长途车上，惊魂一幕

前些日子，一篇家长的来信《请刘胡兰离我的孩子远点》和老师的回信引爆朋友圈，老师的回信堪称经典——“让孩子远离自己民族的英雄，这是可耻的”！作为主流媒体《人民日报》在六一儿童节对此也发文：每一年的国际儿童节，庆祝的不只是童年的祝福与礼物、游戏与欢乐，还要纪念那千千万万舍弃自身幸福快乐的少年英雄们，要让孩子们在纪念碑前知晓“从何处来、往何处去”，牢记习近平总书记的寄语去努力学习英雄人物、先进典型。

与此匹配的是，当今社会有一些人在特殊环境中化身为智勇双全的英雄，令人心生敬佩。虽说我是“70后”，从小接受革命传统教育，可若真碰见坏人，竟发现自己没那个胆儿。

事情追溯到大学毕业那年（1997年），惊魂一幕发生在我回家的长途车上。

六月的校园，虽有栀子花香、远行的兴奋，但更充满着离别的感伤。离开母校的前夜，我们女同胞们再也忍不住汹涌而出的情感，哭得天昏地暗。翌日清晨四点多，当几个男生送我到长途汽车站后，一夜无眠的我已晕头转向。

同行的有体育委员，他和我是邻县老乡。我们的行李很多，司机要求将行李架到车顶。体育委员和送行的男同学忙着架行李，我则先上车找个座位。上车时我发现车厢内只有一人，腰上系一小包，站在过道中，疑是售票员，就没在意。待我安顿完毕拿钱买车票时，竟然发现之前放在座位上的小挎包拉链被拉开，一看钱包不见了，那里可装着我所有的家当，派遣费、粮油补差等约有百余元（所幸派遣证没放进去，否则可就惨了）。我慌忙在车厢内找，一无所获。无意中发现车上的那位“售票员”不见了，我顿时明白了七八分，赶紧冲出车门，可为时已晚，那名“售票员”已无影无踪……

事发后，明白一切都太迟了！好在几位同学没走，在他们的资助下，我买了一张回家的车票，余下几十元放进贴胸的挎包中。车五点半准时出发，与同学们挥泪告别，“一路平安”的祝福伴着夏日清晨凉爽的风，飘得很远很远……

一路上，车颠簸得厉害，加上离愁别绪、上车被窃，我的心情极糟，久久懒语。体育委员见状，拿一随身听给我。我机械地戴上耳机，在音乐的伴奏下，慢慢进入了梦乡。

许久，前行的车子停下来，我以为有乘客想“方便”，就没睁眼。迷糊中，有人推我的胳膊，随即一股热流涌进耳膜：“不好，我们遇上抢劫了！”是体育委员的声音。什么？我猛地惊醒过来，睁开眼：天哪！只见一歹徒站在司机身旁，拿着明晃晃的匕首，另外两个歹徒正在搜查车架上的包。我在电视里见过这样的镜头，不曾想有天会落在自个儿身上。

真是祸不单行！没容我细想，坐在身边的体育委员示意我将胸前的挎包取下，放到前面座位的靠背上，继续睡觉，我照办。但此时此景，我能睡着而无视车上发生的一切吗？可不睡又能做什么？车子里静极了，我听得见自己的心跳，还有歹徒搜包的窸窸窣窣声。假寐的我无法看清乘客的面部表情，但一定如我一样：面无血色。

沉寂中，第六感告诉我：歹徒已站在我的身旁。“他们不就是图几个钱吗？又不会要我的命，几十块钱算什么！”在心里，我很大方，乖乖地坐着没动，等着歹徒下手，谁知歹徒从我身旁向后走去。整个搜索持续近半个小时，车上没任何人反抗，三个歹徒心满意足地下了车。

歹徒刚下车，车内哄叫起来：有人谴责是司机的错，说长途车半路不该停下带人；有人说歹徒太猖狂；还有一人要司机赔他的损失。司机待大伙儿静下来，苦叹：这年头好心没好报！也是，天气炎热顺带路人，谁知是窃匪。双方理论半天，当然毫无结果，只有自认倒霉。自始至终没一人认为此事自己有责任。试想，当时若有一人挺身而出其他人合伙救助，事情何至于此呢？

在乘客的争论中，我惊奇地发现自己挎包中的钱一分不少。这时体育委员向我讲解刚才惊险的一幕，他说自己几次试图与歹徒搏斗，但其他乘客全闭上眼睛，所以他一直没敢动手。另外，奇怪的是车上除他和我，加上一老年夫妇没遭到洗劫，其余人包括售票员在内无一幸免。之后一路上，我揣测着未被抢劫的理由：错漏，怜悯？

事后几个月的一天，我翻影集看到班上篮球队的合影，猛然忆起那天车上遇险时，体育委员正穿着篮球队队服，胸前印有“××学院”。歹徒大概从着装上看出我们是穷困潦倒的学生，没有油水可捞。而我和所有乘客们，却没有勇气与歹徒做斗争，这大概是歹徒们猖狂的重要原因吧！

在坏人坏事面前，我们不应明哲保身，但如何与残暴的歹徒做斗争，可能不仅要在思想上做好准备，还要平时练就一些防暴术并学点斗智斗勇的常识。

北京，温暖我的一夜

高中时，我听一位去北京推销鬃刷的叔叔侃大山："首都人民素质就是高，你们可能不相信，我可是亲眼看见头发花白的老太太给头发全白的老太太让座的。"当时听者众多，不知其他人相信没，反正我是信了。

"北京，祖国首都，政治文化中心，有故宫、长城、颐和园等名胜古迹。"儿时的课本如此介绍。去北京逛逛，于是成了我的梦想。

1996年，我大三，正赶上学校秋季为期一周的劳动课（让同学代劳），去北京旅游的梦想终成现实。因姨奶奶在北京，她也曾向我发出邀请，去她家落脚，更是顺理成章的事。正好邻桌一男生的高中同学在北京，他也要去，我们结伴而行。

从学校所在地阜阳至北京，没有直达的火车，需从郑州转车。郑州至北京的火车信息也不像今天的网络时代，一查即知。记得当晚九点多从阜阳站上车，到达郑州已是翌日早上八点多。在车站大厅查询得知，最早去北京的车次是中午十一点多，车程约十二个小时，火车抵达北京大约是晚上十一点。

时间还早，我们在郑州二七广场附近转了一圈，也算是郑州半日游。去北京的火车正点出发，一路向北。第一次长途旅行，我很兴奋，兴致勃勃地欣赏窗外的风景。深秋的黄河中下游平原，刚种下的小麦有点类似"草色遥看近却无"的状态，随处可见裸露的黄土。很快我的视觉有些疲劳，昏昏入睡。忽听有旅客尖叫："快看，黄河！"可能受李白"黄河之水天上来，奔流到海不复回"的熏陶，我心目中的黄河，不说咆哮而过，至少也得卷起千层浪。可眼前的黄河却如家乡那条温柔的小河，像一条细丝带，缓缓流过平原，只是水色泛黄而已。

火车抵达北京北站（西直门站）晚点半个小时。去北京之前，我与姨奶奶已联系，她回信告知具体地址及乘车路线。下火车后，我们跟着匆忙的人流大军出站，很快发现站内电梯停运（当时运行时间为早六点至晚十一点），地铁也一样。

出站后，我被眼前纵横交错的立交桥弄得晕头撞向。站在灯火辉煌的北京街头，没有公交车的身影，我们只有打出租车。车来车往，等了好久，可就是打不到一辆，同学分析可能我们打车的地点不对。但如何穿过令人眼花缭乱的立交桥，选择一条正确的路线，对当时的我们而言，的确是个难题。深秋的夜晚，陌生的城市，凉意与紧张，莫名地混杂在一起。

打不到出租车，我们只好顺着公交站台向前走一段路，碰碰运气。幸运的是走了大约500米，我们发现马路对面有个车棚，停着一排排自行车，黑压压的。那里肯定有人看管，因为当年自行车属贵重交通工具。我们小心翼翼地横穿马路赶过去，果然发现车棚尽头有个小平房，窗户透着昏黄的灯光。我们尝试敲门，想问问：到大柳树南站距离此地有多远，步行可否？若乘出租车，可去哪里招停？

“咚咚咚”我轻敲窗户三下。屋内传来低沉沙哑的声音：“这么晚，要取车呢？”“不好意思，打扰您了，我是问路的。”一分钟后，侧门吱呀一声开了，走出一位老人，身披军用棉大衣，腿脚有些不便。不知怎的，他一看到我们，便知是学生，忙问：“你俩来旅游还是探亲的，同学在哪所学校呢？”我们急切地向他说明要去的公交站台。他有些为难：“这个点，地铁停运了，晚班公交车也没了，在此打出租也很难的。”这下我们更焦灼了，“那我们步行可以吗？大概要走几条街？”“有四五站路呢，要拐三个路口，主要是晚上，步行不安全。”看我们着急，老人替我们想办法：“我帮你们拦个摩的，怎么样？”坐摩的？之前看过有关摩托车宰客甚至劫财劫色的新闻，我的内心是不安的，可当前无计可施，只能被动接受。

老人带我们走出长长的车棚，横穿一条马路，站在落寞的路旁拦摩的。大约等待了十来分钟，终于招停一辆摩的，司机是个瘦高的中年男子。我犹豫不决，只听老人已详细地告知司机："这两位是外地来北京旅游的大学生，你一定要把他们安全送到。这段路十块钱就够了，你可不能多收钱哦！"接着回头嘱咐我们："这位师傅会送你们安全到达，如果他多收钱，可以打电话告诉我，我的电话号码你们记得吧？"（实际上老人没给过电话号码）我们心领神会，坐上摩的，挥手告别老人。

摩的司机载上我们，一路疾驰，一刻钟左右送到目的地，只收十元车费。他指着马路对面的一排房子，说："那就是钢铁研究总院宿舍区。"我们赶过去，虽已凌晨，但门卫室有人值班。值班的老人头发花白，估摸六十有余，但精神矍铄。我告知具体楼号，他走出值班室，打开铁门让我们进入，并指示先直行，在第五栋楼后右拐，再前行几栋（具体已不记得了）。晚上看不清墙上的楼号标识，加上所有楼房长相一致，我们七拐八拐才找到姨奶奶给的地址。可走进楼道后，我们发现这是一条昏暗狭长的过道，两边凌乱地堆放着像搬家后剩下的生活垃圾，像是公寓楼。我们挨户看门牌号码，发现不对劲，因为是深夜，又不敢随意敲门。

好不容易到达目的地，又找不到门牌号，我们只好返回值班室。老人看我们回来很惊讶："怎么，你俩没找到？"我们说明刚才所遇。老人随即关上值班室的门，说："我带你俩去找！"跟随老人，我们重返到12号楼。三人走在空无一人的过道中，两边房门紧闭，老人竟然一个个地敲："屋里有人吗？"敲了六七家，无人回应。正当我们快泄气时，看见过道尽头一木门上方的玻璃窗透出灯光。老人走过去再敲，屋内传来回应："找谁呀？"我马上报上姨爷爷（已退休七八年）的名字。"刘××呀，他是钢铁研究总院院长，住总院家属区，我们这是青年宿舍区，马上要拆迁，大伙儿搬得差不多了。"啊？找寻这么久，竟然弄错了区位，此时我们才恍然大悟。老人安慰我们："家属区离这里不远，我送你俩一下！"

再次返回值班室，老人让我打电话联系姨奶奶，好让她到家属区西大门迎我。因为是凌晨，我不想打扰年近古稀之年的姨爷爷和姨奶奶，加上那时街头磁卡电话极少，本准备到小区门口再打电话的。接通姨奶奶的电话，她没想到我到北京这么晚，也没早点打电话联系。她说她会在家属区西大门等我。老人看我联系上了亲戚，就放心了，指着门前的马路说："你俩向东直行五百米，然后向右拐弯，可看见××大厦，大厦左边那个小区，就是钢铁研究总院的家属区，正好有个西小门。”

有了老人确切的指路，我们步行约二十分钟，终于找到目的地。看到路灯下迎接我的姨奶奶，我的眼泪禁不住夺眶而出。

近日，张五毛的文章《北京有2000万人假装在生活》刷爆朋友圈，大家争论不休，我不想去评价。但我依然清晰地记得：1996年暮秋的深夜，北京陌生的街头，我幸运地遇到两位热心的老人，虽然不知他们姓甚名谁，之后也没再联系，但那一夜，温暖了我，直到今天……

与火车有关的记忆

上大学之前，我只在电视上见过火车，对火车运行轨道——铁路的了解始于高中历史和地理两门学科，历史课上老师曾悲愤激昂地讲述着中国铁路修建的不易：第二次鸦片战争的直接后果是中英签订《北京条约》。1865年，英国商人在北京城外修造了一条长约500米的小铁路，试行小火车。不料引起北京人一阵喧哗，清政府官员更视之为“怪物”，认为修筑铁路会“失我险阻，害我田庐，妨碍我风水”，慈禧急忙饬令步军衙门拆卸，这成为铁路史上的一大笑料。西方列强为进一步掠夺我国的资源，无视清政府的主权，依然在各地修筑铁路，开采矿山。1874年12月，英国人在上海擅自修筑了吴淞铁路，这是中国境内第一条用于营运的铁路。清政府一部分顽固派惧怕铁路这一新事物，没想到其灭亡还是与铁路脱不了干系，那就是1911年的“保路运动”，又称为“铁路风潮”，最终拉开了辛亥革命的序幕，清王朝被推翻。

值得庆幸的是清政府中有一些有识之士，他们知晓“要想富，先修路”的道理。1877年，洋务派大员福建巡抚丁日昌在台湾基隆矿区修建了第一条铁路，开创了我国自行修筑铁路的先河。最令国人扬眉吐气的是京张铁路，这是第一条中国人自行设计和建造的干线铁路，由著名的铁路工程师詹天佑勘测、设计，国人自己筹资、施工、建造，全长约200公里，克服了层峦叠嶂、石峭弯多的特殊地理环境，特别是詹天佑设计的“竖井开凿法”和“人”字形路线，是世界铁路史上的两大创举。

地理课上我最难忘的是方小培老师（现为合肥一中副校长）信手拈来

的板书，无论中国版图上整体的“三横三纵”（90年代“三横”：包兰—京包线、兰新—陇海线、湘黔—浙赣线；“三纵”：京沪线、京广线、宝成—成昆线），还是局部的细枝末节（东北、华北、西南、西北等局部铁路线及其经过的重要城市），铁路游走在方老师神奇的粉笔下，展现在学生的眼前，让我们足不出户既了解疆土辽阔，又能将地理知识了然于胸，还令人不禁感慨祖国建设的日新月异，民族发展的繁荣昌盛。

1993年上大学，我才见识了铁轨。学校坐落在城市的郊区，正好一条货运铁路从校园东北角围墙外穿过。晚上火车驶来，我能清晰地听见“哐啷、哐啷”的声响，给安宁的黑夜带来一阵躁动，生动而富有韵律。但我更喜欢在黄昏时分去看铁轨，那种蔓延到远方的纵深感，如同带着一行诗意，摇曳在杂草乱生的小径中间。

我第一次坐火车是大一寒假回家，幸好火车站工作人员在我们放假前一周送票到学校，同学们只需排队个把小时就能买到，凭学生证还有半价优惠。原以为有票在手，上车应该没问题。当我和老乡们走进车站，每个售票窗口都排着很长的队伍，从候车室一直绵延到广场上，黑压压的人头，乱哄哄的噪音。那时还没有实行春运特殊售票制度，只能提前三天买票，不少人为了买票夜里排队，但也许等到你靠近售票窗口时被告知票已售罄，那种心情可想而知。所以能买到车票的人都会喜形于色，仿佛中了大奖一般。

每当一辆火车进站前，候车室的喇叭都会提醒，虽然火车进站前工作人员检票后要求乘客排好队，闹哄哄的人群稍许安静有序些，可是一旦工作人员打开进站门，只见人群像是脱缰的马，无论手扛肩挎多大的包裹，身背多重的行李，都向火车飞奔而去。站台两边顿时布满了潮水般的人群。

虽然工作人员不停地用喇叭提醒大家不要拥挤，站在黄线外，可乘客毫无反应，只想早一点占据有利地形，等火车停靠下来涌进车厢。我第一次被这拥挤的场面吓蒙了，生怕与老乡们走散。好在高年级的老乡们有挤火车的经验，他们将我和另外三四个女同学挤在队伍中间，前面男同学开路，后面男同学断后。好不容易挤到某节车厢门口，只见上车的人扛着行李堵在门口，急不可待地要上车，下车的人却被挤得下不去，乱成一团。

此时乘客们大显身手，车门进不去，那就从车窗而入。记得第一次参加老乡会时，会长曾告知此会成立的重要性，我还不以为然。当我看见打前阵的男老乡将背包扔在地上，敏捷地抓住车窗，弓腰缩身跃进车厢后，不得不感叹老乡会成立的重要性。有了第一个进入车厢的老乡，后面的我们就方便多了，卸下行李放一边，由一老乡看守。火车并不算高，但女同学依靠自己的力量爬窗户显然不够，男老乡担负托举重任，车厢内的老乡拼尽全力拉住我们的双手，就这样下托上拉，我们通过车窗被传递进火车，但这还不足以表达我的震撼。更让我惊讶的是，下火车时我竟然还是通过传递的方式被送出车外。

进入车厢后，我才发现要走到车票注明的位置实在太难了。刚上车的乘客全挤在过道中间，有的用尽全力往露出一点空隙的行李架上塞自己的大包小包，有的扛着行李动弹不得，有的干脆把行李放在过道中，身体一点点地向前挪动。喧嚣的车厢里夹杂着各种气味，弥漫在浑浊的空气中，令刚上车的人不想呼吸，但这种不适应只需要维持五到十分钟，很快你的身心就会与周围的环境融为一体。

由于老乡买的票车厢不同，大家必须各自寻找票上的座位，待老乡会会长穿过一节节“严防死守”的过道清点完人数后，火车已行驶半个多小时到达下一车站了，紧接着又是一拨拼命挤上来的乘客，车厢内开始新一轮的嘈杂。令我有些失望的是，火车速度没有期望中的风驰电掣，只见窗外零星散落的灯光渐渐远去。

有座位自然是幸福的，且不说不用忍受两腿长久站立的酸胀，最大的欣慰是无需忍受列车员推着小推车来回不停地“骚扰”：“来，腿收一下了啊，啤酒饮料矿泉水，花生瓜子方便面。”每次小车一来，本来过道里站立有序的人群立马依偎得更加紧密，当然少不了一些不满：“别挤了，烦死人！”列车员的脾气真好，最多的回答是“抱歉，抱歉，打扰了”！

“百年修得同船渡”，封闭嘈杂的车厢里，拥挤不堪的乘客，这一刻都是人在旅途，只需一副扑克牌，面对面相坐的四个人就能热火朝天地打起来。当然多数为年轻人，他们精力充沛，且容易搭讪。中年人则喜欢聊天，内容多为国事、天下事，那时信息闭塞，会侃的大叔谈天说地，不知真实与否，都会获得一群听众。有时不巧碰到一个较真的对手，两人会极力争辩个子丑寅卯来，引得一群人围观。老年人多半两耳不闻窗外事，即使坐在两截车厢结合处的动荡空间里，吸着浑浊的二手烟，也能闭目养神。

虽然我第一次坐火车只有七个小时（正常只需四个半小时），但毕竟是第一次，而且是晚上的硬座（那时我根本不明白软卧是啥概念），兴奋占了上风，一夜了无睡意。在别人的打牌和聊天中，我消磨了原以为睡意难抵的混沌时光，还结识了四位在新疆石河子大学读书的安徽老乡。他们说高考填志愿就梦想着离家越远越好，谁知去石河子大学报到，从合肥坐火车竟然要三天三夜，那时才知世上没有后悔药。这一路，他们也是硬座，用一件破旧的军用大衣铺在座位下面的车板上，大家轮流睡在狭窄的空间里。看着他们布满血丝的双眼和满脸的倦容，我庆幸自己填志愿时没犯傻，当然更钦佩他们不畏艰难的求学精神。

第二次坐火车是那年寒假结束返校，我第一次见识了什么叫春运。父亲不放心，要我与红星的汪师姐一道，好有个照应。那时从桐城到合肥只有汽车，正月十四一早，我俩从牯牛背水库坐头班船，然后换乘三轮车到范岗，再转车到城关，从城关坐长途汽车到合肥，到达合肥已是下午两点多钟。我们急忙赶往火车站，天哪！火车站的广场上驻扎着成千上万的旅客，有人甚至带着棉被（那时外出打工者一般带有几个蛇皮袋，其中一袋必有衣服或被子），以地为席，占据有限的空间。车站大厅排队买票的队伍已延伸到站外，为防止插队或踩踏，我又长知识了：每队之间用绳索隔开（后来改用铁栏杆），弯弯绕绕，排队时你本觉得自己与售票窗口不远，可是沿着弯曲绳索行进才知其奥妙所在，等你买上票，至少也得两三个小时。

由于下午才赶到合肥，当天出行的票早已售罄，我和师姐只能买到第二天上午九点多钟的站票。无奈之下还得在合肥住上一夜，火车站大厅是挤不进去的，露宿广场没勇气，我们只好在火车站附近寻找便宜的旅馆。我们一路问过去，所有便宜的旅馆都爆满。唯一一家旅馆有个大通铺，一间客房住十来个人。我和师姐进去瞧了瞧，这哪是什么旅馆？就是用三合板隔离出来的七八个房间，过道里黑黢黢的，尽头是个卫生间，地上污水横流。好在之前入住的是三位中年妇女，各带两个小孩，两个男孩三四岁，四个女孩也不大，年龄在五到十二岁之间，他们都是跟随母亲去浙江打工的。那一晚，那三家带着鼾声入梦，我和师姐却一直无法入睡，虽说她们都是妇道人家，但防人之心不可无，因为我们是从家返校，还带着一笔生活费。何况隔壁住着男性，三合板的隔音效果很差，他们聊天尽是爆粗口。我清楚地记得那晚我们把生活费压在枕头下，隔壁的任何响动都会令我们警觉不安，好在一夜无事。

第二天一大早，我们匆忙赶到火车站大厅，虽说火车九点多出发，但排队占据有利位置很重要，因为我已知晓上车的不易，而且自己手中紧握的不过是一张站票。站票是这样一种票，你花了和别人一样的钱，但是他坐着，你站着。站总得有个位置，所以无论如何先要挤上车，才有先下手为强的可能。那天运气好，我们排在队伍的前面，检票后一鼓作气飞奔，那时体力真不错，终于挤到车门处上车。我和师姐又如愿以偿地占据了车门旁边的空间，还能透过窗户看路边的风景，当然我们也得忍受呛人的烟味，因为这也是吸烟者最爱光顾的地方。不占用过道，就没有列车员推小车来来回回地干扰，是难得的“宝地”。“宝地”自然青睐的人也多，我俩用一张旧报纸放在车厢的地上，轮流坐会儿、站会儿……四个多小时，我们都没敢上厕所，一是怕他人占领地盘，二是厕所根本进不去。

大学最让我蒙的一次乘火车经历，是大四那年寒假返校，我和胡师妹一道，买的也是站票，车上我们被挤得两只脚没空隙可插，只有轮换着单脚站立，那一刻真正体会到“金鸡独立”的境界。下车后，胡师妹感觉背包轻了些，她让我从后面检查一下拉链是否打开，是不是有物品从包里挤出来了。我瞅了瞅，没发现拉链被拉开，打趣地说她寒假在家吃得好，力气增大不少。她还是感觉不对劲，就将牛仔背包从后背移到胸前，一看，呆住了：牛仔背包下面一层的拉链被撕掉，里面装好的两只腌渍晒干的腾鸭，连同背包夹层一起消失得无影无踪。两只家养的腾鸭有十几斤呢，是她母亲让其捎给亲戚的礼物。我和她浑然不知背包拉链什么时候掉的。

后来除了旅游（最长的一次坐火车旅游经历是在2012年从乌鲁木齐回

芜湖约54个小时，可能是放飞心情的缘故，似乎没有感受到行程的单调和枯燥），我乘坐火车的机会不多，主要是因为工作地点与家乡之间没通火车，直到2016年4月才有一趟列车，而且是路过车。但令国人骄傲的是短短几十年，中国铁路一次次提速，原来的绿皮火车也被高速平稳运行的“和谐号”取代。为了体验两者的不同，我选择乘坐了长途（南京至北京）与短途（芜湖至南京）的城际动车，舒适宽敞洁净的车厢，风驰电掣的速度，却全然没有哐啷的噪音，没有一哄而上的人群，更没有停车时的前后摇晃。从全国各地发布的动车时刻表中，我发现不少城市之间均实现了朝发夕至，比如南京至北京约一千公里，也只需三四个小时。

回想1949年中华人民共和国成立，我国铁路营业里程才有21810公里，主要集中在东北（那是日本为了侵华而修建的），西南、西北都没有一寸铁路。但在中国共产党的领导下，中国人民自力更生，开拓进取，为实现国家的繁荣富强，开始修路架桥等基础设施建设。我们不应忘记：中华人民共和国成立后修建的第一条铁路是1952年建成的成渝铁路；1957年我国建成了长江上第一座铁路、公路两用桥梁——武汉长江大桥；1958年宝成铁路开通，这是中国第一条电气化铁路；1983年京秦铁路通车，这是中国新建的第一条双线电气化铁路；1992年大秦铁路全线贯通，这是我国第一条实现微机化调度集中系统的线路和采用全线光纤通信系统的线路；1996年京九铁路建成通车，全长2553公里，北起北京西客站，跨越京、津、冀、鲁、豫、皖、鄂、赣、粤九省市的98个市县，南至深圳，连接香港九龙，是祖国名副其实的南北运输大动脉；2006年青藏铁路建成通车，这是世界上海拔最高、线路里程最长的高原铁路；2008年7月京津城际铁路开通，时速达350公里，这是我国第一条拥有完全自主知识产权、具有世界一流水平的高速铁路。2010年，在京沪高铁联调联试和综合试验中，我国生产的“和谐号”CRH380A新一代高速动车运行组最高运行时速达到486.1公里，中国高铁再次刷新世界铁路运营试验最高速。

著名摄影师王福春，曾经是一名铁道工人，他用自己独特的视角和非凡的毅力，用上万张黑白照片跟踪记录了从1978年到2000年这二十多年火车上的人生百态：车厢既是临时的大家庭，又是流动的小社会，有争吵，有埋怨，有摩擦，但不经意间你也会发现有温暖，有感动，有生机，原来绿皮火车曾承载着多少国人拥挤而甜蜜的回忆……

时间在南来北往的火车中溜走，岁月在熙熙攘攘的人群里穿行。我将纷乱的记忆编排成文字，一是祝福伟大的祖国更加富强和谐；二是呼吁广大旅客坐火车要谨守秩序，文明出行。

美食篇

大爱桐城醉肉香

豆腐家族，你我情深，奈何缘浅

美味油渣，你可知晓？

山珍野味的日子

大爱桐城醡肉香

自儿子十岁起，每年生日他都有个请求——吃顿醡肉。之前不是麦当劳，就是肯德基，没想到儿子十岁那年（2010年），我带他回桐城老家过五月节（老家有五月节吃醡肉，八月节吃火烘肉的习俗），他第一次吃醡肉，就爱上了这道算不上名贵的肉菜。之后过年带儿子走亲戚，每到一家，长辈们都会大展身手，为我那吃货儿子做一盘地道的桐城醡肉。看着儿子大快朵颐，我担心他脂肪摄入过量，每次回芜湖都会带上几袋老家特制的醡肉粉，但基本两三个月做一回，他过生日时再满足一下他。

用百度搜索“醡肉”两字，会跳出上千条关于其做法的文字及图片。粗略估算，全国各地有上百种做法，却具备共同点：将调制好的米粉与切好的肉块搅拌在一起，再用大火蒸熟。由于各地米粉的配置不同，醡肉风味不一，各具地方特色。

刚到芜湖时，我发现江南小城早点丰富，其中就有道“醡肉蒸饭”。观察其内容及制作方法：蒸笼上放置热气腾腾的醡肉，电饭煲中装满糯米饭。顾客购买时，摊主将一片荷叶展开，挖勺饭放进去，再夹四五块醡肉放在米饭上，最后将荷叶包起裹紧，只留一个小口，供顾客吃。一大清早吃酢肉，我没法理解当地人的胃口，油腻不说，早上吃干巴巴的米饭，怎么吞得下？

第一次吃芜湖酢肉是在同事婚宴上。精美的瓷盘中，酢好的五花肉有序地叠放一起，紧裹的米粉由于猪油的渗透，色泽金黄。我夹过一块尝尝鲜，酢肉的香气在唇齿之间散开，但味蕾很挑剔，只觉得芜湖酢肉米粉粗糙，肉、油与米粉的混合达不到潮润，干巴且不软黏。这可不是我记忆中的酢肉味道：酱香味浓，米粉入口软黏，猪肉酥烂不腻。

桐城酢肉为何有独特的酱香味浓？我想找寻其秘密。小时候，因为农村生活条件差，一个月吃上一顿肉都很难得。实行家庭联产承包责任制后，先是农村口粮不缺；粮、油、肉、糖、布票先后取消，手头宽裕的农民可以想买就买。乡亲们不必只在五月节吃酢肉，而是在尊贵的客人来家或家庭成员过生日时，都可来一盘。记忆中，外祖母不去商店购买酢肉粉，而是自己做。我曾亲眼看着外祖母制作酢肉粉的过程：淘好刚刚收获的晚稻米——粳米，或以籼米与糯米混合，放入锅中翻炒至干，然后加入八角、花椒烘焙，待米色金黄、香气四溢后，自然冷却；再将其倒入石磨中磨，磨好的米粉又用细筛子筛三遍，这样米粉口感细腻，吸附猪肉的能力更强。制作酢肉时，外祖母会选择前腿肉，肥瘦相间，但肥肉略多，切肉时薄厚要掌握好，加入米粉和自家酿制的黄豆酱或蚕豆酱，米粉与猪肉混合要搅拌均匀，放置一小时，再用大火蒸二十分钟后，改小火蒸一小时左右。掀开锅盖，热气腾腾、香气扑鼻的桐城酢肉就做好啦！我想儿时酢肉香的原因：一在于所有原材料皆由外祖母精挑细选且由外祖母亲自制作，二在于农家土猪肉、自家酿制的豆酱、搪瓷碗装盘、用柴火烧水蒸焖也是不可或缺的。

当然现在吃醉肉，不像以前那么麻烦。因桐城人喜爱吃醉肉，有不少商家开发制作醉肉粉。如今每次回家探亲，母亲都要特意为我做一盘香喷喷的醉肉。由于村中年轻人都外出生活，我村水稻种植成为历史；村祠堂里那口经历半个世纪风雨的石磨，也因老石匠去世，无人开磨而荒废。母亲无法按照外祖母的方法制作醉肉粉，只好去商店买。各厂家的醉肉粉味道不一，但我最喜欢的是一个厂家的醉肉粉原料：醉肉粉、酱料包各一袋；包装袋上附说明——这是一斤肉的配置。由于每个人的口味不同，若按照说明书去调制，我觉得酱料过多，有些咸，就减少其分量，味道自然是极好的。查看配料，多达十余种：粳米、糯米、天然豆酱汁、酱油、辣椒油、甜面酱、食盐、葱汁、八角、花椒、小茴香、桂皮。相比之下，此粉细腻而不失质感。

由于肥肉脂肪多，现在人们生活水平提高了，但缺少体育锻炼，我不倾向于经常吃醉肉，可又难忘桐城醉肉的浓香，怎么办呢？我的做法有两种：一是尽量买猪后腿肉，瘦肉多些，因肥肉少难以与米粉充分糅合，就适量加些生抽和清水，这样蒸熟的醉肉则保留了原有的软糯和弹性；二是将土豆切成6厘米见方的大小，垫在醉肉下面，蒸制时土豆吸附了肥肉渗出的油，大大减少了醉肉的脂肪含量，且土豆又面又香。

在外祖母和母亲的言传身教下，我也学会了桐城醉肉的制作。遇上同学、朋友来家，我必做上一盘。由于香味、口感独特，他们也爱上了桐城醉肉，这道菜如今成为他们来我家的必点之菜。

远在他乡，大爱桐城醉肉香。

豆腐家族，你我情深，奈何缘浅

一提到豆腐，大家最先想到的定是白豆腐（用大豆制作）。史书记载：淮南王刘安喜欢喝八公山珍珠泉水磨出的豆浆。一日，他在炉旁看炼丹出神，竟忘了手中端着的豆浆碗，手一撒，豆浆泼到了炉旁供炼丹用的一小块石膏上。不多时，那块石膏不见了，液体的豆浆却变成一滩白生生、嫩嘟嘟的东西。这是后来名扬天下的淮南八公山豆腐的来历。

我对豆腐家族有着特殊的感情，因为它是我童年快乐时光的一颗颗珍珠。

20世纪八九十年代的山区，逢年过节，每家会自制白豆腐。做白豆腐至少有八个步骤：第一，头天将黄豆用水浸泡（豆子浸泡时间长短不一，夏季时间短，冬季则长），胀发至豆皮破裂；第二，将胀发好的大豆用石磨碾磨；第三，用豆布服（此为土布制作而成，筛豆浆时易渗漏）筛豆水混合物，滴下豆浆，挤出豆渣；第四，将豆浆倒进铁锅中加热至沸腾；第五，盛出豆浆倒入大缸或水桶；第六，待缸中豆浆冷却至七八成热，将烧热的石膏碾磨成细粉，加适量的水来点斗；第七，半个小时后，揭开大缸，豆浆已华丽变身为豆腐脑，再将豆腐脑舀进豆布服，用筷子划拨弄碎块状豆腐脑，将豆布服四角对折压紧，上面加一锅盖，锅盖上加一重物（一桶水或一块大石头）；第八，二十分钟后，掀开豆布服，四四方方的豆腐呈现在眼前，用菜刀横竖划几下，豆腐分块成功，将其一块块小心托起，放入盛有清水的器皿中。

压制而成的白豆腐

这个过程虽复杂，却充满着期待。我最怕的是磨豆腐和烧豆浆。磨豆腐是重体力活。祠堂那口石磨好厚，有两百多斤，一人拉不动，两人还凑合；因为大豆是加水后倒进磨口的，拉起来更重。每次外祖母下豆子，母亲带领哥哥和我拉磨，哥哥与我可轮流休息一次，母亲则自始至终地拉磨。五升大豆磨完，要个把小时，母亲后背全湿透了。

烧豆浆则是细致活，因为豆浆不像水，一旦到了沸点，就像大海涨潮一样，迅速溢满整个锅台。所以只知埋头烧锅是不行的，还得时不时伸头看一下锅中的豆浆，当然提前准备一瓢凉豆浆很有必要。一见豆浆开始上涨，要迅速将凉豆浆倒入锅中，然后立即将锅灶里的柴火熄灭。记忆中，我曾在烧豆浆时犯过错，一锅豆浆溢出只剩下三分之一。母亲虽没责备，可之后，我却再也没犯同样的错。

我最期待的是筛豆浆。筛豆浆需要从屋梁上拉根绳子，系上豆腐架，再将豆布服四角系在豆腐架上的四个孔中，将碾磨好的豆水混合物舀进豆布服，双手握住豆腐架，一上一下，左右摇晃，豆渣渐渐融合成球状，豆浆渗出成细流。等母亲摇好放置一边后，只剩少量豆浆渗出，我和妹妹合作，一人一边，她推过来，我推过去，像给豆渣荡秋千。当然豆腐做好，撤走豆腐架，我和妹妹总央求母亲不要拿走屋梁上吊下来的那根绳。我们用绳子系上翻过来的板凳，自制荡秋千神器。随着秋千的高高荡起，屋内充满着尖叫、欢快的交响曲，绕过屋梁，飘进左邻右舍。

筛豆浆

最神奇的是点斗。村里一爷爷是点斗高手，每次做豆腐，大伙儿都请他来点斗。点斗是技术活，需要掌握石膏的烧制时间，还有石膏粉与水的混合比，更要用手来衡量热豆浆的温度，那可是千百次经验的总结。原本一大缸豆浆，只见爷爷将石膏水一点点地倒入，再用锅铲轻轻搅动。搅动后静置至豆浆平静，见证奇迹的时刻到了，豆浆隐隐约约向中间聚拢，越来越稠，此时盖上锅盖，将缸中热气捂住，再屏气等上一刻钟。掀开锅盖，热气腾腾的豆腐脑呈现在眼前。看见白嫩嫩的豆腐脑，长辈们好高兴，因为他们觉得这预示着明年是个好年成，凡事皆顺。来一碗热豆腐脑，加点白糖，真是美味无比，酣畅淋漓。遗憾的是那位爷爷去世后，没有人传承这手艺，后来大伙儿只会用冲斗（将石膏粉加水和匀放置在大缸内，由两人各执一桶滚热的豆浆交替冲入缸内，静置半小时后可见豆腐脑）。卤水点的豆腐脑比冲斗做的少些石膏杂质，味道更细腻。

除了人们熟悉的白豆腐，生活在偏远山村的我还吃过黄栗豆腐与观音豆腐。它们不曾抛头露面，只停留在山间农家人的饭桌上，却承载着我对乡村的无限依恋。

橡栗

黄栗豆腐，顾名思义，由栗子制成。大别山区，山间多栗树，如橡栗、毛栗、板栗、油栗等。黄栗属橡栗家族，秋季成熟，随风落地。我家屋前池塘边，有两棵树龄在百年之上的黄栗树，树冠散开，可覆盖方圆一丈开外。每到秋风扫落叶时，栗子散落一地。一有空，外祖母就去捡，还嘱咐我们放学归来时捡些。积少成多，一个月左右，树上栗子落尽，家里已储存满满一大筛子。

做一次豆腐，这些远不够。周日，我们兄妹三人会上山采橡栗，橡栗比黄栗个头大一点。哥哥用长棍捣，我和妹妹蹲在地上捡。一下午，我们可收获十来斤。幸福的记忆中，有一年冬季，外祖父在山坡上挖地窖，以存储越冬的红薯，一不小心挖到松鼠窝，那是装栗子的粮仓。外祖父喊我们拿箩去装，我不知有多少栗子，就提了个小竹箩，结果幸福来得好突然，松鼠洞不大，但好深，妹妹一头钻进去，用双手往外捧，小竹箩不一会儿就装满了。我只得回家取个大竹篮再来，那一洞的栗子，竟然有二三十斤。归来的路上，我和妹妹看着满满的栗子，突然可怜起松鼠来，不知它们冬天如何熬过……

收获的黄栗经翻晒后去壳，果肉用石磨碾成粉，烧一大锅开水，将栗粉倒入并搅拌均匀，等到变稠凝固后，取出摊凉，切成块状即成。显然这比制作白豆腐简单些，难度在于给栗子去壳。黄栗豆腐均呈黄褐色，光滑而微透明，配以红辣椒、腌菜等同炒，添加生姜、大蒜和香葱等作料。它的烹制有讲究，要做到锅热油老，慢慢煎炸，切忌乱翻，否则易碎。它的风味独特，观之如美玉凝脂，食之柔嫩爽滑，鲜爽清香，美味可口。

观音豆腐，不要说城里人，就是山区之外的农村人可能也没见过。当然，我家饭桌上也不曾有，那只是儿时小伙伴们的杰作和美食。长辈们说山上有一种灌木，叫观音柴，它的叶子汁多，揉碎挤汁加草木灰，可做成观音豆腐。因为其呈绿色，故又称绿豆腐。

观音柴叶子

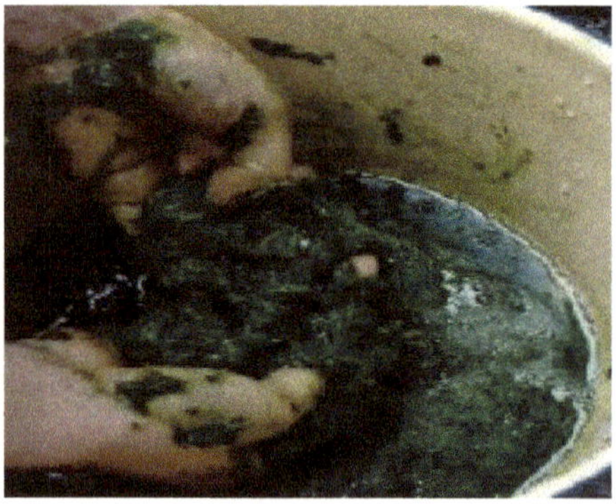

揉搓观音柴叶子

暑假是做观音豆腐的最佳时期。小伙伴们选择在大人们午休时间，聚集在村子东头的泉水池边。大家按人数分工，有的负责采观音柴，这种灌木遍布村东头小山坡；有的从家里带脸盆、搪瓷缸、纱布或手帕；另外两人负责带点干柴火（松毛、枯草或树叶）和火柴。待食材和工具准备齐全，我们开始动手。

先将观音柴叶子冲洗干净，放入装适量水的脸盆里，双手反复揉搓，待将叶子揉烂，再用纱布或手帕裹好挤汁到脸盆里，因纱布和手帕小，挤汁要分多次才能完成。将汁液放置一边，寻块平整的石头，点火烧柴草。待柴火烧尽，剩下草木灰，搜集草木灰，放入装水的搪瓷缸搅拌，再用手帕过滤。将过滤好的草木灰水滴入之前准备的汁液中，不一会儿，见证奇迹的时刻到了，稀绿的汁液变稠，脸盆里凝聚出一块晶莹的圆绿玉。小伙伴们飞快地溜回家，取饭碗、盐巴、水辣椒，最好再带点芝麻油。主事的姐姐用小刀划割圆绿玉，每人一块，就着简单的作料吃，似果冻般爽滑可口；再加上清凉的泉水，一碗下肚，暑气全消。

观音豆腐

因为吃绿豆腐的人少，故记载较少，如陈能雄《泰顺绿豆腐》，诗曰：“茎叶盈香溢远清，虽非嘉卉亦含英。青浆凝作脂酥润，绿冻裁成软玉莹。触手已堪消暑去，入唇直觉沁凉生。与君坐语无觞饮，聊致冰心共碗盛。”

电脑普及后，我曾查阅其功效：富含多种维生素、微量元素和氨基酸，有清热解毒功能，是盛夏防暑降温的佳料，是提取果胶的好原料，是纯天然绿色食品。可能是因为有草木灰的加入，大人们觉得不卫生，不大愿意让小孩吃。

原料不同，豆腐家族呈现给人类多彩多味的盛宴。可惜的是，除了白豆腐还占据着寻常百姓的餐桌，家乡的黄栗豆腐、观音豆腐却成了山区“70后”的记忆。

豆腐家族中的黄栗豆腐和观音豆腐，你我情深，奈何缘浅，大山里相识，却相忘于江湖……

美味油渣，你可知晓？

提到油渣，熟悉的人，年龄多在三十岁以上，且多为乡村人，因其是猪油或肥肉高温炼制后的产物，对身体健康有害，大部分人遂弃之于垃圾桶中。

我对油渣有着特殊的感情。物资匮乏的年代，农村能吃得起猪油的人家屈指可数，猪肉就更别提了，只有过节或有贵客来时，一般才买半斤猪肉。若买到的肥肉稍多点，外祖母就会将其中一部分切成细丁，倒进锅里，高温炼制出油，捞出油渣。油可分多次炒菜用，油渣则用来做炸酱或炒咸菜。每次闻到油渣扑鼻的香气，我们兄妹三人都会围在锅台边，用手捏几个吃。那嘎嘣脆，那焦香，在唇齿间交错，令人回味无穷……

分田到户之前，家庭不允许养猪，唯有集体饲养。过年宰杀，每家每户分到打牙祭的几斤肉，还得留着正月里招待客人。分田到户后，农民们的积极性高涨，在自己的一亩三分地上铆足了劲，粮食喜获丰收。有了余粮，农民们开始养猪，至少养两头，一头养肥后卖出去，一头留着过年宰杀吃。年猪至少喂养八个月以上，除去猪头、四肢和内脏，净肉也有百余斤。按照当时农村的贮存方式，猪肉大部分用来腌制成腊肉。

新鲜的肥膘腌制会失去原味。母亲会利用一下午时间来切丁炼制，能炼出满满一大钵子猪油，放点白糖，放置几小时后，会冷却成硬邦邦的油冻，以备来年炒菜之用。对孩子们来说，最幸福的事就是看到一大碗油渣。这时母亲不再吝啬，她会由着我们放开吃。我们撒点白糖在油渣上，那滋味如同老鼠进了米缸，小狗啃到了骨头，满嘴生香，幸福满满。

猪油

高中时，学校离家有十几里山路，同学们都住校，只有周六下午可回家。周日返校时要带上两大瓶菜：蔬菜不易保存，只好带咸菜。咸菜主要有腌白菜、芥菜、萝卜、豇豆、莴笋、黄瓜等，其中腌白菜是常见的，可保存大半年。咸菜吃多了，都是一个味，偶尔我们会在学校食堂打份蔬菜，可不见油星子，总觉得饿得快。春季上学时，母亲会在我带的咸菜里放上切碎的油渣、红辣椒一起翻炒，味道自然好很多。中午可多打一两饭，就着油渣咸菜，风卷残云般，饭缸子里不剩一粒饭。自制的黄豆酱和水辣椒，经过一夏的暴晒，已经可做炸酱了。我最喜欢的是母亲用油渣、豆腐干、黄豆酱、水辣椒混合制作的炸酱，一大碗米饭，不需要任何其他菜，只要拌上炸酱，对我而言，那是任何东西也换不走的美味。

随着生活水平以及人们对健康食物要求的提高，油渣慢慢退出寻常人家的餐桌，但我对油渣仍旧情有独钟。可能是饮食习惯所致，我不能接受做菜只用植物油。每一两个月，我都会买点肥肉来炼油。捞出的油渣我自然不想浪费，按自己的想法来做点花样，如油渣炝白菜、油渣豆豉炒青椒、油渣黄豆炸酱、油渣烙面饼等。

油渣炝白菜

油渣黄豆炸酱

油渣炝白菜是最容易做的，只需将包菜用手撕开成条状，用大火爆炒，加盐，待白菜八成熟，滴几滴醋，再加入焦脆的油渣，翻炒几下，随即出锅。这样的菜品色彩分明，味道自然也是极好的。油渣豆豉炒青椒属家常菜，制作也不难，主要是青椒切块要适中，豆豉的味道要自然，火候的掌握全靠个人烹饪的熟练程度。此菜品味道类似于回锅肉：肥而不腻，入口浓香。油渣黄豆炸酱与炸酱的做法相同，只是黄豆要先爆炒至熟脆，再放进热水中浸泡半小时，接着再将黄豆倒入锅中，加适量水、面酱（甜、辣依个人口味而定）、油渣，焖煮半小时即可。油渣烙面饼有点小难度，主要需掌握和面技巧、火候、面饼厚度等。将油渣切碎放入面粉中，加水搅匀，放置半小时；平底锅中加油烧热，用勺子舀面入锅摊开，待底部结壳后翻煎另一面，两面金黄即可出锅。食用时配上豆瓣酱或辣椒酱，味道更好哦！

听完我的介绍，你是否知晓了油渣的美味呢？周末不妨一试，你会有意外的惊喜！

山珍野味的日子

作为普通百姓，“山珍海味”这个词，仅限于从字典中了解：山野和海洋里的各种珍贵的食品，如驼峰、猴头、熊掌、燕窝、凫脯、鹿筋、黄唇胶、鱼翅、海参等。

我的职业是教师，且不说没有雄厚的经济实力去尝试，就是从字面看这些山珍海味，我都觉得无法下口。有幸的是我的人生前二十年在山区度过，丰富的自然资源让我尝到了山珍野味，但那时我并没觉得珍贵，仿佛一切都是大山应该的给予：随心、随时、随地可取。

春寒料峭之际，田野和山上的一些植物顽强地破土而出。我和小伙伴们迎来最让我们开心的节日——三月三。按照家乡的风俗，这天要吃毛香粑。为什么要吃毛香粑？传说众多，我倾向于是为了将沉迷于他乡的魂魄召回，让他们不忘本。

毛香

毛香粑

三月三之前的周日，天气晴好，我们会邀上三五个小伙伴，结队去屋后的深山采集毛香。毛香多生长在茅草或枯叶深厚的草丛中，而且一簇簇较为集中。若运气好会碰见一片，但有时踏遍几道山冈却难觅其踪迹。采集一小竹篮毛香至少要大半天时间，不过一想到毛香粑的清糯咸香，我们从不觉得累。

蕨菜

清明节后，气温上升较快，茶叶、竹笋争先恐后地生长，此时正是采摘蕨菜的好时机。记忆中知道蕨菜可以吃，得益于城里人到山区去收购。听说蕨菜属多纤维蔬菜，富含多种氨基酸，可促进肠道蠕动，有解毒、清热、润肠、化痰等功效。蕨菜喜欢生长在向阳的山坡上，生长迅速，露出地面三五天就枝繁叶茂。因为吃蕨菜需吃其未展开的幼嫩叶芽，所以掌握好采摘时间是很有必要的。新鲜的蕨菜需用开水焯一下，再用凉水浸泡沥干，切成三五段，撒上细盐、糖（小时候没吃过味精）搅拌腌渍半小时，加点水辣椒和芝麻油食用，不过味道没有想象中的好。可能因为是野菜的原因，它有点苦涩，对此我并不喜欢。除新鲜可食外，蕨菜还可以焯水后，经阳光暴晒成干蕨菜。食用干蕨菜时需用水浸泡数小时，一般也多以凉拌为主。

番瓜花菇

盛夏正赶上暑假，夏季多暴雨，如碰上四五天中午下暴雨，两三个小时后天气放晴，温度极高，就给树林里番瓜花菇（又名瓜花菌、喇叭菌）的生长提供了合适的条件。夏季的树林里多蚊虫、蜈蚣、百节虫、洋辣子和蛇，灌木丛中又闷热，但艳丽的番瓜花菇还是吸引着勤劳的乡亲们去采摘。上初中后，我从植物课中了解到鲜艳的蘑菇多半有毒，就劝说大家不要再去摘食。如今我上网查阅才知番瓜花菇是可食用的，味道如同其他菌类一样，与肉片一同炒食，鲜香诱人。

地耳又称地皮菜，多生长在山丘和平原的岩石、砂石、草地、田埂以及近水堤岸上，耐干旱，即使干至手搓即碎时，得水亦能生长。春夏季节因多雨，山区的岩石、草地上常见地耳的踪迹。捡地耳需要耐心和细心，因为地耳上附着有砂石或枯草，且每片较小，洗起来更不容易，弄不好就碎成渣。地耳多与韭菜同炒，褐绿相间，让人看着就有食欲。偶尔母亲会积攒两个鸡蛋炒地耳，那味道不比木耳炒鸡蛋差，因为地耳口感更柔嫩。

地耳

地耳炒鸡蛋

秋天是万物逐渐枯萎的季节，树林里积满了厚厚的落叶和松针。我和小伙伴们背着柴篓去山上扒柴，若碰到长满茅草的山头，隔三岔五地立着几棵松树，那可是茅草菇的最佳生存空间，我们就将柴篓装满后放置在一旁，迅速蹲在地上，扒拉着茅草和松针，开始采摘茅草菇。有趣的是，茅草菇不大喜欢单独生长，一般三五成群地长在一起。由于茅草菇肉厚怕挤压，我们就地取材，用细长的茅草将一个个茅草菇串成串，三四串茅草菇就是一盘菜。茅草菇肉质松软，口感细腻，做汤味道更鲜美。

茅草菇

山区野味不常有，偶尔能在树林里或收割小麦时发现一窝野鸡蛋，三四个。野鸡蛋较小，四个可蒸一碗鸡蛋羹，还没有家鸡两个蛋蒸出来的稠，味道差不多。我们经常听到野鸡在树林里叫唤，但它们机灵得很，稍微听到一点响动，就飞得好远，人们不容易捕捉到。有人用网在林子中围起一道墙，可野鸡好像知道似的，不会轻易自投罗网。记忆中我没见过几个大人逮到野鸡，只是后来有人用土枪打过几只。我没吃过野鸡肉，但家里有两根长长的、漂亮的野鸡毛，是老山里的一位亲戚送的。

野鸡

野鸡蛋

记得上中学时，语文课本中有鲁迅先生的《少年闰土》，其中让我印象最深的是这一段文字："深蓝的天空中挂着一轮金黄的圆月，下面是海边的沙地，都种着一望无际的碧绿的西瓜。其间有个十一二岁的少年，项带银圈，手捏一柄钢叉，向一匹猹尽力地刺去。那猹却将身一扭，反从他的胯下逃走了。""猹"是鲁迅小说《故乡》中提到的一种像獾的野兽，喜欢吃瓜，毛一般灰色，腹部和四肢黑色，头部有三条白色纵纹，趾端有长而锐利的爪，善于掘土，穴居在山野，昼伏夜出。我当时觉得这个解释对山区的孩子来说，完全是多余的；对城市的孩子来说，凭此无论怎么想象，也想不出那是啥动物。

猹在山区有两种，一种叫猪獾，另一种叫狗獾。两者的区别在于猪獾的鼻垫与上唇间裸露，吻鼻部狭长而圆，酷似猪鼻；而狗獾头扁、鼻尖、耳短，颈短粗，尾巴较短。20世纪山区没有人种西瓜，主要种植玉米、红薯。每当玉米灌浆的季节，獾就会来捣乱，它们的破坏力极强，一根玉米拽断啃两口就抛弃在一旁。一个晚上，两三个獾就能毁掉农民辛苦种植的一季收成。为了保护自己的口粮，农民想尽办法与獾做斗争。其一是将铁夹子放置在獾的出入地，獾不小心踩上，一只脚就会被死死地夹住，很难跑远；其二是用猪油包裹住炸子（用炸药制成的小圆球）放到地里，以猪油的香气引诱獾来吃，引爆炸子。两种方案看起来完美，可事实证明獾很狡猾，只有极少的獾不知为啥犯傻，才落入圈套。獾是野生动物，肉质纤维较细密，瘦肉多，烹饪起来不容易烂。如果火候不够，生拉硬拽，吃到嘴里得嚼半天。在肉类匮乏的年代，那可是一顿大餐，让人久久不能忘怀。

刁老鼠

山区还有一类常见的小动物，身形类似松鼠，但尾巴较细长，自己打洞，穴多在塌方的断层中，喜食栗子、黄豆、红豆、绿豆等，我们当地称之为刁老鼠。刁老鼠生性多疑，动作敏捷，平日见其身影都非常不易。我只吃过一次刁老鼠的肉，记不起是怎么捕捉到的，如今也无法回忆其是啥味道。

随着农村的衰落，山区树木和动物保护得很好，山里的乡亲们屈指可数，他们大多已是年过花甲的老人，早没了采山珍捕野味的想法和行动。如今回家探亲，清晨我会在鸟鸣中醒来，偶然漫步山间，会看到野鸡、野兔在草丛中出没。唯一让乡亲们苦恼的是野猪，它们祸害庄稼的能力不可小觑，但国家将其定为二级保护动物，乡亲们也只好随它逍遥自在了。

山珍野味是大自然对贫困岁月的馈赠，我更期望这样的日子一去不复返。人与自然和谐相处，才是人间最美、最纯、最深的爱！

咸菜中的宠儿——雪里蕻

人类自从发明了冰箱，食材的保鲜期可延长至数月。值得庆幸的是，中华饮食中的经典工艺依然传承至今，无论是腌烘熏焙、煎炒熘炸，还是蒸烧汆炖。

家乡的冬天并不漫长寒冷，新鲜的青菜、菠菜、萝卜尽可食用。不知从何时开始，霜降后立冬前，每家都开始腌制大白菜，历经数日腌渍，待白菜颜色变黄，即可取出洗净，加入蒜末、辣椒酱翻炒，就成为今冬明春饭桌上最下饭的一碟小菜。

腌制咸菜的食材，每季均丰富，春天的韭菜、莴笋、竹笋、大蒜，夏天的黄瓜、豇豆、刀豆，秋冬的萝卜缨子、萝卜、大白菜、芥菜。所列蔬菜中，大白菜、芥菜常常用来腌制咸菜，而其他种类的蔬菜一般新鲜食用，若有富余才会腌制，一则防止浪费，二则变换口味。

在雪里蕻芥菜出现之前，乡亲们用来腌制的多为高秆白菜，因为腌制后的白菜秆脆生有嚼劲，比菜叶口感更佳。但自从有人引进雪里蕻种植后，它就成为咸菜中的宠儿，不为其诗情画意的名字，只为它与各类食材搭配，别有一番风味在舌尖。

雪里蕻芥菜原本与其他叶类绿色蔬菜一样普通，可为啥赐予它这等“冰清玉洁”的名字呢？经百度搜索得知：雪里蕻又名雪里红、雪菜、春不老、霜不老、塌棵菜。因雪里蕻比较抗寒，在东北地区，到了秋天所有的青菜都变黄枯萎，唯有其还顽强地存活，经霜打之后，其部分叶子变成红色。清朝康熙年间编订的《广群芳谱·蔬谱五》曰：“四明有菜名雪里蕻，雪深，诸菜冻损，此菜独青。”我们不妨脑补一下画面：晚秋的东北，霜浓似雪，厚厚地覆盖在红色的叶子上，那不就是雪里红吗？

雪里蕻

我对雪里蕻的喜爱，源于母亲烹饪的雪里蕻炒肉丝和雪里蕻鸡蛋炒饭，虽简单朴素，也无色相可言，但芥菜本身的辛辣味刺激了味蕾，加上新鲜的猪肉和鸡蛋，搭配调和，咸鲜适中，勾起藏在心中已久的馋虫，一碗米饭迅速下肚：口颊齿间，酸辣滋长；鼻腔眼睑，淡冲相宜，此刻秒懂“人间至味是清欢”。

雪里蕻本是一味咸菜，如今经过各路“厨神”的巧妙混搭，已然成为咸菜中的宠儿。这样的评价一点也不为过，下面介绍几道雪里蕻搭配其他食材的菜谱，看看是不是适合你那挑剔的嘴吧！

雪里蕻炒肉丝或肉末，简单易学。第一步，将腌渍变黄的雪里蕻用清水反复浸泡或冲洗，目的是去除盐分，然后挤干切成碎末；第二步，将新鲜的猪肉切成丝或剁成肉末待用；第三步，备姜末、蒜末、水辣椒；第四步，锅加热，先炒肉丝或肉末，加点生抽，熟后盛起待用；第五步，向锅中倒入适量菜籽油，油温升高后加入姜末、蒜末炒香，倒入雪里蕻翻炒，加点水辣椒；最后放进炒熟的肉丝或肉末，大火混合炒上两三分钟即可出锅。若想此菜品色泽金黄，主要在于对雪里蕻腌渍时间和烹饪火候的掌握。当然这道菜的味道毋庸置疑，肉末吸进雪里蕻的咸味与清香，却将本身的脂肪渗透进雪里蕻里，使其变得多汁饱满，是下饭开胃菜中的精品之一。

雪里蕻炒三丁，无需多言，看图即知，主材为雪里蕻、青豆、肉丁、干辣椒或新鲜红辣椒，烹饪工艺如上。此菜谱主要通过雪里蕻的辣呛味去除青豆的豆腥味，同时青豆又可冲淡其咸味。

雪里蕻炒三丁

雪里蕻炒笋

雪里蕻炒笋。第一步，将冬笋或春笋剥壳，洗净斜刀切厚片或细丝，放进加盐的沸水锅里煮2～3分钟后，捞出沥干水分。第二步，热锅上油，加一小勺猪油，转小火，待猪油全部融化后加入干辣椒段爆香。此处也可用肥瘦相间的肉末入锅爆炒至熟替代猪油。第三步，倒入洗好切碎的雪里蕻，炒香。第四步，把焯好水的笋片或笋丝回锅翻炒2～3分钟，加点白糖调味后，起锅即可。喜欢吃笋子的食客都清楚，无论冬笋还是春笋，只要是新鲜食用，都有些涩嘴。关于如何去除涩味，有人用火腿炖，这样做确实能达到目的且美味。如果你尝试用雪里蕻炒笋，你会发现这样也会达到去除笋子涩味的效果，又不用苦恼火腿炖笋中油脂丰厚的浓汤该不该喝的问题，真是一物降一物！

雪里蕻烧豆腐

雪里蕻烧豆腐。首先，将豆腐切成小方丁，用开水氽一下，捞起沥干；其次，炒锅中加猪油，先用葱、姜末爆出香味，再加入雪里蕻煸炒；再次，将准备好的高汤倒入，放进豆腐、酱油烧开后，转为小火烧焖数分钟；最后，用水、淀粉勾芡收汁，淋入香油，加点味精，出锅装盘即成。豆腐里水分含量高，加上其柔嫩无比，烹饪时不宜多次翻炒，入味较难。用雪里蕻浸润豆腐，巧妙地将其味道渗透到豆腐的每一个细孔，使其入口嫩滑，汁浓味美。因雪里蕻性温，味甘辛，富含多种营养成分，与豆腐一起食用，有益气宽中、生津润燥、清热解毒、和脾胃之功效。

以上食谱是雪里蕻的常规做法，民间还有两道运用腌渍晾晒工艺烹饪的菜谱，当然这需要用雪里蕻制成梅干菜才行。

梅干菜的制作：将收割后的雪里蕻洗净，晾晒三四天，待其变成黄绿色后用盐腌渍，踩踏挤压至出菜汁为佳，用石头压实，待菜卤出泡，叶秆均泛黄色后捞起，挤出水分晾晒数日至干。

雪里蕻梅干菜主要有两种做法。一是清蒸，将梅干菜浸发在水中，捞起切段可与肥腊肉一起清蒸。腊肉蒸熟时油脂浸润在梅干菜上，吸满油脂和水分的梅干菜让人嚼起来温润、有韧劲，回味绵长。我记得母亲晾晒梅干菜另有用途，她将腌渍好的雪里蕻捞起五六斤，洗净沥干，切成3公分长的小段，放进竹匾里晒干。待春日阳光明媚，她将过年腌好的腊肉拿出晾晒，等肉皮颜色金黄收起，放入菜瓮中，再将晒好的梅干菜撒在腊肉上，最上层的腊肉要完全覆盖好。采用这种方法贮存的腊肉，到夏天不会发齁，颜色也鲜亮。待腊肉吃完，将梅干菜取出装碗，加入少许米汤和水辣椒，等烧饭时放在饭上蒸制，满屋飘香。

梅干菜扣肉

二是红烧，最有名的莫过于雪里蕻梅干菜扣肉。这道菜的工序有点复杂，分八个步骤：第一步，选择上好的五花肉洗净，放入装有适量清水的锅中，加生抽、姜片、香叶、葱段、八角、冰糖，炖煮20分钟。第二步，梅干菜洗去盐分，浸泡至无咸味，切碎待用。第三步，将煮好的五花肉捞起，用牙签插满小孔，再在四边均匀地涂上老抽，沥干水分。第四步，锅内放油加热至冒泡，放入酱好的五花肉，肉皮最好朝下，煎炸至肉皮有褶皱时捞起，放凉后切成5～8毫米厚的肉片。第五步，锅内放油加热，将沥干水分的梅干菜放入炒香，加少量白糖、生抽调味。第六步，将切好的五花肉片整齐码放在大碗中，肉皮向下，再把炒香的梅干菜铺在表面，并用汤匙压紧夯实。第七步，蒸锅内放凉水，大火烧沸，放入大碗，盖上锅盖，用中火蒸30分钟。第八步，从蒸锅中取出大碗，将盘子倒扣在大碗上，然后把大碗和盘子一同翻转，使菜倒扣在盘中即可。至此，一盘色泽诱人、香气扑鼻、肥而不腻、菜软汁浓的雪里蕻梅干菜扣肉就大功告成了。

雪里蕻除了与各种食材搭配烹饪，成为餐桌上的一道道美味外，还可与主食混合，如雪里蕻肉丝（或鸡蛋）炒饭、雪里蕻肉丝面，均为寻常人家喜爱的粗茶淡饭。

雪里蕻炒饭

雪里蕻肉丝面

听完我如数家珍地介绍雪里蕻，你是否也觉得它是咸菜中的宠儿呢？如果你是吃货，不妨抽空下厨房，来一盘混搭的雪里蕻炒菜，说不定有更美味的发现呢！

法治篇

庭审实践是提升教学的最好素材

小公司被冒名代理，利益受损怎保护？

乘车意外，引人深思

传销危害大，防范需谨慎

……

庭审实践是提升教学的最好素材

自1997年从事高校思想政治教育教学工作以来已走过20多个春秋，其间我教授过《邓小平理论和“三个代表”重要思想概论》《法律基础》《毛泽东思想和中国特色社会主义理论体系概论》《思想道德修养与法律基础》等课程。这些课程都涉及社会主义法治理念的内容，虽然只有短短的“依法治国、执法为民、公平正义、服务大局、党的领导”20个字，但如何从司法实践的角度清晰地理解并向学生传授不是件容易的事。

为了更好地教授法律课程，准确理解法律条文的规定，向学生传达法律的真实意图，我从2006年暑假开始自学法律并参加国家司法资格考试。功夫不负有心人，2008年我顺利通过考试并获得中华人民共和国法律职业资格证，这让我站在讲台上从事法律教学有了底气。但是没有实践作为素材，理论的讲解总是显得较为空洞。如何提升法律理论教学的针对性和有效性呢？我一直在寻找最佳结合点，但苦于没有途径。

2013年8月11日，我在弋江区政府网站上看到芜湖市弋江区人民法院向社会公开选任人民陪审员，我很兴奋并在第一时间准备了相关材料报名，后经选拔和政审，终于在2013年9月27日接到由弋江区人大常委会的任命书，成为弋江区人民法院的一名人民陪审员。

按照人民陪审员管理办法（试行）的规定，人民陪审员既是不穿“法袍”的法官，又是法官的监督员。带着这份神圣的职责，我走进了弋江区人民法院的审判庭。第一次坐在庄严神圣、悬挂着国徽的法庭审案时，我真切地听到内心的声音：公平正义、执法为民。

随着主审法官敲响法槌后，一场公诉人、辩护人、犯罪嫌疑人之间的较量正式开始。公诉人字句严谨，证据充分，控诉犯罪嫌疑人的犯罪事实；辩护人紧扣事实，字斟句酌，围绕犯罪嫌疑人是否有罪做无罪辩护或罪轻辩护；犯罪嫌疑人陈述对质，言语沉重，为自己的所作所为后悔不已。这一切需要主审法官和人民陪审员细心聆听，合理分析案情，理性运用法律，为公正判决做好积淀。

由于第一次参加庭审，我在聆听法庭调查、举证质证时生怕漏掉重要的案情陈述，以致法庭辩论时公诉人和辩护人的观点分歧我没有做好细致的记录。只见主审法官神情专注，思路清晰地向公诉人、辩护人和犯罪嫌疑人逐一发问，最大限度地还原案件发生的经过；有时就案情中的重要细节对他们交替发问，对质案件争议的焦点。时间在法庭辩论中过了一个半小时，最后由公诉人、犯罪嫌疑人和辩护人总结。这次对主审法官来说只是每天工作的一小部分，而对我来说，第一次作为人民陪审员极具意义的庭审终于落下了帷幕。本着对犯罪嫌疑人认真负责的态度，主审法官认为案情和适用法律需要合议庭合议，宣布休庭择日宣判。这意味着本次审判还没有形成最终的结论，对事实的认定和法律的适用工作依然待续。

回顾整个庭审过程，我发现自己完全沉浸在整个案情之中：主审法官的一丝不苟，公诉人的严丝合缝，辩护人的昂扬激辩，他们都在实践着社会主义法治的价值取向——公平正义和本质要求——执法为民，这不正是我教学所需的鲜活素材吗？一滴水可以折射太阳的光辉，法官和检察官们不就是在无数次庭审中践行着社会主义法治理念吗？理论教学需要实践素材，我想在日后的人民陪审工作中总结积累，不断提高自己对事实的判断能力和对法律的准确理解，并将此宝贵素材融入日常的教学之中，承担起法律宣讲者和法律监督者的双重责任，为社会尽一份微薄之力！

小公司被冒名代理，利益受损怎保护？

案情：合肥市××石雕公司起诉江西××建设工程有限公司，要求支付工程建设剩余款项六万五千元。缘由是汪某、陶某作为江西××建设工程有限公司的代理人，在芜湖市鸠江区经济技术开发区管委会招标的A3市政道路工程中标，后将道路栏杆制作安装发包给合肥市××石雕公司，签订合同总款为九万伍千元，先预付定金一万元，后来栏杆安装一大半后再付两万元，但整体工程结束后，合肥市××石雕公司要求其付余下款项时，却找不到江西××建设工程有限公司的代理人汪某、陶某。于是合肥市××石雕公司将江西××建设工程有限公司诉至法院，要求其承担付款责任。然而，在庭审中，江西××建设工程有限公司的法定代表人和诉讼代理人答辩称：汪某、陶某根本不是江西××建设工程有限公司的法定代理人，他们私刻公章、伪造证件、冒名代理，与其他公司订立合同致使公司利益受损。他们已向当地公安机关报案，希望尽快抓获二人，让其偿还他人债务。之后他们提交了大量的证据，经过法官和陪审员的细心对比，确实看出汪某、陶某私刻的公章及伪造的证件与江西××建设工程有限公司的公章、证件不符，有细微的区别，一般人不注意都看不出来。由于汪某、陶某的相关信息不清楚，加上他们的手机号码换了，联系不上，他们未到庭，因此本案只能视二人放弃答辩权。法庭调查到此，合肥市××石雕公司起诉江西××建设工程有限公司的真相大白。江西××建设工程有限公司与汪某、陶某没有合同关系，原告对本案的印章、证件伪造一事认可，二人所产生的债务与江西××建设工程有限公司没有任何关联，一切由汪某、陶某自负，驳回原告的诉讼请求。

整个案件庭审举证质证过程井井有条，可以说使当事人双方的诉权得到极大的保护。然而，我对江西××建设工程有限公司的法定代表人最后陈述时的抱怨语气印象深刻，因为那里面充满了委屈和无奈：汪某、陶某冒充我公司与他人签订合同，本身就对我公司形象造成恶劣的影响；再加上被骗的公司不知情起诉，我公司就得来法院应诉，这来回车旅费和诉讼代理费谁来帮我承担？这可都是我们这些小公司的运行成本，如果每年碰到几个这样的案件，我们这些小公司还能生存下去吗？

庭审结束后，我的脑海里总会闪现这些话。如今不少小公司运行困难重重：资金运转不畅、贷款门槛加高、劳动力成本增加、市场供求变化莫测、同行竞争激烈等。正因为有如此众多的影响因素，小公司倒闭的事情常有。再加上现在是信息时代，各公司为了能够占有更广阔的市场，就必须在互联网上做宣传，公司相关业务信息都一览无余。这为一些不法分子提供了可乘之机，他们利用正规公司的信息为自己披上“合法的外衣”，谋取不正当利益。针对这些情况，我想：小公司被冒名代理，利益受损怎保护？以下浅见仅供参考。

首先，作为正规的小公司要学会自我保护。对本公司核心机密，如公司印章、合同范本、公司法定代表人授权印章、法定代理人授权委托书的签名需要保密，不宜在公司网页中展示。公司在招聘掌握公司核心机密的员工时需要签订保密协议，若员工违反协议需要缴纳一定的违约金；在解聘相关人员时需要收回公司的公文原件，以免日后为他人擅自使用。

其次，招标单位和分包公司要学会辨别真伪。作为招标单位，就应该本着认真负责的精神，公平、公正、公开选择资质优秀的竞标单位，这样才能保证工程质量。否则，不仅工程质量不能保证，还有可能造成工程价款流失，影响市政工程的进度，从而损害政府的形象。因此，招标单位在重大工程招标时要细致审查竞标单位的资质和相关人员的证件并备案，不仅要看竞标单位提交的材料，还要到相关部门（如工商管理部门、税务部门、城建部门等）查证，更细致的则应该打电话与该公司核实法定代理人的相关信息，这样做能最大限度地避免上当受骗而造成多方当事人不应有的损失。分包单位更需要细致了解发包单位的工作场所及经营范围、法定代理人的授权证书等，切记不可麻痹大意，否则一旦垫付的工程款项无法要回，会影响自己公司的正常运转。

最后，建议政府相关部门建立诉讼救济补偿机制。被人冒名代理的小公司运行成本有限，无奈之下还要到法院应诉。这笔费用，如果公安机关能及时破案，由无权代理人承担无可厚非；但是如果找不到无权代理人，难道这笔费用就应该由小公司自己承担吗？即使小公司管理上有漏洞存在一定的过错，但由它独自承担显然不公平。所以在这样的工程承揽纠纷中，笔者认为招标单位也存在过错，没有尽到细致审查义务，招标单位应作为诉讼第三人加进来，让它承担一定的责任。当然，政府相关部门作为公司的监管部门，要经常审查公司的资质和经营状况，并在部门网站上及时更新，供招标单位和分包单位随时查询；同时要设立专款，对被冒名代理的小公司提供诉讼救济，最大限度地保护小公司的利益，真正发挥政府在维护市场经济主体合法权益的宏观调控作用。

乘车意外，引人深思

案情：许某，出租车司机。2014年4月25日晚1点22分，许某驾驶出租车沿本市九华南路由南向北行驶至九华南路与西山路交叉口，因强行超越前车而加速，其车前部撞到道路中心隔离设施，造成出租车乘坐人武某某胸腔内器官多处受损，送医院抢救无效当晚死亡。司机许某自己也受轻伤。后经查明，许某超速行驶，时速为33～39千米／小时，武某某因为没有系安全带，出租车发生碰撞时因有睡意而没有采取任何防护措施。许某只为自己的车购买了交强险，并没有购买司机责任险或乘客责任险。受害人家属要求许某支付赔偿金60多万元，按照交强险的规定，乘客武某某不属于保险范围，因此许某要承担所有的费用。

这起普通的交通肇事案给两个家庭带来不幸，作为局外人，我们不应仅有同情，而更应有对案件背后看似偶然却是必然的深思：首先，汽车的拥有者要有购买相关保险的意识。如今汽车已走进千家万户，人们外出路途较近时一般都会选择出租车或家用轿车。而众多出租车司机或家用轿车车主为省钱，只购买交强险而不愿意为自己、乘客购买司机责任险或乘客责任险。按照我国交强险的规定，它是由保险公司对被保险机动车发生道路交通事故造成受害人（不包括本车人员和被保险人）的人身伤亡、财产损失，在责任限额内予以赔偿的强制性责任保险，属于责任保险的一种。本案中武某某明显不属于交强险的赔付范围。一旦乘车人员或司机本人发生意外而没有购买司机责任险或乘客责任险，就不可能得到保险公司的赔付，这样必然加重了司机或乘客受伤后的经济负担。其次，本案中许某作为出租车司机，他有义务提醒乘客系安全带，必要情况下（深夜或凌晨）应主动帮助乘客系上安全带；或者提醒乘客不要坐副驾驶位（车上最危险的座位），以此降低发生意外时的损伤程度。再次，深夜或凌晨人处于最疲劳的状态，出租车司机更应该文明驾驶，不要轻易超车以免发生意外。最后，作为乘客，武某某乘车时应注意自身的安全，不要心存侥幸而放松对自我的保护。许多乘客乘车时不愿系安全带是因为感觉安全带对身体有约束，不舒服，其实这是非常危险的行为。因为如果不系安全带，一旦车子发生碰撞，身体可能会飞出去，头部容易撞向挡风玻璃而导致受伤，胸部以下器官可能会与车内零部件发生剧烈撞击而受损。由此可见，交通事故一般是由司机或乘客的乘车安全意识不够、自我约束力不强造成的。为了自己和家人的幸福，我们需要从细节做起，改变不良的乘车行为。

传销危害大，防范需谨慎

——一起传销案件陪审后的思考

2015年7月3日，媒体报道南京警方成功摧毁一特大传销团伙，落网传销人员装满20辆大巴。2015年7月，芜湖市弋江区人民法院审理两起传销案件，主要成员都在5人以上，涉案人数上百。我作为人民陪审员参与其中一起传销案件的庭审，整个庭审长达两个多小时。在认真听取公诉人公诉意见、辩护人辩护意见和被告人陈述的基础上，我对为何多地、多人误入传销组织及其危害有了更深的了解，当然思考最多的是如何避免误入传销组织。

传销组织首先利用的是高额回报，引诱想立即发财致富的人们，而且致富之路一般选择外地，让误入传销组织的成员难以了解事实真相，等发现真相后又难以脱身，因为进入该组织后身份证被扣，成员对外地地理环境和路线又不熟。传销组织的“五级三晋制”更加激发了内部成员对迅速积累财富的渴望，他们利用一切手段不断游说更多的人加入，这是传销组织不断庞大的重要原因。

传销组织其次利用的是亲人之间的信任，让成员诱骗亲人加入其中。“不要和陌生人说话”，是当前父母教育未成年孩子保护自己时常说的一句警告。然而，令人痛心的是误入传销组织的成员里大部分是亲人，如夫妻、父子、母子、兄弟姐妹、连襟、堂兄弟姐妹、姨表兄弟姐妹等。记得庭审中公诉人和辩护人有段激烈的交锋，就是针对传销危害的辩论。辩护人认为传销组织里的成员是亲人，他们之间的哄骗是家庭内部矛盾，社会危害性小。公诉人反驳：“对此我决不认同，因为家庭是社会最小的细胞，家庭破裂会带来一系列社会问题，更重要的是家庭成员之间失去了最起码的信任，会影响其日后人际关系的重建和社会认同，对亲人的存在甚至都可能表示怀疑。”被告人在最后的陈述中也证实了这一点，他们纷纷谈到诱骗家人加入传销组织，无颜以对，愧疚难当。这也是国家为何不断严厉打击、捣毁传销组织的原因之一。

如何避免误入传销组织呢？我想可以从以下几点防范：

一、贪念不可有，要怀平常心。贪心是受骗之源，对财富的渴望是人之常情，但诚实的劳动和合法的经营是致富之本。因为每个人的天赋和技能不一样，获得社会财富的多少也会不一样。天上不会掉馅饼，而且正好砸到你头上。面对轻松快捷的致富之路时，最先要想的是这样的机会怎会幸运地降临到自己头上，其次要思考自己是否有能力胜任。传销组织就是利用人们的贪心诱骗成功的，所以贪念不可有，对财富的拥有要怀平常心。

二、久不联系的亲人、同学突然来电话要慎重。亲人、同学是建立在血缘或长期交往的基础之上的，彼此之间有了一定的信任。但是久不联系的亲人、同学突然来电话套近乎或提出带你一起发财致富时，你就要慎重了。作为亲人，尤其是家庭成员，他（她）的能力和收入，你是很清楚的，他（她）怎会一下子拥有轻松快捷的致富之路呢？同学多年从不联系，猛然间来电大谈其生财有道、致富有方，这时要通过其他同学了解此人底细，如果找不到熟悉此人的同学，就得思考自己上学期间与此人的交情怎样，如果交情不深，他在毕业之后多年还能记起你，并如此热心帮助你必定另有原因，尤其涉及钱财来往则一定要慎重，否则就可能落入传销的圈套。

三、外地发财致富的项目、住处要审查。亲人、朋友、同学在邀请你到外地发财致富时，一般会以此地有特殊项目建设且须保密为由，这时你需要通过网络或其他渠道仔细审查该项目是否存在。传销组织往往打着政府建设特殊工程的幌子，让一些人轻信这样工程的存在。事实上现在政府工程除涉及国家安全和国家秘密的建设工程外，都要阳光招标并向外公布，个人集资建设政府工程是不存在的。传销案件组织者一般选择较为偏僻的住宅楼作为办公地点，而且众多人员混住一起，有的连简单的办公设施都没有。误入传销组织的成员刚进入这样的住处，要抱着怀疑的态度并及时找准机会逃离，而不是等着被“洗脑”之后轻信其言。

四、无实物、无产品交易的经营要警惕。传销不等于直销，直销是指厂家直接销售，即不经过代理直接销售，直销者绕过传统批发商或零售渠道，将产品卖给消费者，所以直销是有实物产品交易的。传销者往往打着直销的旗号，说中间省去众多环节，所以利润很高。但进入传销组织后，众多传销成员发现此组织有严密的金字塔制度，即“五级三晋制”，只有处在塔尖的人才有可能获得丰厚的待遇，而且要想获得高级待遇首先得自己掏钱买多份“产品”或不停地发展下线。等钱支付后如若不见任何实物或产品，这一定是传销了。试想，人类开始出现交易时就是物与物的交换，有了货币之后，物物交易以货币为媒介，但总归有物品的存在。没有人创造物品，货币如何升值？刚误入传销组织的成员一定要警惕无实物、无产品交易的经营，一旦发现要及时抽身，不能再以此哄骗家人。

物业纠纷调解繁，法律关系细思量

随着社会发展和人们对高质量生活需求的提高，20世纪90年代以来，中国各城市居民生活小区开始引进物业管理。然而物业公司与小区业主之间常常摩擦不断，结果是两败俱伤：一是物业公司因收不到物业费而倒闭；二是小区业主饱受无物业公司管理带来的垃圾成山、电梯停运、路灯不亮、绿化破坏等痛苦。如今，不少法院民事案件中物业纠纷案件占有相当的比例。针对涉及人数多、物业费金额不大的物业纠纷案件，如果全由法院开庭审理，在基层法院人手不够的情况下，无疑会占用法院一定的诉讼资源，不利于其他案件的审结；另外，庭审时间有限，在一定程度上会影响到双方当事人充分发表意见，也不利于矛盾的长效解决。在此背景下，吸收人民陪审员参与物业纠纷案件的诉前调解，成为破解此难题的重要手段之一。

物业纠纷矛盾涉及面广，当事人之间往往存在信息不对称和应有的权利、义务不明确的情况，导致调解要面对“公说公有理，婆说婆有理”双重夹击的局面。人民陪审员如何就物业纠纷诉前调解寻找突破口呢？本人在近期协助参与并成功解决几起物业纠纷案件的基础上，剖析并梳理了物业纠纷中的法律关系，以期为繁琐的物业纠纷调解提供些许帮助。

一、明确权利、义务的对等。马克思说过：“没有无义务的权利，也没有无权利的义务。”法律问题的核心是法律权利义务问题，二者对立统一。法律权利是主动的，享受利益；法律义务是被动的，承担义务，但二者之间必须以一方的存在为前提，不承担义务就不可能享受权利。物业纠纷中，物业公司认为业主拖欠物业费损害公司的利益；业主则强调物业公司管理有漏洞达不到应有的服务水平，自己有拒交物业费的权利。无可厚非，物业管理是服务性行业，通过收取一定的费用，为小区业主提供房屋建筑、机电设备、供水设备、公共设施等保养和维护，安全保卫、环境卫生、园林绿化、消防管理、车辆停放等服务。小区业主有义务向物业公司缴纳一定的费用，然后才享有相应的权利。因此，调解物业纠纷案件时，在听取当事人的抱怨之后，需要向双方点明各自的权利和义务，不能以享有的权利而否定自身的义务，更重要的是只有尽到义务后才能享有对应的权利：对于物业公司，在尽到自身的义务后才享有收费的权利；而对于业主，在履行交费义务之后才享有被服务的权利。如果没有明确的权利义务观，就不可能促使双方当事人找到问题的症结点。

二、厘清错综的法律关系。物业纠纷中，业主抱怨物业公司管理欠缺的事项有以下几种：第一，房屋质量有问题，如屋顶漏水、墙壁有裂缝等，多次找物业处理但无应答，或物业多次修理无果；第二，小区安全防护措施不到位，如家里财物被盗、车辆被盗、汽车被划，要求物业公司赔偿而被置之不理；第三，小区绿化带有违章建筑或被毁，有的改种蔬菜、水果；第四，小区路灯不亮却未能及时修理或更换；第五，楼道卫生打扫不干净，垃圾桶不及时清理；第六，小区车辆停放混乱，影响业主正常出行。物业公司对此抱怨也很无奈，因为有些是物业公司的义务，但有些却不是，而业主却将这些全部推卸到物业公司身上。

就业主的相关抱怨和物业公司的责任推卸，人民陪审员要厘清二者之间相应的法律关系。对于房屋质量问题，业主要在开发商交房的时候先验房，如果没有质量问题才签收。实际生活中，大部分业主等着要房往往忽略了验房环节，导致装修完工后发现房子有质量问题，此时再找物业公司要求修补。物业公司或以不是本公司的责任为由置之不理，或找维修人员做初步的修缮，结果又不尽人意。其实业主和物业公司在房子质量问题上没有形成一致的意见，结果使非双方形成矛盾且尖锐化。

物业公司以为业主服务而获得生存，房屋质量有问题也影响到物业公司日后的维护和保养，因此业主要搞清楚物业公司不是房屋质量问题的承担者，不能以此拒交物业费；物业公司应该明白房屋质量有问题是开发商的事，理应配合业主积极寻找开发商来妥善解决。对于小区安全防护措施问题，物业公司要配备一定数量的保安，分不同时段对小区进行巡逻，尤其要注意小区进出人员情况。业主要遵守相关的小区车辆停放制度，但不少业主为省事或省钱将自行车、电动车放在楼梯道或小区支干道上，汽车暂时停放在他人车位上，结果被盗或被划就找物业公司说事。车辆被盗或被划是第三人造成的，业主要及时报案，如果案件侦破，责任当然由第三人承担。退一步说，物业公司也不可能24小时、360度无死角地保护业主的财产，如果自行车、电动车在收费的车库中被盗，物业公司理应赔偿，可实际上很多被盗案件是业主自己乱停乱放造成的，业主怎能以此拒交物业费呢？当然如果物业公司有过错，业主由此可少交物业费。对于小区绿化带被占或被毁、路灯不亮、卫生打扫不干净或不及时、车辆停放混乱等问题，业主有权向物业公司反映，物业公司如果不能及时采取相应的解决措施，业主还可以向业主委员会提议召开业主大会，商量降低物业费标准或解聘此物业公司事宜，因为这些是物业公司管理中应尽的义务。另一方面，因为物业公司对那些不遵守规定且劝说无效的业主，没有相应的制裁权力，所以业主应该从自身做起，也可适时提醒其他业主遵守文明公约，共享公共空间。

毋庸置疑，参与物业纠纷案件的诉前调解，还需要情法结合，以情动人、以法服人，这要求人民陪审员走进当事人心里，了解双方的底线需求，以法律为准绳，并掌握较高的调解技巧，这样才能成功地化干戈为玉帛。

高息诱惑风险大，借钱给人需考量

近期，我参与了几起民间借贷案件的审理，被告均未到庭。苦于被告更换手机或不接电话，原告无法找到其行踪，只好无奈地将其告上法庭，寄希望于法院能帮助他们要回所借欠款。然而这样的借款若想要回，无论对谁都是件棘手的事。综合原告的陈述和法官围绕双方当事人的关系及借款细节的追问，我发现民间借贷案件中有诸多共同点，而这正是原告难以追回借款的重要原因。现就民间借贷需注意的事项总结如下，以供出借人参考。

第一，出借人要经得起高额利息的诱惑。目前民间借贷之所以畅通无阻，最重要的一点就是借款人以高额利息为诱饵。据了解，当前民间借贷的利息一般为月息两分，换算成年利率为24%，这比银行同期利息高出4~8倍，有的甚至更高，对出借人来说是很大的诱惑。但是出借人要明白高回报必有高风险，试想：如此之高的利息，借款人从事哪类行业能有比此利息还高的利润？当前企业的利润空间都相当有限，高回报必须建立在借款人有高额利润的基础上。另外，高额利息并非都受法律保护。自2015年9月1日起施行的《最高人民法院关于审理民间借贷案件适用法律若干问题的规定》（下称《规定》）中规定，借贷双方约定的利率未超过年利率24%，出借人请求借款人按照约定的利率支付利息的，人民法院应予支持；借贷双方约定的利率超过年利率36%，超过部分的利息约定无效，借款人请求出借人返还已支付的超过年利率36%部分的利息的，人民法院应予支持。因此出借人并非都能获得约定的高额利息，弄不好会血本无归。

第二，出借人要多方了解借款人从事的行业，进而判断其是否有偿还能力，切记邻居、朋友的朋友、熟人牵线介绍有时也不靠谱。从庭审的几起借贷案件中我发现，出借人对借款人并不熟悉，既不清楚其借款用途，也不清楚借款人的职业，一般是通过熟人、邻居或朋友的朋友作为中间人而认识的。出于情面，中间人不作为借款人的担保人，只是双方借款的见证人。一旦借款人逃之夭夭，中间人也装聋作哑，或将自己的责任统统推掉。在自然经济年代，熟人之间的信任建立在长期共同生活的领域范围内，而且是彼此交往的重要纽带。如今熟人社会逐渐被陌生人取代，居住空间的流动性增强将彼此的信任割裂开来。邻居已不是当年你所熟悉的邻居，数年前的熟人已然是路人甲，朋友的朋友更是不知其根其踪。

第三，出借人要清楚不动产、动产抵押需要到相关机构办理抵押权登记。借款人为了让出借人相信自己的偿还能力，有的将自己的车辆、房产抵押给出借人。当出借人拿到动产、不动产的产权证时，误以为自己可以在借款人不能偿还债务时，占有借款人的车辆、房产等，或通过拍卖优先获得赔偿权。《中华人民共和国担保法》规定：当事人以本法第四十二条规定的财产抵押的[以无地上定着物的土地使用权抵押的；以城市房地产或者乡（镇）、村企业的厂房等建筑物抵押的；以林木抵押的；以航空器、船舶、车辆抵押的；以企业的设备和其他动产抵押的]，应当办理抵押物登记，抵押合同自登记之日起生效。现实中出借人并不清楚抵押还需要到相关部门办理抵押权登记，等到维权时才发现自己手上的产权证只是一纸证书而已，借款人的车辆、房产其实在银行贷款时已设置了抵押权登记，而且银行的贷款还没还清，所以银行有权拍卖这些并优先换得赔偿权，结果自己什么也得不到。

另外，需要提醒的是一些退休在家的空巢老人，他们日益与社会脱节，加上退休后深感已无赚钱的机会，子女又不在身边，往往容易被借款人盯上。有的空巢老人可能一辈子省吃俭用，将毕生的积蓄出借给他人，结果本息无归，这对老人的身心打击巨大。因此空巢老人在准备借钱给他人时要与子女交流沟通，以防被骗；作为子女更应该经常与父母联系，介绍当前社会上的一些骗术，提前做好预防。

综上，民间借贷的出借人如果能经得起高额利息的诱惑，又熟悉借款人的相关信息，并了解担保法中的抵押规定，则利益受损的风险就会大大降低。

心存侥幸误事，上当受骗害己

2015年4月至9月，王某某虚构其是某县水上运输服务有限公司员工，有能力代办船员的船舶执照升级，且申请人无需参加培训的事实。王某某以某县水上运输服务有限公司的名义，与被害人胡某某、蔡某某等32人签订船舶执照升级合同，并提供给被害人其伪造的芜湖市海事职业技术学校的船员培训证明，收受各被害人的合同预订金及部分被害人的实际操作费用，共计146000元。至合同约定交付日期，王某某无法提供相关证书。被害人向公安机关报案，王某某被迫向公安机关自首。

从上可知，王某某的骗术并不高明，他抓住的是被害人的侥幸心理。我国规定驾驶飞机、机动车、船舶等交通工具的人员，需要经过正规培训和考试，合格后方能获得驾照和执照升级。如今，由于各类交通事故频发，国家加强了对驾照发放的监督，培训和考试要求更严格。可是，有些人总是对此不屑一顾，甚至认为没有必要，想方设法找熟人疏通关系，或是以钱作为敲门砖。殊不知，这是对他人生命的漠视，也是对自己的不负责任。事实证明，没有经过正规严格的培训，不可能熟练掌握驾驶技术，贸然上路，就是马路杀手。

本案中胡某某、蔡某某等32人，抱着侥幸的心理，以为王某某手中有权，可以免去自己的培训过程，即可代办船舶执照升级。如果不是审核机关发现船员培训证明有假，并向学校核实，就有可能误将他们的执照升级。幸好此事没办成，否则日后船员在航运过程中，因技术不过关而操作不当，不知会有多少生命因此沉没，那将对多少家庭造成损害！当然本案中胡某某、蔡某某等32人已为错误选择付出了代价，他们错过了芜湖市海事职业技术学校的船员培训时间，船舶执照升级需等下一年度办理。要不是公安机关追查及时，王某某的家属愿意代为赔偿相应款项，他们上交的费用可能也会打了水漂。

生活中骗子很多，应谨记：不要心存侥幸，否则害人害己。

租赁房屋要核实，贪图便宜误自身

2017年6月20日，弋江区人民法院审理了一起房屋租赁合同纠纷案件，许某某被判令返还徐某某房屋租金16000元，朱某某给付徐某某代缴的电费789.05元。

法院经审理查明，徐某某从事房产中介，2016年11月份租赁许某某70多平方米的房屋一套，合同约定：每年租金3200元，租期5年，租金共计16000元，一次性给付。徐某某付清租金后将房屋简单装潢，后出租给他人。2017年2月份，朱某某（许某某前妻）回家发现自己名下的房屋未经自己允许被租赁给他人，要求徐某某退还。徐某某承认自己租房时没看房产证，但看过许某某的身份证，其户籍登记处与房屋所在处相同，而且还帮许某某缴纳了水电欠费，水电费单据上载明许某某的名字，因此认为租赁的房屋属于许某某所有，自己与其租赁协议有效，要求继续租赁；若许某某收回房屋，则由其退还租金、代缴水电费及自己租赁房屋后的装潢费。

朱某某认为，前夫许某某未经自己许可，私自将房屋租赁给徐某某的协议无效，而且70多平方米的房屋年租金只有3200元，且租期为5年，明显不符合市场行情，徐某某从事房产中介，应该具备租赁房屋的常识，但他既没有核实房产证，又没有对低租金产生怀疑，属个人认知有误导致过错发生。因许某某联系不上，经合法传唤未到庭，朱某某要求收回房屋，租金由许某某退还，与自己无关。

法院审理后认为，根据合同相对性原则，合同是当事人之间设立变更或终止民事权利义务关系的协议，合同的效力范围仅限于合同当事人之间。一般来说，合同当事人一方只能向另一方当事人基于合同提出请求，而不能向与其无合同关系的第三人提出合同上的请求。本案中，徐某某与许某某签订了房屋租赁合同，由于涉讼房屋产权归朱某某所有，现其主张权利，致使徐某某不能对租赁物继续使用、收益，徐某某据此要求合同相对人许某某返还房屋租金16000元，于法有据，应予支持。徐某某主张打破合同相对性向朱某某主张前述合同项下的义务，其认为朱某某与许某某系夫妻关系，应承担返还租金义务。许某某并非涉讼房屋产权所有人，其无权处分涉讼房屋。法院遂做出如上判决。

当前，由于城市房价居高不下，年轻人在城市打拼而租房已成为平常事，但租房时一定要注意以下事项：第一，要仔细核实房产证，确认房屋属个人所有还是夫妻共同所有；第二，若是夫妻共同所有，还要看婚姻关系是否存续；第三，若是经第三人转租，还要看其与原出租人的租赁协议是否同意转租；第四，出租人的租金是否与市场行情相吻合，过低的租金往往有隐情。

喝酒乱扔酒瓶盖，引口角伤人害己

案情：被告人张某某国庆期间到朋友陈某六楼的出租房喝酒，随手将啤酒瓶盖扔到三楼被害人易某某家的阳台上。易某某妻子杨某某上门理论，张某某出言不逊，两人发生口角，张某某向其吐痰并推搡。之后，易某某上楼找张某某理论，结果再起争执，张某某用瓷杯将易某某的额头砸伤，后到医院缝合，致其面部留有瘢痕累计12.9厘米。经鉴定，被害人易某某的损伤程度为轻伤一级。为此，张某某赔偿易某某医药费和精神损害费共计17万元，并被判处有期徒刑一年，缓刑两年。

这起酒后故意伤害案，不仅给被害人易某某身心造成伤害，也让被告人张某某受到刑罚追究。网络剧《一个馒头引发的血案》及电影《无人区》中司机向车窗外随意吐痰引发两个司机疯狂追逐，原本以为这些都是黑色幽默，没想到现实中真有一个酒瓶盖都能引发的刑事案件。

此案中，值得局外人反思的有以下两点：第一，有些公民对他人的私人生活空间认知不清，更没有公共生活的规则意识，缺乏公德心，做起事来往往随心所欲。本案中张某某虽在朋友家里喝酒，但向楼下扔酒瓶盖明显侵犯了他人的私人生活空间。张某某本应上门道歉，却强词夺理，丝毫没有规则意识，最终发生冲突。第二，日常生活中有些人缺乏情绪管理能力。亚里士多德曾说，“任何人都会生气，这没什么难的，但要能适时适所，以适当方式对适当的对象恰如其分地生气，可就难上加难。”古人云：人上一百，五颜六色。个体不一，品性迥异，但人类需要后天的学习领悟来提升自己的教养，特别是在人际交往中管理好自己的情绪。冲动是魔鬼，酒后更容易冲动。本案中无论张某某还是易某某，都没很好地控制自己的情绪，结果发生口角。张某某在庭审中对自己的冲动深感后悔，表示日后做事要慎重。被害人易某某其实也犯了低级错误，知道对方已喝酒，没必要当时非争个是非曲直，可事后向陈某说理，完全可以避免一场冲突。

违法骑行电动车，不服处罚来诉讼

2017年5月17日，弋江区人民法院审理了一起行政诉讼案件。原告吴某不服交警大队对自己违法骑行电动车而做出的处罚向法院起诉，要求法院撤销行政处罚决定书，而交警大队认为对吴某的行政处罚符合《中华人民共和国道路交通安全法》的相关规定，吴某理应执行。

经审理查明，吴某于2017年3月18日在利民路与花津南路交叉口，在机动车道上违法骑行电动车被交警拦截，随后收到交警开出的50元罚单。吴某认为自己违法骑行属实，但按《中华人民共和国道路交通安全法》第八十七条和第八十九条的相关规定，自己违法骑行情节轻微，交警可以给予口头警告或处罚款，而罚款的数额按法律规定应在5元以上50元以下，交警大队处以50元的罚款，明显是规定的最高额度，且50元以下不应包括本数。吴某认为情节轻微的理由有以下两点：（1）自己一直在利民路非机动车道上行驶，骑行至距利民路与花津南交叉口约50米时，因前方有车辆阻挡，遂借公交车道行驶到机动车道，是被迫的行为，且到十字路口拐弯处即可进入非机动车道；（2）如果当时发现在机动车道后改向必须逆道行驶，安全隐患更大。

针对吴某的诉求，交警大队的答辩为：首先，对吴某处以50元罚款的处罚决定符合《中华人民共和国道路交通安全法》的相关规定，口头警告或罚款是法律赋予行政执法者的自由裁量权，吴某在遇到车辆阻挡时应该下车推行，借用公交车道本身就存在重大安全隐患；其次，按照《中华人民共和国民法通则》的规定，“以上”“以下”包括本数，所以罚款50元符合法律的规定。

针对此案的处罚决定，与吴某有类似经历的公民可能会有类似的疑问：(1) 交警对吴某做出的处罚决定是否符合法律规定？其实交警对吴某做出的处罚决定是符合法律规定的，至于是口头警告还是罚款，属于行政执法者的自由裁量权。(2) 有关数额的问题，按照《中华人民共和国民法通则》第一百五十五条规定，民法所称的“以上”“以下”“以内”“届满”，包括本数；所称的“不满”“以外”，不包括本数。虽然《中华人民共和国道路交通安全法》对“以上”“以下”没有规定，但民法通则具有普遍指导性，所以本案处以50元的罚款也是合法的。

经法院调解，原告吴某撤回了起诉。

如今，随着生活水平的提高，人们拥有的车辆迅猛增多，交通事故成为意外伤害之首。据统计，我国2015年因车祸死亡的人数超过20万人，不遵守交通规则是车祸发生的主要因素。非机动车中的电动车由于车速较快，不少车主随意变换车道，甚至在机动车道上穿行，会给自己和他人带来严重的交通安全隐患。但不少车主抱着侥幸的心理，认为自己有把握，可等到车祸发生后，后悔已晚。作为交警部门，行政执法时不仅要合法，同时也要贯彻合理性原则。此案中交警大队处罚时需要考虑相关因素，如法律法规规定的条件、政策的要求、社会公正的准则、相对人的个人情况、行为可能产生的正面或负面效果等。行政机关只有在合理地考虑了各种相关因素的基础上才能做出最为公正的行政决定。虽然法律赋予行政执法者自由裁量权，但违法者会有不同的违法行为，因此行政执法者执法时的确要综合考虑，不能一罚了之，要利用多种形式宣传道路交通安全法知识，对违法者处罚的同时还要进行口头教育，让交通安全真正内化于心，外化于行。

附：《中华人民共和国道路交通安全法》(部分)

第八十七条　公安机关交通管理部门及其交通警察对道路交通安全违法行为，应当及时纠正。

公安机关交通管理部门及其交通警察应当依据事实和本法的有关规定

对道路交通安全违法行为予以处罚。对于情节轻微，未影响道路通行的，指出违法行为，给予口头警告后放行。

第八十九条　行人、乘车人、非机动车驾驶人违反道路交通安全法律、法规关于道路通行规定的，处警告或者五元以上五十元以下罚款；非机动车驾驶人拒绝接受罚款处罚的，可以扣留其非机动车。

后　记

时间如行驶的高速列车，一眨眼我工作已逾二十年。回首走过的坎，展望未来的路，感觉有些焦虑：其一是曾经稔熟的家乡、学校、人或事，还没来得及细细整理，随着岁月的流逝而慢慢淡出视野；其二是面对即将成年的孩子和青春飞扬的学生，感觉与他们有差异的不仅是年龄，更有交流上的代沟；其三是工作上要求写学术论文，而学术论文的专业性限制让我深感读者有限。

2016年8月中旬的一天，小妹用微信转发来一篇文章，打开一看，作者是我儿时的伙伴，又是小学的同学。他用朴素的文笔将家乡熟悉的人、事铺陈在我的眼前，诚挚的情感将我带回家乡熟悉的山水之间，往事如泉水般从心头悄然渗出。我好奇地搜索出文章刊发的微信公众号——六尺巷文化，得知这是一个致力于宣传老桐城（桐城市、枞阳县、杨桥镇、罗岭镇）文化、打造天下桐枞人情感家园、讲述200万人自己故事的平台。之前，我也浏览过朋友圈转发的文章，但不曾想过自己去投稿，更不清楚微信公众号作为自媒体时代的重要传播平台，不仅有惊人的传播速度，更有巨大的阅读量。

抱着试试的心态，我向六尺巷文化微信公众号投去第一篇稿件，没想到一周之后被刊发出来，文字主编认真修改，美术责编精心配图，文章的阅读量一夜之间超过千人，而且有不少读者在文后热心留言。我已很久没有感受到文字带给自己的喜悦之情了（高中、大学也曾投稿纸媒，获得少数认可），此时已过不惑之年的我，竟然满怀激情地利用闲暇时间开始了业余写作。

可能是积攒在心中多年的情感没有适时宣泄，记忆的闸门一旦打开，写作的素材似洪水一般汹涌而出：从童趣到成长，从亲情到乡愁，从美食到旅途，一段段承载“70后”成长足迹与心灵感悟的文字随着敲打的键盘呈现在读者的面前。虽然“70后”的少年时代物质生活是清贫的，但乡村给予我自由的活动空间：田野上尽情撒欢，河水中自在游泳，山林里采摘野果，稻场上嬉闹追逐，菜园里趁黑偷瓜……如今回忆起来仍有深深的眷恋，可惜时光不能倒流，唯有用文字记录下来才是对过往岁月最好的注释。每篇文章写好后，我尝试结合文字需要配上合适的图片，图文并茂的版面设计不仅让自己赏心悦目，也让读者兴趣盎然。

不知不觉中，我坚持写作了一年半，无意中统计字数发现已超过14万字，第一次真切地感受到日积月累的力量。由于写作初衷只是记录成长的足迹，我并没有刻意追求文字的优美和思想的深度，反而引起不少四十岁以上读者的共鸣：仿佛在我的文字里看到自己的身影，重温一次年少时的无拘无束，青春期的无所畏惧。

2017年寒假，在张奇才老师的建议下，我静下心来整理，仔细品读自己的文字，竟然发现每篇文章都有鲜明的主旨，而当初只是应时、应情或应景而作。《那些年，我们在牯牛背水库坐过的船》的数个片段回忆，其目的是希望桐城市政府能够结合历史和现状，为山区经济发展和村民方便出行提供便捷的交通（此愿望已实现）；《为了零食和小人书，我们挣钱有道》是告诉大学生挣钱要有道，切莫相信传销致富或校园贷消费；《何处再寻土鳖》《汪河，有这样一条小河》《山珍野味的日子》的主旨是呼唤人们爱护环境、珍惜资源，期盼人与自然和谐相处；《黄中岁月》《汪河小学，想念我的那些老师们》《汪河中学，安放我们无畏青春之所》既是对那些坚守岗位、默默耕耘、无私奉献的乡村教师的讴歌，也表达了对求学道路上指引我的那些老师的感谢；《大学假期长，家长怨、学生烦的反思》是看见学生QQ空间中发出放假回家一周前后父母的表情反差有感而作，希望帮助苦恼中的家长和学生分析自身原因并加以改变；《我为什么读书?》讲述了农村“70后”改变命运的一条共同路径，目的是引导“95后”大学生对读书做深入思考；《雪中行》《北京，温暖我的一夜》是通过个人经历感受人与人之间的友善和淳朴，虽然世间也有《贪心受骗，一条手链》《丽江之行维权记》所记录的欺诈，但我更希望诚信、友善成为人际交往的核心价值观；《那年·那车·那人》《生命的杀手》是身边的真实案例，以期呼吁人们珍惜生命，严格遵守交通规则；《留守儿童的日月》是期望国家、社会和家庭多方合力关注留守儿童的心理健康，为祖国的发展赢得未来。

因为教学原因，加上个人对法律的兴趣，我申请去法院当人民陪审员获批准。对于庭审中带有教育意义的案件，我结合自己的领悟，撰写了数十篇案件评论，于是就有了本文集中的法治篇，也算是为普法宣传贡献个人微薄之力吧！

加上2016年8月份之前随手写下的小说和散文，呈现给读者的这本《山妮细语话意浓》，共约30万字，分为九个部分：童趣篇、成长篇、亲情篇、乡愁篇、教育篇、哲思篇、旅途篇、美食篇和法治篇。对于业余写作，我深感文字功底浅薄，部分文章主旨立意不高，只是个人特定时期对文字的一份热情，以期达到缓解《后记》开头所言的三个焦虑，望读者闲暇阅读检验并予以谅解。书中图片有些是本人拍摄的，有些来源于网络，因各种客观原因，未能与著作权人取得联系，在此深表遗憾。

本书能够顺利出版，得益于亲朋好友、同学同事在微信公众号平台上的鼓励和督促，安徽省教育厅弘扬社会主义核心价值观名师工作室项目（项目号：SZZGJH1-1-2017-13）、皖南医学院马克思主义学院、皖南医学院德育与医学人文教育协同研究中心的大力支持，皖南医学院马克思主义学院汪一江教授作序为本书添色，安徽师范大学出版社社长张奇才教授悉心指导并提出修改建议，安徽师范大学出版社为本书装帧设计，责任编辑李玲女士精心编排，在此一并表示衷心感谢。

黄　英

2018年6月26日

后记